Marica Bodrožić
Das Wasser unserer Träume

Marica Bodrožić

Das Wasser unserer Träume

Roman

Luchterhand

Neugeboren kehrte ich von dem allerheiligsten Wasser
zurück, wie junge Pflanzen sich mit dem jungen Laub verjüngen,
rein und bereit, emporzusteigen zu den Sternen.

Dante Alighieri, *Die göttliche Komödie*

Selbst der Schlaf ist nichts als Flut jenes unsichtbaren Weltmeers,
und das Erwachen das Eintreten der Ebbe.

Novalis, *Die Lehrlinge zu Sais*

WINTER

Aufgeknöpfte Zeit, um mich herum, das fühle ich, dicke Schläuche und tickende Maschinen. Die Schläuche sind aus Plastik. Sie binden mich an die Erde. Das Ticken ist vom Mond oder von der Südhalbkugel, dort, wo Luftpumpen gebraucht werden und der Fliegende Fisch zu Hause ist. Von dort kommt alles zur Erde, die Idee der Waage, des Paradiesvogels und des Kranichs. Die leuchtenden Punkte erzählen mir davon. Kluge Sterne über hellster Erde. Ich weiß nicht, ob sie nur in meinem Kopf sind. Oder im ganzen Himmel. Oder ob mein Kopf ein kleiner Himmel ist, hier, in diesem Zimmer, in dem ich liege, wie lange, das sagt mir niemand, denn auch ein Zimmer ist ein Himmel für sich. Keiner, der hier ein- und ausgeht, vermutet in mir einen hörenden Menschen. Nicht ohne Grund zweifeln sie an meinen Ohren. Der Zimmerhimmel weiß, dass ich alles hören kann, vor allem das, was nicht gesagt wird und auch jenseits der Wände. Oben am Plafond magnetisieren sich die lauten, die leisen und die noch ungeborenen Wörter. Sie suchen mich, und ich, ein Mann, der stumm und bewegungslos in einem Bett liegt, bin ihr lebendiges Radio, aus dem noch nichts in die Außenwelt dringt. Wenn niemand mehr im Zimmer ist, fällt sie auf mich herab, die Weisheit und Sammlung der Wörter, weil ich das Land bin, das ihrer gedenkt. Die Natur ist Feindin ewiger Besitzungen. Ich besitze nichts, aber ich kann die anderen lesen, ihre Gedanken, ihre Liebe, ihre Sehnsucht aus dem Inneren sehen. Es ist eine Gabe, um die ich nicht gebeten habe. So etwas geschieht nur den Entmachteten. Ich bin entmachtet worden, ein zurückberufener Mensch, der wieder in den Raum eingeschleust worden ist. Der Plafond sagt, dir ist es nicht mehr erlaubt, nur mit dem Kopf zu denken. Die Zeit ist ein Senfkorn. Die Ohren, mathematisch kenntnisreiche Reiter. Das erdgelbe Material meiner Bilder gestattet mir, wieder zu träumen, wieder an den Urgrund der Träume zu rühren und ihrer würdig zu sein. Das helfende Fenster ist aus hellem Holz. Ich rieche seine große Frische. Das Holz ist junges Holz, von einer Birke, noch nah an Atem und am Leben. Das Zimmer ist bescheiden und ganz in weiß gehalten. Allein die über mich wachenden Frauen sind heute Farbe darin. Ich kann meine Augen nicht aufmachen. Trotzdem kann ich die Farben sehen. Von innen schaue ich auf sie mit meinen unbeweisbaren Augen. Hellgrüne Gewänder schauen zu mir zurück. Eine der Frauen sieht aus wie ein wohlgeratener Rabe, ganz dunkel und schön und in sich ruhend. Ein stimmloses Rätsel. Wie sich ihre Stimme wohl anhört? Ob sie rau oder weich ist oder tief oder hoch? Da sie nie mit mir spricht, muss ich das Warten erlernen und das sprachlose Nichts zwischen uns aushalten. Wenn sie meine Füße wäscht, würde ich ihr überaus gerne ein paar Fragen stellen. Noch bin ich nicht so weit, meine Stimme hat mir ihr Vertrauen entzogen. Ich weiß nicht, wo sie jetzt ist. Die Stimmbänder sind sich fremde Vögel. Sie reisen nicht zueinander, finden sich nicht, schließen sich nicht, verbinden mich nicht mit der Sprache. Die Worte schwimmen in einem Bassin voller wundersamer Töne. Ich bin nur eine von vielen Zellen in diesem sanften radikalen Leben. Wie kann ich eine Brücke und ein sprechender Mensch werden? Hier, auf der anderen Seite des Lebens, bin ich einem größeren Willen ausgesetzt. Wenn dir alles geschenkt wird, liest das Fieber dich, und du musst neue Alphabete lernen. Das Wasser rauscht Tag und Nacht. Ich lerne, mich mit den Wellen auf die andere Seite zu denken.

Noch bin ich nicht übergesetzt. Es fehlt mir an Kraft. Die Rückschöpfung von Wort und Klang ist unterbrochen worden. Ich kann nichts allein machen. Nicht einmal einen winzigen kleinen Buchstaben aussprechen. Selbst ein Komma ist stärker als ich und leuchtet in sonderbarer Gnade. Seitdem ich hier liege, weiß ich, dass keiner von uns allein ist und keiner etwas allein machen kann. Mein Körper ist stumm. Er lässt mich nichts tun. Er hat sich in sich selbst eingesperrt. Dennoch lebe ich und fühle die Anwesenheit des kleinen Raben. Vogel und Mensch ist er in einem. Von der anderen Seite des Wassers werde ich im Lesen unterrichtet. Ich setze alle Hoffnung in diese freundliche Vogelfrau, die mich selbstlos aufsucht und die sich meiner annimmt. Leisen Schrittes bewegt sie sich in meinem Zimmer. Sonnen sind meine geschlossenen Augen nicht für diese fremde Frau. Sie wartet insgeheim auf eine kleine Bewegung von mir. Unübersehbarer Teil dieses Zimmers bin ich nun für sie, ein Mensch ohne Anfang, über den sie sich sachte beugt. Sie weiß nicht, dass ich es weiß. Sie sieht mich ausdauernd an, forschend, als würde sie etwas finden wollen, das uns zu Verwandten macht. Das spüre ich an der Luft, die sich hebt und senkt und Abdrücke im

Volumen hinterlässt, das mich berührt. Ihre Blicke schaffen eine warme Nähe zwischen uns, gegen die ich mich nicht wehren kann. Wir sind uns nah wie nur Fremde und Ausgesetzte sich nah sein können. Nie können sich die Nächsten so nah sein, wie wir einander nah sind. Dieser Gedanke ist mein Wunsch und zeitgleich meine Erfahrung und ich frage mich: Wie nah sind sich Nächste, wie fremd sind sich Fremde? Wenn ich eines Tages meine Augen aufschlage, muss ich hoffen, dass jemand da ist und mich erkennt, jemand, der Ausdauer hat und der sieht, dass auch ich wieder sehen kann, jemand, der sich auskennt in der Wirkung der Hingabe. Wer wird dieser Jemand sein? Wer wird mich so lange und so selbstlos lieben können, dass ihm dabei die Zeit nicht im Wege steht? Das kann nur jernand sein, der sich so sehr gelassen und ausgesetzt hat, dass er weiß, er muss sich noch mehr lassen, sich noch mehr aussetzen, um wirklich er selbst sein und andere Menschen sehen zu können.

Heute schneit es draußen. Die flimmernde Helligkeit kommt von den Flocken, dem schwingenden Licht der Kristalle, die ihre Briefe zu Hunderten vom Himmel fallen lassen. Ihre verdichteten Wasser-Botschaften landen wabenartig an meinem Fenster. Durch das helle Birkenholz dringt eisigere Kälte an mich heran als gestern. Der Frost hat sich in allen Ritzen festgesetzt. Meine Haut erlernt langsam das Frieren. Die Wärme, die trotz allem daraus entsteht, ist mir Hoffnung jenseits der Augen. Im Meer meines Herzens weiß ich, dass ich auf einer Reise bin. Das Fenster verbindet mich mit der Welt. Es braucht meine erwachende Wärme genauso wie die brennende Geduld der anderen, die mich grundlos lieben und deren Freundlichkeit ich ersehne, weil ich sonst alles verliere, das Zentrum, die Zuversicht und die summende Stimme meiner Zukunft. Wie können wir überhaupt glauben, auch nur einen Tag allein leben zu können? Was sehen wir von den anderen Menschen, bevor uns das Sehen selbst sieht? In mir sind innere Stufen. So wie wir Glocken hören können, kann ich die Stufen in mir sehen. Ich bin noch mitten im Leben. Gerade jetzt sehe ich, wie der Anfang im Anfang entsteht und mich zu seinem selbstlosen Komplizen macht. Unvermörtelt soll meine Sprache sein. Die Worte wachsen heran, und ich spüre, wie in den letzten paar Stunden alles in mir davon abgerückt ist, mich an der Zeit festhalten zu wollen. Ich überlasse mich dem Eigensinn der Jahreszeiten. Mein Zimmerhimmel sagt, wir sind nicht so vorgesehen wie die Sterne, wir müssen die Nähe der Verletzlichen wagen. Unsere Sprache, diese ins Weite gesetzte kosmische Buchstabenküste, entsteht erst, während wir leben. Kaum ist sie da, verfliegt sie ins Innere der Zeit. Es folgt auf jede Formel ihre Auflösung. Das Ereignis ist ihr Verschwinden. Wir bleiben mit Blick auf die Uhren unwissend zurück. Was wir ohne das Ticken der Zeiger wissen, ist dies: Wir sprechen, weil wir sprechen müssen, wir sagen uns Sätze, weil wir uns Sätze sagen müssen, Sätze, die leuchten, die schmerzen, Sätze, die ohne uns weiterwachsen, während wir ins Ganze streben. Ich bin. Hier. Ob Gesundenzimmer oder Krankenzimmer. So oder so kann ich mich nicht mehr vor mir selbst verstecken. Ich ahne, dass das der Grund für meinen Aufenthalt hier ist. Die Wände, die Schwestern, das Fenster zwingen mich in die Gegenwart zurück. Wieder bin ich ein Fisch im Menschenmeer. Der Druck ist zu stark geworden. Ich musste das Element wechseln. Ich lese alles, was sich mir in den Weg stellt. Die Toten lesen nicht, so heißt es einvernehmlich unter den zivilisierten Völkern, die vergessen haben, dass schon Jahrhunderte vor ihnen andere Alphabete in der Erde tätig waren. Wir können alles auf die Grabstelen schreiben. Solange wir nur mit äußeren Augen sehen, wird die andere Seite des Lebens nicht einlenken. Die Toten korrigieren uns nicht mehr, seitdem wir ihre Stimmen an die Wurzeln der Bäume delegiert haben. Unten, in der dunkelsten Dunkelheit der Erde, können sich aber nicht einmal die Toten voneinander fernhalten. Haben sie mich hier schon aufgegeben und der anderen Seite, dem Reich der Toten überantwortet? Dabei ist eine Berührung jetzt alles, wonach ich mich sehne. Nicht auszudenken, was eine Umarmung mit mir anstellen, wie sie mich beschenken, wie das Geschenk mich lieben würde. Was gäbe ich dafür, noch einmal erleben zu können, wie sich freundliche Fingerkuppen anfühlen, wie sie mit meiner Haut ein Gespräch beginnen und ein Gebet in der Höhe der Wipfel werden.

Jetzt sind sie wieder da, die konzentrierten Besucher in weißen Kitteln, eine Art Visite, die mich wie einen wunschlosen Menschen behandelt. Tot wirke ich allem Anschein nach auf jeden, der hier meinen regungslosen Körper im Bett liegen sieht. So nah wir Lebenden uns auch sind, so fern voneinander atmen wir verschiedene Welten. Ich weiß nicht, wer die anderen in diesem rätselhaften Gebäude sind, ob sie mir zugewiesen wurden oder ob ich sie mir in meinem früheren Leben erarbeitet habe. Das Fragen ist mir nicht genommen worden. Ich frage dich: – Weißt du, wer du bist und welche Spiegelungen als deine Erinnerungen im Raum florieren? Die Erinnerungen sehen uns. Die Spiegelungen wollen erkannt werden. Es gibt Leuchtfäden. Helfer in der Luft. Die Leuchtfäden sind Traumvernäher. Sie sind klüger als wir. Sie können verhindern, dass wir mit Worten töten. Aber nur dann, wenn wir verstehen, dass all unsere Tage von Nächten umgeben sind. Die inneren Augen wissen davon. Sie bringen Linderungen aus der dunklen Nacht. Sie rufen uns zurück. Mitten im Leben ist der Tod. Machtvolles schwarzes Quadrat. Der Tod spricht eine frisch geträumte Sprache. Er ist kein Sensenmann. Er ist der Berg, der um die Landschaft hinter seinem Rücken weiß, er sagt das, sagt alles, was er weiß, so direkt, so frei, so gerüstlos in unsere Augen, und wenn wir uns dem Gipfel nähern, weinen wir ohne Grund. Unten im Tal der Zeit sind die Schmerzen. Der Zeitzement ist nicht belehrbar. Am Ende ist er aber ohne Bestand. Wie ich, ist auch er kein dauerhafter Kämpfer. Er ist nur ein Teil des Weges, dem das Wasser folgt, das alles reinwaschen kann. Auch meine Sünden, wenn ich welche habe, wenn es so etwas überhaupt geben kann. Es ist fordernd, dieses freie, dieses selbsttätige Wasser. Es kommt erst dann in unsere Sprache, wenn alles andere von uns gegangen ist. Die Tränen strömen direkt in dieses Zeitalter hinein, das die Herzen öffnet, so wie meine Großmutter den alten Holzschrank im Vorraum des Steinhäuschens mehrmals am Tag selbstvergessen geöffnet hat. Bleiben die Herzen geschlossen, sterben die inneren Uhren, die Kalender wenden sich von uns ab. Der Winter ist der Beginn des Jahres, mein Herz der Anfang des Lebens. Jemand hat das Herz mir fast abgeschaltet. Jetzt leistet es mir keinen Widerstand. Ich bin lebendiger als ich denke. Mein Herz ist meine terra incognita. Das ewige Alte, das jünger ist als wir. Alle Verknüpfungen in mir sind verschwunden, gelöscht, weiß übermalt, weiße Verweigerung, stumme Leinwand. Wie direkt die verbliebenen Nächsten dadurch Allernächste werden, ist ein stechend schöner Schmerz in mir. Manchmal sehe ich Gesichter von Menschen, die früher zu meinem Leben gehört haben. Kann ich auch ohne ihre Zuwendung wieder der Mann werden, der ich bin? Uns wird nur das gegeben, was wir brauchen und nur das genommen, was wir nicht brauchen. Hängt also die Rückkehr in meinen Körper nur von der Gegenwart ab? Jetzt, da ich weiß, dass ich gar nichts mehr allein tun kann, bin ich der Liebe aller ausgesetzt, die mich hier und heute umgeben. Ich brauche euch, ihr hiesigen Mitmenschen. Ich beginne zusammen mit euch. Ich bin jetzt der Anfang, so wie er in uns allen gemeint ist. Gemeinsam sind wir weit angelegte Gehöfte. Alles ist verbunden miteinander, der Vorhof und das Zimmer, das Dach und die Nacht im Kopf des beschützten Träumers, der sich als Schmetterling erlebt, der dem Träumer auf der Nase sitzt. Bin ich dieser Träumer, der vom Schmetterling besucht wird? Oder bin ich der Schmetterling, der sich auf der Nase eines Fremden niedergelassen hat, und dieser Fremde bin auch ich?

Ein Geräusch ist im Zimmer zu hören. Meine inneren Ohren habe ich also nie verloren. Sie arbeiten meinem Gleichgewicht zu. Ich sortiere meine Empfindungen und hoffe, dass niemand die Geräte abschaltet, von denen mein Leben abhängt. Helligkeit strömt ins Zimmer. Da ist sie wieder, meine treue unverwandelte mintfarbene Besucherin. Wer ist sie? Wie gerne würde ich sie anlächeln, ihr eine Frage stellen, mich bemerkbar machen. Sie ist eine freundliche Frau. Wieder ist sie hier aus dem Nichts aufgetaucht. Das ist ihre Freiheit. Und ich, bin ich freier oder unfreier als andere Menschen? Der Zufall läuft mit, er fragt mich tastend ab, er ist mein treuer Helfer aus dem Land, das mich geboren hat. Höre, mein Land der Länder, die Menschen hören in Wirklichkeit nicht mit den Ohren. So sagt es mir der Zimmerhimmel. Mit den Ohren hört man gar nichts. Ich ahne den Herzhorizont des schweigenden Raben. Jetzt schaue ich durch die Sicherheit versprechende Verschalung aller Körper hindurch. Da pocht das Leben in der großen Mitte, genau dort, wo mein Bett steht, das Bett, das gerade meine ganze Welt ist. Das Mintgrün des Wundergewands leuchtet, es ähnelt jenem, das meine Mutter so gern trug. Damals war die Zeit abzählbar, die Stunden beweisbar, Mutters Körper ein Haus für mein Leben. Jede Minute, ein Ewigkeitssonntag. Und tief die Lust an ihrer Liebe. Ob ich sie an irgendetwas erkennen würde, wenn sie jetzt vor mir stünde? Ihr Gesicht kann ich nicht mehr in mir hervorholen, nichts von ihm in mir zurückrufen. Dennoch denke ich so an sie, wie man wohl an ein Buch aus der Kindheit denkt. Für wen bin ich dieses Buch? Für wen werden wir es einmal geworden sein?

Hier ist das Leben ein anderer innerer Ort. Vor meinem Fenster ist Luft der seelische Raum der Verständigung. Angst und Zeit sind verschwistert. Ich sehe das jetzt, weil ich aus dem alten Bündnis herausgerissen worden bin. Das habe ich schon kommen sehen, als ich mich dem Licht näherte. Ich durfte nicht weitergehen, wurde vom Licht zur

Umkehr gezwungen. Ich hörte den Namen Nadeshda. Und wollte zurück in mein altes Leben. Das Wasser war schöner auf der anderen Seite. Der Name rief mich und machte, dass ich zu ihm strebte. Überall, wohin ich auch sah, war das Nichts. Es muss ein großer Himmel dort sein, wo Nichts und Nichts sich lieben. Diese schöne Grenze werde ich nie vergessen. Ich bin mir sicher, dass es ein Aufprall war, der mich dorthin gebracht hat. Und jetzt liege ich wieder in der Zeit wie in einem Garten. Es ist schon weit nach Mitternacht. Das ganze Draußen, die Fülle der Luft atmet mich an, damit ich zurückatme. Ich habe Grund zur Annahme, dass die Bäume mich sehen, dass sie wissen, was hinter dem Vergessen ist, und so strecke ich mich im Geist zu dem hin, was da vorne ist und folge mir selbst. Langsam tauchen Dunkelheiten auf, ein gutes Zeichen für das irdische Leben. Die Besucher in meinem Zimmer bringen viele Worte mit, die sich in mir zu einem Netzwerk verbinden und Erkenntnisse anstoßen, die mich selbst überraschen. Billardkugeln aus Buchstaben. Ein Wort höre ich immer wieder von den Helferinnen. Erinnerungsbäume. Sie sagen, dass sie Lappen an sie hängen, kleine Fetzen, auf denen sinnvolle Dinge stehen, Opfergaben, die alle Wesen, die Toten und die Lebenden, gleichermaßen gut lesen können. Lappenbäume. Wie eigenartig. Ich kann mich nicht erinnern, davon in meinem früheren Leben je gehört zu haben. Es kommen viele mir unbekannte Menschen in mein Zimmer, staunende Reisende ohne Koffer. Sie sehen mich nur in meiner Begrenzung, nicht in meiner Bestimmung. Das ist ihre Aufgabe. Meine ist es, ihre Mitbringsel in meinem Lebensmosaik einzubauen und von ihren Gedächtnissen zu lernen.

Ich höre auch genau zu, wenn die Schwestern reden, selbst dann, wenn sie sich nur über das Wetter unterhalten. Dann male ich ihn mir aus, den sprechenden Himmel da draußen, der, wohin sie auch gehen, mit ihnen geht. Niemand weiß, dass ich mit meiner Innensonde hören kann, und ich kann es niemandem erzählen. Ganz ohne eine Operation entsteht eine neue Kindheit in mir. Das ist die anbrandende Natur. Dieses Mal werde ich die Dunkelheit, die Umrahmung der Tage durch die Nacht nicht übersehen. Die Nacht ist meine Herzensleiter, das Menschlichste, das ich habe. Und behalten durfte. Auf dieser Reise. So leuchtet sie als Handlung in mir, mathematisch präzise, folgerichtig wie das Fellrot eines Fuchses in den frühen Winter-Morgenstunden. Jetzt kann draußen nichts anderes als dunkler Dezember sein, in dem kein Vogel für mich singt. Der Winter, der das neue Jahr einleitet, hat die Nacht an sich gerissen. Können die Vögel für immer aufhören zu singen? Sie schweigen so leise wie vorausbestimmt, kein Gesang, nicht die kleinste Wundmusik, wenn sie mich dann zu meiner Überraschung doch aufsuchen. Die Visite kommt. Ich weiß nicht, ob sie wirkliche Ärzte sind. Weiße Besucher nenne ich sie, die mich heilen sollen. Ich spüre, dass in ihnen alles aus Routine geschieht und sie gar nicht an mich, sondern nur an ihre Abläufe glauben. Oder täusche ich mich? Mit großem inneren Kraftaufwand muss ich das erraten. Alles ins Erraten geben. Mich der Luft überantworten. Eine Wünschelrute der Luft sein. Wie eine Mutter sich ganz ins Gebären ihres Kindes hineinbegibt. Mit stundenlangen Vorbereitungen. Jahre gehen der Geburt voraus, wenn die Wünsche der Mütter, die Wünsche der Väter mitgerechnet werden.

Das Mitgerechnete vergessen alle. Zahlen sind fleißige Ameisen, sie schlafen in unseren Gedanken. So wie ich im Schiffsbauch des Lebens liege. Und überall rauscht das Wasser einer anderen, einer inneren Zeit. Ich warte. Jemand ist nach der Visite in meinem Zimmer gewesen und hat Blumen dagelassen. Bisher habe ich nie geschlafen, muss aber genau in diesem einen Blumenmoment eingenickt sein. Meine langsame Rückkehr zu den Menschen ist also besiegelt. Ich höre jetzt in der Ferne Glockengeläut. Und schreiende Kinder. Der Blumenduft weckt in mir ein Farbenland, das mein Kopf nicht kennt. Woher weiß ich, dass es Farben sind, die ihre Sprache mit meiner Sprache verweben? Ich sehe die Farben nicht, nicht so, wie ich früher die Welt und die Menschen, die Straßen und die Bäume gesehen haben muss. Das Sehen sieht mich und es stellt Fragen. Wo bin ich untergebracht, wie hierhergekommen? Wie leise Verwandte sprechen die Blüten zu mir. Sind sie blassrosa? Blassblau? Irgendwo gestohlene Veilchen? Ich breche mit den Ohren zum Himmel und zu der Luft auf, zu den Glocken dieser Stadt, überzeugt davon, nirgendwo anders als in einer Stadt zu sein. Ich gehe der Sonne hinter dieser allumfassenden Finsternis entgegen, ohne mich dabei von der Stelle zu rühren. Wie gerne würde ich mir jetzt all die Hochhäuser ansehen, die mein Kopf hier vermutet. Immergleich liege ich hier in diesem Bett, so unbeweglich, so eingeeinsamt in mich selbst, werde ich in Geduld unterwiesen. Ich komme mir vor wie ein Kind, das in seinen alten Vorstellungen gemaßregelt wurde und nun noch einmal träumend die Erde berühren darf. Der Raum, in dem ich liege, ist voll von fremden Einflüsterungen. Die Gedanken der Besucher haben sich in meinem Zimmer versammelt und versuchen von außen in mich einzutreten. Ich sehe, dass die Gedanken niemandem gehören, aber nicht anders können als sich mir anzubieten. Die kühle Luft umschwirrt mich, fast kann ich sie als ein Geräusch hören. Langsam nehme ich mehr vom ganzen Ort wahr. Insektomanisches Tanzen und Vibrieren. Ich begreife, wie ungeschützt ich bin, wie wenig mir zusteht, dass ich nichts verlangen kann, mich nicht wehren kann gegen die Summe, die Dauer und den Ablauf der Erfahrungen. Wie konnte ich früher nur glauben, dass es anders ist und dass wir irgendetwas alleine machen können?

Der mintfarbene liebe Rabe, der mir seit kurzem Kekse und, das rieche ich genau, deutsche Lebkuchen an das Bett stellt, lässt von allen, die hier auftauchen, die merkwürdigsten Gedanken in der Luft zurück. Libellenartig schwebende Wörter, autonome Wortlandschaften, die niemanden brauchen. Von außen dringen diese Durchreisenden zu mir vor, und mein Kopf will mit ihnen in Beziehung treten. Es passiert nicht das Erwartete. Manchmal sind nur Fragen ihre Hinterlassenschaften. Dann kann ich wahrnehmen, dass die Gedanken der anderen mir jene Welt bringen, die ich selbst verloren habe. Die rätselhaften Lücken umarme ich genauso wie die Antworten. Liege hier eingewebt ins Ganze. Die Infusionen und die Blutdichte sind ein sehr kleiner Teil davon. Es umgeben mich viele gänzlich fremde Koordinaten. Anders als früher, habe ich jetzt keine Angst vor Lücken und Auslassungen. Seitdem ich nichts selbst machen kann, ist alles ein Geschenk. Irgendjemand sagt, dass unsere Krankenhäuser Überbleibsel alter Lazarettsysteme sind. Ich kann das nicht überprüfen, zumal ich hier von den Frauen freundlich behandelt werde. Die in Mint gekleidete Schwester ist leise. Ich nenne sie noch immer meinen Kleinen Raben, der angenehm nach bester Olivenseife riecht. Niemand ist so leise wie sie. Ich glaube, diese Frau arbeitet hier schon lange. Jahrzehnte. Ganz sicher. So lang wie die Alpen schön und hoch sind und oben mit der Luft befreundet. Und sie kennt jeden Winkel in diesem weit verzweigten Gebäude, das ich vielleicht niemals erforschen, nie jenseits dieses Zimmers erleben werde. Gesundheit und Krankheit, was ist das, fragt dann einmal die helfende Frau jemanden am Telefon. Es geht ihr um alles. Innerlich nehme ich Anteil. Auch meine Ohren verstehen, dass ein Mensch aus dem Bekanntenkreis des Kleinen Raben, der zuvor schwer krank war, urplötzlich gesund geworden ist. Von heute auf morgen. Eine Art Tod war dem vorausgegangen. Nicht ganz wie bei Lazarus. Aber durchaus eine Todesrichtung, friedfertig und bereit zu neuer Reise. Sagt sie. Und sie lacht jetzt laut. Genauso schnell wie die Krankheit gekommen war. Sagt sie. Sie und der Kranke sind vom Wunder überrascht worden. Diese Menschen und alle, die mit ihnen in Berührung kommen, sind auf eine besondere Weise schön. Die Überraschung verwandelt ihre Stimmen und Gesichter wieder in Natur. Niemand aus Mintsterns Umgebung hat eine Erklärung für die Genesung, für die Rückkehr, die eine Umkehr ist, ein Beginn, der alle, die davon hören, zu Anfängern ihrer selbst macht. Wunder sind verpönte Distanzen. Sie stehlen uns unseren Platz in der Zeit und machen Angst. Durch die Ausnahme verschaffen sie sich einen Ort in unserem Denken. Und wir können uns nicht gegen diese sonderbare Sehnsucht wehren. Doch wenn wir sie einfordern, entzieht sie sich uns.

Ich bin nun sehr still geworden. Meine Knochen schweigen wie mein Mund verpflichtend schweigt. Die Anbindung an die Welt der Menschen und Freunde, Gespräche und Sommerabende unter wohlriechenden Linden ist mir noch nicht gegeben worden. Niemand hört mich. Ich wünsche mir kein Wunder, weil ich weiß, dass mein Körper es tragen, dass er allein es träumen müsste. Dieses Wunder, das immer Wunde ist, bevor es Hymne sein darf. Mein Körper kann noch nicht singen. Der Körper ist sich selbst loyal. Er schläft die ganze Zeit. Ruht sich in sich selbst aus. Wie ein Stück müde rote, rasendrote Erde. So liegt er da und ist still schweigende Natur wie die Steine. Die helfende Frau weint. Jemand hat am Telefon versucht, sie zu trösten. Ohne Erfolg. Sie sagt, die Kranken warten auf mich, ich muss jetzt auflegen. Daraus folgere ich, dass ich also selbst in einem Krankenzimmer liege, ein Kranker im Wartestand bin, fern der intakten Gnade. Das Jahrhundert der Wölfe hat das Erbarmen versprenkelt und zu einem Suchbild gemacht. Jetzt müssen neu entstandene Alphabete erlernt werden. Auch von mir. Die Luft ist ein solches Alphabet. Die Tränen suchen immer das Verlorene, bevor sie das Vorhandene sehen können. Wenn es sie noch gibt. Wenn sie da sind und in der Quelle schlafen. Wenn sie noch fließen können. Die heiligen Tränen. Die mir noch nicht gewährt werden. Das Zimmer ist friedfertig. Es hat seine eigene Zeit und verwandelt sich nicht. Wände. Zement. Kacheln. Maximale Materie. Dunkelste Dichte. Sehr fest strukturiert. Da ich nicht weinen kann, habe ich noch nicht herausgefunden, ob ich das

Zimmer mit dem Wasser des Lebens erweichen kann. Es ist ein Winterschlaf ohne Erklärungen. Bin ich ein Kranker? Oder ein Gesundender? Einen Unterschied muss es machen, wie und von wo aus sie hier auf mich sehen, was ich bin, in ihren wachsamen Augen. Nennen sie uns nur aus Gewohnheit Kranke? Wir liegen hier nicht wegen der Krankheit in den Betten. Es ist, es muss also ein Gesundungszimmer sein. Der Satz der helfenden Frau, die mir Lebkuchen bringt, Kekse mit Zimtgeruch, regt meine Ideenwelt an. Sie ist wieder auf dem Sprung, muss zu den Kranken zurück, das sagt sie noch einmal zu jemandem am Telefon. Die schwarze große Sonne zeigt sich mir als Durchgangssonne. Die Krankheit ist nicht das Ende, sie ist der Anfang einer Veränderung. Wie gerne würde ich sie jetzt darüber in ein Gespräch verwickeln. Sie verlässt den Raum. Ich habe noch nicht herausgefunden, ob ich nur eine bestimmte Zeit hier liegen und die dunklen Stunden abarbeiten muss, um in die freundliche Helle jenseits der Tunnel und Berge zu gelangen. Ich schlafe nie. Meine Bilderalpen haben sich etwas für mich ausgedacht. Mein Innenflug ist transatlantisch, ohne je den Atlantik zu überqueren. Ich sehe von Innenoben auf die Welt. Wo werde ich ohne die Wahrheit des Meeres ankommen? Wann meinen Namen erhalten? Meine Zellen fangen an zu erwachen. Sie fragen mich nicht. Sie ziehen um. Formieren sich zu summenden Kolonien. Sie beten. Bitten und beißen. Der Verstand hat die schwarze Sonne in Besitz genommen. Sprach-Kolonien, das sind schöne Reisereste. Wohin führt der Weg? Das Schmelzwasser des Winters sagt es mir nicht. Wie auch die Fragen sich stellen, die Zellen schauen nicht grammatisch bestrebt, sie sind schon der Satz von morgen. Jenseits von Zeit wachsen die wundersamen Geraden. Berührungen im Unendlichen sind möglich. Habe ich Zeit dafür? Lebe ich noch in der Zeit der Menschen? Ich weiß es nicht, so, wie ich ja nicht einmal weiß, warum ich weiß, dass die an meinem Bett abgestellten Lebkuchen Nürnberger Originale sind. Wie kann ich mich dann und je und überhaupt nur auf den Kopf verlassen? Eben noch war ich ein Reisender in überkontinentaler schwarzer Strahlung, jetzt, wenn ich von außen auf mich sehe, bin ich wieder nur ein lebloser Körper. Man hat mir die alten Richtungen gestohlen, Osten und Norden, Süden und Westen sind ausgetauscht worden. Die alten Kreuzungen haben sich in Luft aufgelöst, und so hat man mich in die Lage versetzt, selbst die Wälder zu wählen, durch die ich gehen will. Es scheint gleichgültig zu sein, dass ich noch gar nicht gehen kann. Ich borge mir Mondlicht für die zukünftigen Antworten. Ein Stoppschild unterbricht mich, es spricht in neuen Farben. Meine Seele versucht zu vermitteln. Ich war noch nie in Nürnberg und mache mir nichts aus deutschen Süßigkeiten, die ich offenbar von früher kenne. Viel wichtiger als die Mitbringsel dieser helfenden freundlichen Frau ist etwas anderes, es ist ihr unverkennbarer Gedankenkoffer. Zu dem nehme ich Verbindung auf. Dort ist viel verborgen von der Sprache. Wenn sie nach mir sieht, trägt sie den Koffer jedes Mal ins Zimmer. Was in ihm ist, weiß ich anfangs nicht. Er scheint sehr umfangreich zu sein, mit einem schier unergründlichen Inneren, dem ich nicht mit dem geistigen Auge folgen kann. Das erfüllt mich mit Trauer. Ich muss lernen, den Enden meiner Welt standzuhalten. Es sind schließlich berechtigte Forderungen im

Spiel. Die mir zugetragene Frau beschriftet den Raum mit ihren Sätzen und macht mich zum Leser ihres Lebens, zum Komplizen ihrer Innenwelt. Ich sehe ihre Wörter in der Luft, sehe, wie sie zum Fenster, zur Tür und zu meinem Mund streben. Recht besehen erlebe ich sie als Avancen. Soll ich etwa sagen und denken, was sie sagt und was sie denkt? Wenn ich sprechen könnte, erläge ich ihrer sprühenden Grammatik. So viel weiß ich schon nach kürzester Zeit, mein Wille ist ein allerkleinster Strohhalm. Die Gedanken sind stark ansteckende Magneten. Felder voller Strahlung, die alles zielgerichtet sammeln, an sich ziehen, verwalten und umschichten. Es gibt durchaus eine grellglaubwürdige Dichte darin, großen Mitteilungsbedarf in den Seelensaiten der helfenden Frau. Auch eine reine unirdische Liebe. Ich meine, von überall herkommende Dringlichkeit zu erkennen. Spüre mit meiner Haut vibrierende Not. Sie versucht mich zu kapern. Ihre selbstermächtigten Gedanken dringen in meinen Kopf ein. Ich sehe, dass sie zielgerichtet das werden, was wir sonst unsere eigenen Sätze nennen. Wie kann ich sie je wieder aus meinen Synapsen entfernen? Es geht nicht. Ich bin ihnen ausgeliefert. Das merke ich sehr schnell. Das ist eine schlimme Überraschung. Gedanken sind also nicht einmal höflich anklopfende Sequenzen. Ohne mich zu fragen, treten sie aus diesem großen Außen in mein kleines Innen ein. Besatzer meiner Tiefenkontinente. Dabei bin ich auf Hilfe angewiesen. Man sollte mich heilen und nicht derart offensichtlich überfallen. Wann werde ich meine eigenen Gedanken kennenlernen? In mir lebt ein Auge, das alles sieht. Die Iris seiner Welt kann helfen. Ich treffe diese Wahl und werde der Schauende, der handeln kann. Zeitgleich verstehe ich, dass ich nicht nur diesen einen gefangen genommenen Körper habe, sondern ein ganz normaler Mann bin, ein Mensch, der hier allein in einem leeren Zimmer liegt und von Fremden abhängt, ein Mensch, der keinen verwandtschaftlichen Besuch bekommt und mit den anderen leben möchte. Der Gedankenstrom ist zeitgleich da und hat zwei Ufer. Ich folge ihm nicht, höre das Rauschen des Wassers. Das Wasser ist kristallklar. Allmächtig fließt es ins Leben. Der Kleine Rabe lächelt. Ich fühle mich wie wachsendes Gras zwischen den Wassern der Erde. Als hätte er verstanden, was ich durchmache, lächelt der Kleine Rabe mich warmherziger denn je an. Ich werde neu geboren und darf vorher nicht sterben.

Die anderen Frauen sind auch noch da. Sie bringen nun täglich weiteren Sprachstoff mit sich, Wörter mit Segeln und Küsten. Sie massieren mir die Füße und die Beine. Ein Großauge unter ihnen strahlt ursprüngliche Treue aus und glaubt ganz fest daran, dass man mich von der Erde her wecken muss. Meine Füße sind für sie liebste Apokryphen. Von den Füßen gedacht, von den Füßen, die auf Straßen, Feldern und Holzböden gehen, muss mein Leben, mein ganzer innerer geheimnisvoller Text gedacht werden. Ich bin dankbar, dass es die Frauen gibt, dass sie leben, dass sie mich lieben und nicht sterben lassen wollen. Sie sind mein grünes Blatt, der Sommer meiner guten Zukunft, die aus der Gegenwart erscheint. Ich werde die Seiten des Lebens wechseln, weil ich ihrer Liebe sicher sein kann. Er wird wieder gehen lernen, sagt sie, die eine Frau sagt es, der ich so viel verdanke. Und ich möchte nur für sie meine Augen öffnen, erfahren, wer dieser Mensch ist, der in Buchstabenkünsten spricht und um mein Leben weiß. Ich fühle, dass ich gar nicht getrennt bin von den anderen, zeitgleich alles bin, nicht nur dieser eine einzelne Mann, der von den Passverwaltern vergessene Ausgesetzte, der von der Erde, von den Füßen her geweckt werden muss, zurückgeholt ins Leben auf diesem Planeten, der ein Stern von vielen Sternen ist. Die Einzahl ist nur vorgetäuschtes Leben.

Der Kleine Rabe ist jetzt sehr oft unkonzentriert. Ich höre, dass es bittere Pillen zu schlucken gibt und die Wunderheilung ihres nahen Angehörigen gar keine war. Er hat einen Rückschlag auf dem Weg zur Genesung erlitten. Die Krankheit hat sein Denken infiziert. Er glaubt nun, dass er diese Krankheit ist. Nichts anderes. Nur das, was sie ihm an Schmerzen gibt. Wenn die Helfende in mein Zimmer kommt und mir die trocken gewordenen Kekse durch neue und frisch riechende ersetzt, telefoniert sie jedes Mal nach getaner Arbeit mit einer Freundin. So bekomme ich alles von ihr mit und bin über den neuesten Sorgenstand ihrer Gedanken informiert. Dabei will ich vor allem wissen, wie es mit dem vom Wunder im Stich Gelassenen weitergegangen ist. Irgendetwas ist schiefgelaufen. Auf Wunderheilungen ist allem Anschein nach kein Verlass. Mir tut das leid für den Mann oder die Frau, um die es geht, aber vielleicht ist es auch ein Kind. Das Ereignis, das sie so beschäftigt, ist von großer Tragweite. Nicht nur sie und dieser bedürftige andere Mensch, auch ich habe mich vom Wunder distanziert, entdecke aber, dass ich eine Art Glauben in mir trage. Ich bin überzeugt davon, dass eine Krankheit wie eine mathematische Formel aufgehen und eine Lösung in sich tragen muss, die nur jemand finden kann, der das Unendliche kennt. Den eigenen Rücken zu sehen ist einem aber nicht gegeben. Dazu ist Gesundheit gar nicht gemacht. Dennoch gibt es Mittel und Umwege. Es ist keine Frage der eigenen Augen. Das Mysterium des Rückens und die Iris der anderen ergeben eine Suchaufgabe. Ich bin zwar kein indischer Wundermathematiker, verschweige mir aber selbst nichts mehr. Die Gleichung ist in mir tätig geworden. Konkret heißt das, dass ich nicht mehr betäubt bin und seit kurzem Schmerzen fühle. Jeder Wirbel tut mir weh. Um mich abzulenken, tauche ich in die schwarzen Quadrate ein, die ich vor meinem inneren Auge sehe. Die Schmerzen sind jetzt in den Quadraten eingesperrt. Endlich verstehe ich ihren Sinn und ihr Wesen. Wenn ich mir die schwarzen Quadrate ganz klein denke und sie in meiner Vorstellungskraft auf kariertes Papier schreibe, ergibt ihre Summe in jeder Richtung die gleiche Zahl. Hammer, Zange, Nägel, Säge, Hobel, Richtscheit plus Zirkel im Schoß, plus geschlossenes Buch. Und ein schön geheimnisvoller Silberblick. Mein Kopf ist nicht mehr eingezäunt. Deswegen sehe ich überall Harmonien und Verbindungen. Das umgekehrte Sehen führt in die falsche Richtung, so, wie mich die Vorstellung von der einen einzigen Lebensgeraden in die falsche Richtung geführt hat, bis ich hier gelandet bin, an dieser Stelle meines Daseinskreises, die mich zwingt, nicht mehr nach vorne, sondern nach innen zu träumen. Früher hatte ich Augen, die nur auf beweisbare Farben ausgerichtet waren. Ich habe alles über die Zeit gewusst, weil ich nur in ihr gelebt habe, bis die Zeit sich maskiert hat, um selbst Erzählerin zu werden. Sie hatte Forderungen, ich musste mich fügen. Alles händigte ich ihr aus, alles, was ich hatte.

Ich gab ihrem Verlangen nach, konnte mich nicht wehren, war doch der Körper mein Leben. Jetzt werden die uralten Gleichungen wie überfällige Rechnungen ins Licht gehalten. Vor meiner Tür steht jemand und spricht. Die Stimme verebbt mit einer Frage: Why is the sea king of a hundred streams? Auf dem Flur des Gebäudes singen nun die Vögel. Oder sind es die Menschen? Für die Leute hier bin ich nur ein Körper, der unbeweglich an der immergleichen Stelle liegt. Manchmal spüre ich meine linke Niere und kann es niemandem sagen. In der Niere sticht es. Ich sehe Blitze. Sie werden in mir verwaltet. Den Grund dafür kenne ich nicht, denke aber, dass sie meine Worte schützen, dass sie mir noch nicht erlauben, in vollständigen Sätzen und mit meiner Stimme zu denken. Hin und wieder würde ich mich gerne wehren. Es sind Forderungen in der Luft. Etwa, wenn es um Organspenden geht. Sie reden bei der Visite über meinen Körper wie über Brötchen oder Seife, die in einem Ladengeschäft zu erwerben sind. Ich kann mir ungefähr vorstellen, worauf ihre Wünsche hinauslaufen. Im Zimmer hängt keine Uhr. Die Wände sind weiß belassen. Ich kann nicht in Erfahrung bringen, ob ich gefährdet bin, ob sie mich einfach irgendwann aufschneiden und in der Welt bedürftiger Menschen umverteilen werden. Ich weiß nicht einmal, ob ich in einem Institut, einem Forschungszentrum für Bewusstsein, in einem gewöhnlichen Operationsvorzimmer, oder in einem ganz anders gearteten Raum untergebracht bin. Davon unbeirrt lebe ich meiner Genesung entgegen.

Auf den Fluren ist es heute besonders still. Ich stelle mir zumindest vor, dass hinter der Tür, die meine Tür ist, so etwas wie Flure sind. Wenn meine Lebkuchenlieferantin so lange hier beschäftigt ist, muss das Gebäude auch eine eigene Geschichte haben, Fenster, Flure, Türen, die zu anderen Zimmern, Räumen und Sälen führen. Sie selbst sprach einmal von einem Gebäude. Das habe ich nicht vergessen. Das werde ich mir immer in Erinnerung rufen. Das Bild ist einfach. Ich liege hier wie tausend andere vor mir hier gelegen haben. Und sie, sie läuft hier seit Jahrzehnten von Zimmer zu Zimmer durch die Jahreszeiten und schreibt Namen an die Türen. Auch mein Name steht vorne an der Tür. Er muss dort stehen. So finden sie mich hier. So können sie zu mir vortreten und mich inspizieren. Ich will eines Tages stark und aufrichtig genug sein, um aus dem Bett steigen und vor die Tür gehen zu können. Ich nehme an, dass mein Name noch ein Wagnis ist. Hier spricht mich nie jemand an. Doch wenn so etwas an die Tür geschrieben wird, hinter der ein Mensch liegt, wie ich hier liege, ein Mensch, der der Hoffnung übergeben wurde, dann muss jeder Buchstabe da draußen eine Bedeutung haben. Herzhorizonte. Das ist die letzte Wortkombination, die mir eine der Frauen im Zimmer dalässt. Eine Wörterfrucht. Und ich weiß nicht, wie ich sie schälen und wie ich die Liebe aus dem Wort herausholen soll. Mein Körper hilft mir nicht. Und die Frau, die am häufigsten mein Zimmer betritt, scheint sich immerzu in andere Frauen zu verwandeln. Ich verfüge noch nicht über die Fähigkeit, die Menschen hier so zu sehen, wie man sie von außen sehen muss, als getrennte Wesen in getrennten Körpern und Welten. Jetzt kommt sie wieder. Ich sehe deutlich, dass sie ein paar unbeschriftete, leichtfüßige Rätsel in mein Zimmer bringt, die zu mir Verbindung aufnehmen, als wollten sie mein Denken anstoßen und es mit ihrem Wortschatz verbinden. Diese Verflüssigungen ihres Geistes belasten mich manchmal sehr. Ich kann sie nur hinnehmen, ohne etwas zurückzugeben. Diese vielen Sprechakte zwischen ihr und mir sind dennoch sehr schön. Wenn mein Körper noch wollen könnte, würde ich aus Liebe weinen. Die Tränen stecken ungeformt in meiner Innenwelt fest und werden nicht zu Wasser. Dabei könnte ich sie viel besser ertragen als diese beharrliche Verdichtung meiner im ganzen Raum umverteilten Empfindungen. Das Zimmer ist eine große in Haft gesetzte Träne. Am Fenster, wo das Wasser sich eine Ausflucht ins eigene Element verspricht, drückt die Innenwelt sich gegen das Glas, spricht die Außenwelt an, die sich nicht öffnen will. Diese Wand aus Schweigen. Mein innerer Stern, der mein Menschsein beatmet, handelt nicht. Ob ich mit ihm einmal das Fenster aufmachen und wenigstens kurz hinaussehen könnte? Die Welt sehen – wäre etwas anders, wenn ich meine Augen öffnen dürfte? Alles wäre anders. Ich würde ein Brunnen sein, ein Vogel, ein Vagabund, ein Pferd und das ganze weite Draußen, ich könnte es samt seinen Farben sehen, alles könnte ich sein, was ich sehe. Meine Iris wäre wieder verwandt mit den Schmetterlingen. Ich könnte ihre Flügel und Punkte und ihr Schimmern mit geschlossenen und mit geöffneten Augen im Licht tanzen lassen. Obwohl ich mir dieses Glück vorstellen kann, steht mir ein Gedächtnis noch nicht zu. Der Kleine Rabe will sein Gedächtnis loswerden. Von der Wunderlöschung in ihrem Freundeskreis ist lange nicht mehr die Rede gewesen. Es gibt anderes, das sie sehr belastet. Schwierigkeiten in ihrer Liebeswelt. Herzhorizonte, die vor langer Zeit in der Zeit zusammengesetzt wurden, driften jetzt auseinander. Sie empfindet Kummer bei all der Kälte, sie sagt, die Dezemberkälte ist es, diese eisigen Temperaturen, die alles so schlimm machen. So erfahre ich, dass es in der Welt vor meinem Fenster tatsächlich Winter ist. Sie wird verschluckt von der Trauer um die zu Ende gegangene Liebe, weggerissen von all den Dingen, die erst stufenweise und dann endgültig in ihrem Inneren verschwinden werden. Nur noch eine kurze Zeit darf sie diese Liebe ihr Eigen nennen, eine Liebe, die sie, mit wachsendem Zweifel in der Stimme, mit ihrem Leben gleichsetzt. Schon morgen wird sie ganz und gar das Recht darauf verspielt haben. Jetzt auch ahnt sie, dass sie keine Chance hatte, dass auf die Zeit kein Verlass ist. Die Zeit ist das Unbeständigste von allem, sie ist irrational. In einem anderen Zusammenhang wird sie von den inneren Uhren wie ein schwimmendes Bild in einem weit entfernten Traum verflochten und vom Schicksal an die nächste Bewegung weitergereicht werden. Sie wird das als eine grobe Zumutung empfinden, wird nicht mehr wissen, wie es zu den Verwicklungen mit der Bildwelt und zu diesem einen Abschied kommen konnte, der dann alle anderen Abschiede einleitete. Sie will diese Liebe retten, die keine mehr ist. Dabei ist der Tod schon lange vorbeigezogen, hat sich alles geholt, was nicht mehr am Leben war. Höflich ist der Tod. Ich weiß das jetzt auch. Er klopft mehrmals an, ist beharrlich, bleibt da, holt sich alles, was ihm zusteht, er hat den Schlüssel zum Leben. Du sollst es merken, wenn der Tod da ist. Bisher hast du nur in der Zeit gelebt. Und das ist verboten. Deine Trauer bringt ganz andere Uhren ins

Spiel. Du sollst sie nur sehen, die Trauer. Dann wird sie gehen. Das Verborgene mitnehmen. Und anderswo unterkommen. Vom Paradies bis Golgatha sind viele Länder zu sehen. Der Tod ist immer ein unerwarteter Hilfsarbeiter, Schlüsselschlosser, somnambuler Gärtner. Er kann nicht anders. Ihm gehört der Himmel aus Sagen und Mythen. Es ist nicht einfach für die trauernde Frau. Ich sorge mich um sie. Seit Tagen sieht sie sehr verlassen und verwahrlost aus. Ihre Bluse hat Flecken, sie trägt keinen Lippenstift mehr auf. Alles ist traurigtod in ihrem weichen Gesicht. Sie denkt bestimmt, dass sie alles begraben muss, was sie erlebt hat in dieser Liebe, die nun vorbei ist. Für den, der alles verliert, ist es kein Trost, dass alles andere weitergeht, nie ist das für einen Abschied nehmenden Menschen ein Trost gewesen. Ich kann ihre Gedanken empfinden. In ihrer Herzmitte ist der Abschiedsgedanke nichts anderes als eine schlimme Guillotine. Und sie will jetzt gar nicht wissen, nicht mal in ihren Träumen einen Hinweis darauf bekommen, dass ihr altes Leben schon Saat geworden ist für das Kommende. Dabei gibt es sogar Menschen, die sich ganz plötzlich im Schlaf neu verlieben. Je länger ich ihr verzehrendes Verlangen lese, desto direkter spricht das Sehnsuchtsbuch aller Menschen aus ihr. Es spielt mir durch die Trauernde wichtige Herzpassagen zu. Sie erzählt mir Dinge, die ich als hier liegender Einzelner nie wissen könnte. Die heiligen Anfänge. Keiner ist ein Alleingeher, in der Liebe gehen von Beginn an alle mit, die je zuvor einen anderen Menschen geliebt haben. Die wachsenden Traumnachbarschaften sickern sehr schnell in das ganze blaue Leben, in die Zugehörigkeit zum Ozeanischen. Ist es das, was sie nun vermisst? Schließlich fahren alle Liebenden gerne zusammen ans Meer. Es ist die allererste Sehnsucht, der sie gemeinsam zur Reise verhelfen.

Die Trauernde telefoniert nicht mehr so oft. Sie ist zunehmend ein Labyrinth für meine inneren Ohren geworden. Die Frau massiert mir jetzt die Füße, nicht mehr nur sanft und leise, eher mechanisch, ohne irgendeine Anteilnahme. Gleichwohl bin ich dankbar. Ich habe mich heute dennoch zum ersten Mal dabei ertappt, auf die andere, die fröhlichere Frau zu warten. Es sind drei oder vier, die abwechselnd in meinem Zimmer auftauchen. Noch sind mir ihre Erscheinungsformen eine Denkaufgabe. Meine Hoffnung. Meine Tür. Mein Licht. Wenn die Hoffnung mir den Weg nicht ausleuchtet, sind mir alle Wörterbücher verschlossen. Als würden meine Wünsche erhört werden, steht sie schon bald vor mir. Die helle Lebendige. Genau sie habe ich mir ersehnt. Sie kommt pfeifend ins Zimmer. Ihre Berührungen sind so achtsam wie ein Mensch auf dem Pilgerweg vorsichtig ist. Sie hat die Kraft der Sanftmütigen. Daran erkenne ich sie. Ganz langsam und überaus leise lässt sie das Ereignis der Begegnung in sich eintreten. Sie ist vollständig. Ein Spiegel, der freundlich schweigt. Sie macht ihre Arbeit gerne. Ich fühle nun jedes Mal lange im Voraus ihre Anwesenheit, so wie ich damals den Gedankenkoffer gespürt habe, noch bevor er ins Zimmer getragen wurde.

Die Namen der Frauen kenne ich immer noch nicht. Ich werde allen, die zu mir kommen, meine eigenen Namen geben, werde mir helle Leitern bauen zu ihrem funkelnden Licht. Die Buchstaben werden mir dabei helfen. Bis sie sichtbar werden. Welt. Hilf mir, Buchstabenküste.

Mir und allen anderen Menschen. Bring mich ans Meer. Ins Blau. Zum Blick auf zwei federleichte Boote und Herrlichkeit versprechende Ferne. Wo ist nun die helle Lebendige? Leider habe ich die Lebendige noch nie auch nur annähernd von außen gesehen. Meine Augen schlafen häufiger als die Sterne des Himmels, aber nicht so oft wie meine Füße und der ganze dumpfe Rest meines Körpers, der sich wie der Körper eines anderen Menschen anfühlt. Ich werde achtsam sein und wieder in seinen Schutz eintreten müssen. Vom Verborgenen ins Lebendige gehen, an Zement vorbeischreiten, an all den Regeln und listigen Schlangen der Vergangenheit, die nun langsam in mein Blickfeld rücken. Von der Lebendigen verspreche ich mir gerade deshalb viel, und ich möchte alles über sie wissen. Wie die Welt vor meinem Fenster, plant aber auch sie allezeit ihren Selbstrückzug. Das spüre ich immer dann, wenn der Spiegel sich zur anderen Seite des Zimmers dreht, sich mir entzieht und mich wieder auf mich selbst zurückwirft. So klein in der Welt fühle ich mich dann. Eine Ameise inmitten der kosmischen Dunkelheit. Ein Partikel Staub in dieser summenden Weite. So unbeweisbar bin ich ohne den Blick der Lebendigen. Wer ist sie? Wie ist sie hierhergeraten? Ist der Zufall ein Dieb oder wieder einmal nur etwas für Feiglinge? Ich habe das Gefühl, dass sie mehr über mich weiß als die ganze Visite. Sie spricht nicht und telefoniert auch nicht am Fenster wie der Kleine Rabe. So muss ich andere Kanäle anzapfen, noch inständiger auf meine inneren Augen und inneren Ohren zurückgreifen, um überhaupt etwas von ihr in Erfahrung zu bringen.

Die Doctores lassen sich nun sehr oft blicken. Sie schicken ihren Körpern eine luftige Wichtigkeit voraus und sind in schneeweiße Anzüge gehüllt, die mich wegen der beachtlichen Stoffgeräusche, die sie machen, an Gewänder aus arabischen Ländern erinnern. Um sie herum nehme ich mehr und mehr ein weißes Leuchten wahr, weil alles so glühwürmchenfein aufscheint im Zimmer, wenn sie sich um mein Bett versammeln. Dabei bin ich im Moment nahezu blind. Im Schaltwerk der Bilder werde ich gerade deshalb noch nicht aufgegeben. Ich ahne, dass weder die innere noch die äußere Zeit ohne die Bilder zu haben ist und dass der Verlust der Zeit mit dem Verlust der Bilder einhergeht. Ich bin noch im Besitz von beidem. Ich lebe und bete, dass sie hier nicht einfach die Geräte abstellen, dass sie mich nicht für tot halten, dass sie nicht denken, mein Körper sei davongegangen, habe mich verlassen, wie der Kleine Rabe von seinem alten Herzhorizont verlassen worden ist. Der hellen Lebendigen kann ich es nicht sagen. Etwas wird aber schon jetzt abgezählt. Ihre Welt und meine Welt. Ohne unser Zutun werden die Schnittmengen verknüpft und sichtbar gemacht. Und noch während wir aufeinander zuleben, eröffnet dieser Winter uns allen ganz neue Möglichkeiten.

Mir ist in der Zwischenzeit klar geworden, dass die Form des Körpers, allem Wissen zum Trotz, ein großes und größer werdendes Geheimnis ist. Wer hat mir meine Augen gegeben, wer hat meine rechte Hand gemacht? Kann man mich einfach so von heute auf morgen abstellen, von den Geräten losbinden, mich einfach Zufall und Zerfall überlassen? Der Mond vor meinem Fenster leuchtet. Wenn ich könnte, würde ich mir die Decke über das Gesicht ziehen.

So hell sind jetzt meine Nächte. Das Licht brennt sich ein in mich. Ich sehe es nicht, es sieht mich. Ein neues Sehen. Es kehrt die Sichtachse um. Verschmilzt mit mir. Und macht meinen Körper zu seinem Auge. Es sagt: Der natürlichste Ort für den Menschen ist immer noch das Paradies. Der Kreis. Das Licht. O. Das Licht weiß alles. Paradiso. Es hat auch den Umweg einkalkuliert. Wenn wir die Buchstaben verschieben, entsteht aus dem Paradiso durch die Hinterpforte die Diaspora. Die Pferde. Die Tode. Die Flüsse. Die Horizonte. Pluto und Sibirien. Das ganze schmerzverzahnte Dazwischen. Mein kleiner linker Zeh will daran Anteil haben. Ich spüre, wie etwas in ihm erwacht, wie er sich zum Licht streckt. Ein wirksam gebliebenes Zeichensystem ist in ihm verborgen. Mein Atem scheint wieder ganz regelmäßig zu werden und zu einem neuen, beständigen Rhythmus zu finden. Wann werde ich ohne all diese Geräte atmen, wann mein Glück aussprechen können?

Neuerdings höre ich mich in den Nächten selbst atmen. Erst habe ich gedacht, dass man mir heimlich einen Zimmergenossen untergeschoben hat. Aber ein anderer Mensch ist nicht hier. Es ist nur mein eigener Atem, den ich höre. Ich bin überrascht, wie laut meine Lunge ist, dass sie wieder spricht, sich einbringt und im Raum diese Geräusche hinterlässt, so, wie der Kleine Rabe und die Lebendige ihre Worte und Gedankenkoffer mitbringen. Mein Zimmer ist ein Verwaltungshafen für das Anbranden der Sprache. Die Stimmen vor der Tür machen sich nun schon morgens zusammen mit dem Gesang der Vögel in aller Regelmäßigkeit bemerkbar. Wie geheimnisträchtig musizierende Wolken ziehen sie an meinem kleinen Menschenhimmel vorbei. Ich rühre mich nicht, weil ich mich nicht rühren kann. Sonst würde ich sofort nach dem Lichtschalter suchen oder vor die Tür gehen und nachsehen, wer dort an meinem Leben vorbeigeht, ohne mich zu begrüßen. Wer könnte Anteil an mir nehmen, wer meiner gedenken? Ich weiß nicht einmal mehr, was ich noch von früher weiß und wie all das möglich war, was mein Leben, meine Liebe, mein Menschsein ausgemacht hat. An die Bäume kann ich mich aber gut erinnern. Ich sehe jetzt, dass sie ein undurchdringliches Leben haben. Auch die Marienkäfer haben dieses stille Leben. Allein die Punkte, die sie tragen, machen mich ehrfürchtig. Woher kommen sie, diese vielen Punkte, wer macht sie, warum sind sie zu sehen? Erschafft sie der gleiche Farbmeister, der auch unsere Augen, die Farben der Augen erschaffen hat? Wissen die Augen mehr als unsere Hände? Ich kann mich nicht einmal einen Zentimeter von der Stelle rühren, kann weder meine Augen noch meine Hände bewegen. Meine körperlose Augenlandschaft ist jetzt zeitgleich mein Leben. Trost bringt mir das nicht. Dafür sind diese Augen gar nicht da. Nur die Hände, nur die Wärme der Fingerkuppen können mir Hoffnung schenken. Ich erfahre das jeden Tag, zumindest an den Tagen, an denen die Lebendige kommt. Im Stillen habe ich sie zu meiner persönlichen Amtsheiligen erkoren. Ihre Haut ist eine schöne Brücke. Sie verbindet meine Füße mit der Erde.

Alle, die hier um mich wissen, haben sich an meinen leblos wirkenden Körper gewöhnt. Die Visite verplant schon heimlich meine Organe. Die einen sind misstrauisch, die anderen hellsichtig, aber beide fühlen sich allmählich von mir beobachtet. Nur die Sanftmütige hat nichts zu verstecken und keine Angst, von mir ganz gesehen zu werden. Der Kleine Rabe ist ruppig, glaubt nicht einmal annähernd an meine Genesung. Zu ihrer Freundin sagt sie am Telefon, dass ich ihr hundertster Toter sein werde. Eine Art Auferstehung wird in meinem Fall also gar nicht mehr für möglich gehalten. Daran ist sicher die kürzlich eingetretene Wunderlöschung bei ihrem Verwandten schuld, für die auch ich empfänglich gewesen bin. Ich weiß nicht, was ich in meinem früheren Leben gemacht habe, doch über Verwandlungen weiß ich einiges. Vor allem in tiefer Nacht verstehe ich am besten, was sie bedeuten und dass sie alles sind, was wir je haben können. Neben meinen neu aufkommenden Atemgeräuschen wohnen in der Luft meines Zimmers auch fordernde Namen mit doppelten Böden. Ich könnte sie mit großen Schränken vergleichen, in denen uralte Briefe an die Menschheit aufbewahrt werden. Manchmal weiß ich alles über sie, dann erwache ich in der Erkenntnis schneller als zuvor. Und ein solcher Name öffnet sich mir wie eine Erzählung. Er gibt sich mir, dieser Name, er gibt mir seinen innersten Brief zu lesen. Bleibe in deinem eigenen Bild. Sagt er. In deinem innersten Leben. Es ist nicht an mir zu antworten. Ich verstehe jetzt aber, dass Verbindung das ist, was wir unser Leben nennen. Die Buchstaben sind die Handwerker, die das Verbundene in den Vorzimmern unserer Träume sichtbar machen. Vorzimmer sind keine Durchgangszimmer, man muss lange in ihnen bleiben. Und auf die Namen warten, die uns lieben. Ich wusste nicht, was oder wer Nada, Nadeshda, Nadushka war. Meine Träume und das Wasser, das die Bilder zusammenhält, sind mit ihr verschwistert. Sie haben sie mir zugespielt, mich in das Gewebe eingeflochten, das sie ist. Jetzt ist dieser Name hier, in diesem kahlen Zimmer, Schmuck und Leben in einem. Der Traum ist in meinen Raum gekommen, in dieses Zimmer, in dem ich ein Mensch bin, der nur das Innere der Dinge sieht, aber nicht einen Schritt mit seinen eigenen Füßen gehen kann. Niemand kann jemals sagen, warum und wie die Dinge geschehen, die geschehen. Sie geschehen. Die Antworten reichen nicht an das Leben heran, nach dem ich mich sehne, weil ich weiß, dass mir eines zugewiesen ist, dass ich noch den Platz einnehmen kann, den der Kreis für mich bereithält. Der Kreis öffnet und schließt sich. Die Gerade, die wir uns ausdenken, damit wir nicht verrückt werden, diese Gerade gibt es nicht. Es gibt kein chronologisches Leben. Dort, wo die Gerade ins Nichts gekippt ist, hat der Kreis sich meiner angenommen. Ich habe neulich bei einem Rundgang der Visite das Wort Unfall aufgeschnappt. Jemand von den Leuten in Weiß hat es gesagt. Ich weiß nicht, ob es etwas mit mir zu tun hat. Als ich das Wort hörte, erinnerte ich mich an die Erfahrung des Aufpralls. Ich weiß, dass ich mir nicht mehr entkommen kann. Nie könnte ich nach meinem Erwachen so schnell gehen, um mich noch einmal dem Gesetz der Uhren beugen zu können. Auch die mir zugewiesene Zeit weiß davon. Der Kreis lässt jetzt weder sie noch mich einfach nur geradeaus gehen. Das ist der Grund für alle meine Hoffnung. Wenn das Gesetz des Kreises wirksam wird, gibt es keine Sünden. Und dann liege ich jenseits aller Vorzimmer, liege hinter dem Gesetz und warte darauf, wieder der Welt übergeben zu werden.

Die Visite wird seit kurzem aufgestockt. Im Gebäude ist eine neue Schwester erschienen. Die Dritte. Auf dem Flur schon erkenne ich sie an ihren leisen Schritten. Sie heißt Inga und weigert sich, die türkisfarbene Standarduniform zu tragen. Inga verabscheut verordnete Kleidung. Die Leute hier lesen ihren Namen auch von hinten. Das erinnert mich an ein Spiel mit anagrammatischen Sonnenuhren. Darauf besteht sie selbst nicht, lässt es sich aber ohne Aufbäumen gefallen. Besonders am Morgen macht es ihr Freude, ausgetauscht zu werden. Inga. Agni. Klingt in meinen Ohren wie eine japanische Pflaume. Ich kenne das von hinten gezauberte Wort nicht und fange an, es zu mögen. Mit der Verwandlung des Wortes setzt mein Glück ein. Die Rückreise in die geschichtete Zeit. Sie beginnt damit, dass Inga eigene Kleider anzieht und nicht uniformiert erscheint wie die anderen. Ich liebe sie dafür und fühle mich durch ihren Eigensinn an irgendetwas Angenehmes aus meinem früheren Leben erinnert, das auch Teil meiner Zukunft sein wird. Dieses Wissen steigt aus einer tief verschütteten Vergangenheitslandschaft in meinem Kopf auf. Zergliedert und brüchig ist es eine Einladung, Versprenkelungen und Pixeln mehr zu vertrauen als dem ganzen gesicherten Bild. Soll ich dennoch das Mosaik, das ich einmal war, wieder zusammensetzen? Ich unterhalte mich via Luft mit Inga. Es gibt keinen üblichen Wörtertausch zwischen uns. So geht unsere Sprache nicht. Unsere Sprache liegt wie ich auf dem Rücken und sieht in die Weite des Himmels. Sie ist mit allem verknüpft. Etwas Kühles wird bei dieser Erkenntnis in mir frei, frei zu gehen, frei zu schmelzen. Arktische Schneefelder ziehen in meinem inneren Blick wie Wolkenformationen vorbei. Dann wechselt diese Landschaft und wird in mir neu verteilt, zu neuer Luft, in der die Vögel unbeirrt ihre uralten Routen fliegen. Das wahre, verlorene Gesicht der Musik. Es erscheint. Die Hierarchie und die Mitteilungen der Vögel. Die vielen flinken erleuchteten Rotkehlchen. Wo sind sie jetzt, da mein Körper mitten im Menschsein in starre Gefangenschaft geraten ist? Singen sie auf dem Berg Meru ihre Lieder, in Sri Lanka, in Griechenland, in Rom? Warum helfen sie mir nicht, schneller zu genesen? Dabei müssen gerade sie wissen, wie wir der Kälte unserer äußeren Jahrhunderte entkommen können. In jeder Zelle ihres kleinen Körpers ist der Kreis der Zuarbeiter der inneren Stunde. Sie müssen sich nicht an die Jahreszeiten erinnern. Ich möchte ein Gespräch mit den Vögeln sein, ein Gespräch mit meinem Kleinen Raben, der noch Liebeskummer hat und, das sah ich neulich genau, Augen so braun, so hell und vollkommen wie Mandelkerne. Ich möchte ein Gespräch sein mit dem Licht der hellen Visitengewänder, auch mit jenen, die den Raub meiner Nieren planen. Ich möchte ein Gespräch sein mit dem Mond. Mit dem Wetter. Mit den geheimnisumwitterten Fluren dieses Gebäudes. Noch ist nicht die Zeit dafür, noch hält mein Körper sich zurück und verweigert mir seinen Dienst. Die Worte helfen mir, selbst dann, wenn sie mich belasten. Agni spricht seit kurzem in Worten mit mir, wenn niemand dabei ist. Ich deute es als etwas Schönes, eine Art Prolog. Sie sagt, alles wird sich finden, kein Teppich entsteht an einem Tag. Fäden und Buchstaben verlaufen so lange parallel zueinander, bis irgendwann das Ganze sichtbar wird. Ich bin überrascht, mein Leben ist aufregend, es geht jetzt sogar um Teppiche und Fäden und Bilder und allerlei damit verbundene Verwicklungen, denen man am Webstuhl der Seele anheimfallen kann. So viel Ansprache bin ich nicht mehr gewöhnt. An meinen Wangen bemerke ich eine neue behäbige Schläfrigkeit. Ich hatte fast vergessen, wie schön das sein kann. Inga ist bei mir. Ich genieße das Glück ihrer Anwesenheit. Fast könnte ich die Wolken, die Lieder, die Farben und, wer auch immer dafür zuständig ist, darum bitten, dass sie mir erhalten bleibt, diese Frau ohne Sorgen. Inga, Agni, du machst mich schläfrig wie einen richtigen Menschen. Stunden noch döse ich so vor mich hin. Ich bin auf der Reise. Das ganze Bild meines Unterwegsseins habe ich nicht, besitze es nicht, niemand besitzt es. Ich kann nur hoffen, bald nicht mehr als ein Ornament meiner selbst hier liegen zu müssen und eines Tages weitergehen zu dürfen, weiter ins Frühjahrsregnerische, in die Juni-Sommermulden, in die kürbisgelben Oktobernachmittage. Und dass ich alles wieder anfassen, anstaunen kann. Noch bin ich nur ein Namenloser, der in diesem Bett wie im besternten All liegt. Ich schaue hinab und hinauf. Überall ist Blau. Sehe in die Tiefe der Meere. Der Körper verweigert sich mir, er kann noch nicht mit den Himmelsrichtungen gehen. Die Füße bereiten sich vor. Sie sehen etwas. Eines Tages werden sie mir davon erzählen. Sehen heißt ändern. Und hinreichen zu der Wahrheit der Fische. Ich höre, wie das Wasser in mir murmelt, wie es in mir braust und alles anschwirrt mit seiner Musik. Ich bin jetzt auch darin Beobachter. Zeitgleich im Wasser. Das mich beherbergt und zur Welt bringt. Auch reife Verben schwimmen in meinem Wasser. Die möchte ich pflücken. Ich werde weiterleben. Und das Innere, sein Herz und sein Eis und seinen zur Erstickung führenden Hohn erkunden. Jetzt erst weiß ich, dass es mir wirklich möglich sein wird.

Das liegt an Inga. Sie hat mir Hoffnung geschenkt. Inga hat mit mir gesprochen. Ich bin kein vergessener Traum, wie ich einige Wochen lang geglaubt habe. Ich bin keine fremde Sprache, die mit anderen fremden Sprachen spricht. Ich bin hier. Mich hat niemand vergessen. Ich bin kein weggeschlossenes Bild und keine eingesperrte Bilderreihe. Ich bin eine Zellenbibliothek, und glücklich bin ich, kenne den großen Hafen und hoffe, dass das Licht mich noch wortweise einweiht in die Seerose, zu der die Vögel fliegen, wenn sie über die Kontinente hinweg die Lüfte durchmessen. Ich habe ein Inneres und Worte, die ich im Inneren wenden und verbinden kann zu einem Sekundenstrang Glück. Es ist ein Geduldspiel. Rätselhaft notwendig bleibt das Schöne. Ich habe nicht mehr gewusst, wie angenehm es ist, die Stimme eines anderen Menschen zu hören, mit ihm zusammen zu sein, wenn er mit dir spricht, sich dir zuwendet, dich meint und mit dir etwas Kleines denkt.

Innerlich schreibe ich jetzt ein Buch. Es ist ein langes Liebeslob auf Agnis Stimme, auf die raue Tiefe, die sich weich wie Mutterwellen in meinen Ohren einsingt. Es lohnt sich, auf diese Liebe zu warten, auf diese sanfte neue Stimme, die mich nun Tag um Tag wärmend ins Leben hebt. Woher kommt die menschliche Stimme? Die Freude darüber, sie wieder genau hören zu können, ist so groß, dass ich dabei alle Gedanken vergesse. Beim Kleinen Raben hatte ich noch das Gefühl, mir alles auszudenken. Bei Inga weiß ich nun, dass ich mir nichts ausgedacht habe, dass der Kleine Rabe mir alles mit seiner Stimme erzählt hat, was ich wahrgenommen habe. Es ist ein großes Glück, Inga hören zu können. Mein inneres Gehör hat meine Ohren zur Genesung gebracht. Ich bin unterwegs zur Welt. Ich höre. Und verstehe die Sprache durch die Vibrationen der Worte. Ein kleiner Astronaut sitzt in meinem Gehörgang, er lockert Hammer, Amboss, Steigbügel und führt mich an die Menschheit heran, an Klang und Schall und Bogengang. Der Winter und der fordernde Mond können mir nichts mehr wegnehmen. Inga ist da. Inga ist ein Mensch. Ein Mensch spricht mich mit Worten an. Er spricht zu mir, und zum ersten Mal ahne ich etwas von der hellen Heiligkeit des Lebens.

Agni bringt mir bei einem ihrer Besuche eine Pflanze mit. Sie sagt, dass sie für Aufrichtigkeit steht und dass nur sie mich gesund machen kann. Ich ahne, dass sie durchlässig rot und sehr schön sein muss, oder auch jenseits der Farben. Was sie wohl mit Aufrichtigkeit meint? Ihre Stimme ist ein großer Segen, der Tiefenwärme in mir auslöst. Nicht nur deshalb, weil sie mein Herz von innen kitzelt, sondern weil ihr etwas ganz anderes gelingt. Jeder Segen ist ein Arbeitsauftrag. Das lässt sie mich erkennen. Nach einiger Zeit begreife ich, dass auch ihre Geduld das Ergebnis einer inneren Tätigkeit ist. Das Geschenk der Zuwendung. Die Schenkung, die zum Beschenkten macht. Ich mache eine Reise, zurück zum Kern des Kerns, zur Einheit, vorher taste ich mich noch an die Uraufgabe aller Liebenden. In die Liebe führen alle Wege, Murmeln, Wogen, Schlösser. Wer ist von uns jemals für immer am Ende der Reise angekommen? Wir fangen deshalb alle noch einmal an, liebe Liebende: Ohne Anfang und Ende werden alle an der Liebe Gescheiterten einander neu und ganz und immer wieder lieben müssen, ohne Grund und ohne Verstand. Diese Reise ist kein System. Diese Liebe ist keine Politik. Es geht um

Segen und Sehen, um das Gold im Staub der Welt. Um das jahrtausendealte Halsband der Taube. Wonnen und Nöte. Wärme und Worte. Ihr gehört dem Leben. Ich will dorthin vordringen, da sein, wo die Menschen mit der Stimme lieben.

Die Geräusche und Gerüche auf dem Flur dringen von Tag zu Tag mehr in meine Sinne. Sie stoßen das Bewusstsein in meinen Körper. Manche Laute sind musikalischer als andere und bleiben beharrlicher in der Luft bestehen. In der Ferne meine ich den Wind und das Meer zu hören. Un altro mare. Wellen. Und menschliche Rufe im Schneetreiben. Sie helfen mir auf meinem Erinnerungsgang. Meine Geschichte, sie scheint vorerst ins Schweigen abgesunken zu sein. Die Umzäunungen der Biographie sind weggefallen. Ich schweige und schwele im Neuen. Es tauchen Fragen auf, Fragen in meinem Kopf oder im Kopf dieses Zimmers, in dem sich das abspielt, was die Visite jetzt mein Leben nennt, wenn sie Urteile fällt, Befunde sichtet und mir Blut aus meinem Körper wegnimmt. Immerhin habe ich noch Blut. Ich horche. Ich hoffe. Unter der Tür ist Licht. Vor dem Fenster, der wissende Mond, dürstend nach meinen Bildern und Zellen. Agni sagt mir nichts über den Mond. Wir verbrennen aber nie, wenn wir ihn ansehen. Er gewährt uns das Gesicht eines Einzelnen. Und die Sonne macht das nicht. Sie gestattet keine Nähe ohne gültige Verschmelzung. Agni kommt aus einem Land, in dem es sehr viele Loblieder auf die Sonne gibt, Lieder und Kurzgedichte. Seit einiger Zeit lässt sie mich daran teilhaben. Ihre Rezitationen erscheinen mir wie die Verlängerung meiner eigenen Sprache. »Ich kehre zurück zu dem brennenden Haus – aber wo ist der Ort, an dem ich einst lebte?« Gut, die Zäune sind weg, ich spüre nun die alte Umklammerung der Tränen, die nicht zu Tränen werden. Habe ich überhaupt noch eine eigene Geschichte? Die Tränen lösen einen schrecklichen Druck in mir aus. Weil ich nicht weinen kann, muss ich es fragen: Kann es jemals für einen von uns eine Rückkehr geben? An einen Ort. Zu einem Menschen. Ich werde mich dem Licht unter der Tür stellen müssen. Der Welt vor meinem Fenster. Dem Mond mit seinen wissenden Augen. Der Sonne mit ihrem Feuer. Ich werde nirgendwohin zurückkehren. Ich bin hier. Das Wasser beschützt mich und wiegt mich im sichtbaren Atem der Welt.

Agni sagt mir Gedichte auf. Und ich bin noch nicht ganz, nicht so heil und nicht vollkommen wie sie, die mir meine Füße massiert und mein Leben zur Erde ruft, die mir helfen will, wieder ein Mensch zu werden. Was ist ein Mensch? Schau, sagt Inga-Agni, alles ist dir geschenkt. Du hast Zehen. Und Füße. Und Waden. Und Knie. Du hast Hüften und Arme und Hände und einen Oberkörper und eine Wirbelsäule. Du hast einen Hals. Und einen Kopf. Du hast Augen. Eine Nase. Einen Mund. Du hast Ohren. Und sehr schöne Augenbrauen. Du hast Haare und Wangen. Jetzt muss in dir nur alles wieder ein Gespräch werden. Sie lächelt, sie ist Teil meines Gesprächs, das ich nun selbst mit wachsender Hingabe mein Leben nenne. Ich bin glücklich, dass sie das Gespräch anstößt, dass sie diese Richtschnur der Freundschaft ins Spiel bringt. Ihr glaube ich. Ihr vertraue ich. Sie ist eine sprechende Frau. Wer weiß, wie lange sie gereist ist, über wie viele Meere, Flüsse und Seen, um das zu werden, was sie jetzt ist. Um das zu sagen, was sie mir jetzt sagt. Um das zu schenken, was sie mir jetzt schenkt. Ihre Erfahrungen werden zu meinen kleinen unsichtbaren Himmelskörpern, die Fülle ihrer Liebe schwebt im Raum, sticht hoch zur Zimmerdecke und sieht wissend auf mich herab, wird zu meinen sonderbaren Alpen. Ich will zu den Alpen gehen. Ich sehe sie Raum einnehmen. Alles verzweigt sich in mir, bis ich fähig bin, wieder in die Hoffnung einzutreten. Nadushka baut mir Brücken. Ein Baumwurzel-Traktat entsteht in meinem Kopf. Dieser Name ist eine im Licht lodernde Enzyklopädie. All ihre Seiten einzusehen ist mir nicht gegeben. Solange ich hoffen kann, kann ich mir in den Pausen zwischen den Funken etwas wünschen. Und ich weiß, was ich mir wünsche, ich will hier und heute mehr Gedichte hören. Mehr von diesen heilsamen Rezitationen. Agni erfüllt mir nicht jeden Wunsch. Ich kann nichts verlangen, nichts ohne Stimme aussprechen. Die muss ich mir noch erarbeiten. Eine Stimme ist das Außergewöhnlichste am Menschen. Ich versuche Stimmforschung bei Agni zu machen. Meine inneren Ohren helfen mir zu sehen, woher sie kommt. Im Anfangswasser sind alle unsere Sinne miteinander verbunden. Die Übergänge sind durch Licht gekittet. Wir können niemals alles verlieren. Ich frage mich, ob man unsere Stimmen eines Tages wird ablichten können, so, wie wir heute unseren Körper fotografieren und Beweise seiner Erscheinung in Zeit und Raum festhalten.

Es ist nicht ganz einfach für mich, ich muss mich noch in meinem Empfindungstunnel zurechtfinden. Schon die ganze Zeit nehme ich winzigkleine Wellen in der Wärme der Luft wahr, Restbestände sanfter Vibrationen, die im Zimmer von Agni zurückbleiben, wenn sie fortgeht und ich noch im Nachhall den Segen ihrer sommerlichen Anwesenheit empfange. Der Kleine Rabe leidet. Die Liebesgeschichte, die meine helfende Frau für die große und einzige Ehe, für die Glücksgeschichte ihres Lebens gehalten hat, ist definitiv zu Ende. Je größer der Liebeskummer des Kleinen Raben wird, desto sanftmütiger wird der Mensch in ihr. Das ist nun wirklich nicht bei allen Liebeskranken der Fall. Ihre Telefonate in meinem Zimmer dauern jetzt Tag um Tag länger. Auf die Fensterbank gestützt, sieht sie abwechselnd auf mich und auf die Stadt. Sie spricht mit verschiedenen Freundinnen, und zu einer sagt sie plötzlich, ich denke, er versteht seit kurzem, was mit ihm los ist. Dann weint sie und wird für den Rest des Nachmittags von Trauer erfasst, die schwarzsonnig ihren Körper umgibt. Ich weiß nicht, von wem sie spricht, ob sie mich oder ihren Geliebten meint, der sie verlassen hat, ohne ein Wort des Abschieds, wie ich nun mitbekommen habe. Was ist das auch, ein Abschiedsgespräch im Ausklang einer Liebe? Als ob einer von uns jemals wissen kann, wann er gerade das letzte Gespräch als Liebender geführt hat. Auch ich weiß, dass man das nur hinterher weiß. Ich habe nicht einmal einen Namen für mein eigenes Dasein, aber das heißt nicht, dass ich jenseits vom Zusammenhang lebe. Manchmal habe ich das Gefühl, das Gegenteil sei der Fall. Und so fällt mir Nadushka wieder ein, dieser Name, der für mich ein Lied ist, ein Wegweiser in etwas, das mich von meinem alten Weg abgebracht hat.

Es muss kurz vor meiner Einlieferung in dieses Zimmer gewesen sein. Ab und an tauchen sie in mir auf. Die Fragmente jener Nacht. Nada, Nadushka ist Blütenstaub in mir,

Musik, die ich nicht verstehen, die ich nicht beweisen kann und die ich trotzdem empfange. Ich höre das Anbranden des Meeres, wenn ich ihren Namen still in mich hineinsage. Habe von ihr keine Bilder, nichts, das eine Brücke wäre über den Nachhall hinaus. Nur dieses Wissen, das vor dem Wissen da war, älter als ich, älter als die geordnete Kraft der roten fruchtbaren Ebenen. Ich erfahre nun endlich, dass mein Kleiner Rabe einen Namen hat. Eine ihrer Freundinnen kommt sie bei der Arbeit besuchen. Sie zeigt ihr meinen Körper. Zusammen legen sie die Laken zur Seite. Mit den Fingerkuppen berühren sie mich. Ich spüre, dass sie mich mögen und mir Gutes wünschen. Ihre Gedanken machen sich sofort als Farben im Zimmer bemerkbar, helle Hoffnungsschimmer, ein tiefenwirksames Blau, so rein, so flüssig wie niemals auf der Erde. Sie kichern jetzt. Und wollen später den anderen erzählen, dass sie mich mit meinen Wunden gesehen haben. Der Kleine Rabe wird von der Freundin Amina gerufen, und seitdem ich ihren Namen kenne, fange ich an, ihr noch mehr zu vertrauen. Amina, die Vertrauenswürdige, wird später auch von der Visite so genannt. Wenn außer mir sonst niemand in ihrer Nähe ist, weint sie noch immer am Fenster. Ich würde sie gern bei ihrem Namen rufen, sie trösten, sie von ihrem Seelenstau befreien, der in ihr diese vielen Tränen auslöst. Wie sehr ich sie um ihre fließenden Tränen beneide, wird sie nie erfahren, nie wissen, dass ich mich nach dieser Art Wasser sehne und gerne so wie sie weinen können würde, so große, so wuchtige Überkontinentaltränen. Wenn ich nicht daran denke, dass es der Schmerz ist, der sie hervorbringt, erlebe ich Aminas Wasser als Botschafter einer sprudelnden

Quelle. Das Wasser versäumt nicht seine Sehnsucht zu fließen. Wo kommt es nur her, wo ist die Quelle, die ihren Kummer so zielgerichtet ausfindig gemacht hat? Aber helle Gewässer gibt's überall, ein unterirdisch zu uns herauffunkelnder See ist auch da, ein Seefunker voller Glückskäfer, ein grüner Sommerfluss dazu, sprechende Erdenbahn auf dem Weg nach Ozeanien, mein Seher, der du mich einweist ins Leben, das Sehen geht immer anders als wir denken.

Seitdem Amina weinen kann, schenkt sie mir mehr Aufmerksamkeit. Traurige Menschen sind großzügiger als wir denken. Ich liebe ihre Tränen. Sie weiß nichts von meiner Liebe. Eines Tages werde ich mich befähigen, sie so lange und so genau nachzuahmen, bis ich so natürlich weinen kann wie sie. Jetzt brenne ich und rufe mein Wasser nur. Ich weiß nicht, ob ich das früher gewusst oder auch nur ansatzweise geahnt habe. Heute weiß ich es. Die Welt ohne die anderen Menschen wäre die schrecklichste aller möglichen Welten. Die Frauen kommen und gehen. Schön und tief ist die Fülle im Geheimnis der Verbundenen. Da wollen wir bleiben. Ganz ruhig versuche ich, mir den Überblick im Zimmer zu verschaffen. Es ist schon voll mit den Botschaften meiner alchemistischen Palomas, die von außen Tag um Tag das geordnete Wissen der Welt an mich herantragen. Wirksam ist das Königreich ihrer Türen. Ihre Augen sind unverderbliche Buchten. Ich spüre, dass sie mich gerne ansehen, dass ihre Blicke mich fingerkuppengleich nach einem aufkeimenden Lächeln abtasten. Meine Sehnsucht und meine Fragen können sie nicht sehen. In der Zwischenzeit lese ich alles, was sie im Stillen in sich tragen. Und wie gern hätte ich einen Herzhorizont mit ihnen oder einem anderen Menschen. Die Zunge ist nicht in allen Sprachen Zunge, auch das Schlichteste kann ich nur empfinden, nicht sagen, nicht einmal einen winzig wonnigen Liebesvorratsplan in Worte fassen, weil ich so überaus eingesperrt bin. Das Einzige, was ich tun kann, ist zu warten. Ist das Warten eine Handlung? Ich bin neu in der Welt, ein zurückgesegelter Jongleur, noch nicht eingebunden in die Spiele der anderen. Und von den alten Vergnügungen, Tändeleien, Täuschungen, Leidenschaften und Geselligkeiten bin ich silberschnurgenau getrennt worden.

Die Visite hat vor einiger Zeit von einem Unfall gesprochen. Es muss und kann nur mein eigener Unfall gewesen sein, der sie dazu brachte, das Wort in meiner Anwesenheit auszusprechen. Was ist mit mir geschehen? Was es auch war, es hat mir alles genommen. Ein flinker Dominoeffekt meiner gelockerten Seele. In der Zwischenzeit bin ich mit allem einverstanden, was mir widerfährt. Ich kann es ohne Aufruhr annehmen und denke nicht in Jahren und Richtigstellungen. Die Revolte darf nicht mehr Kraft verbrauchen, als sie in die Welt hineingeben kann. Sie muss maßvoll sein, ein Arbeitsraum, ein Garten. Vor allem dann, wenn wir nichts mehr wissen und nichts mehr tun können und auf einmal verstehen, wie wenig wir wissen und wie wenig wir tun können. Das Geschehen ist ein Punkt auf dem großen Kreis, unzählige andere Leben sind mit ihm verbunden. Ein Mondbeweger kann ich selbst mit einem Körper nicht sein. Ein Baumbeweger genauso wenig. Alles, was ich schön finde, ist größer als ich. Und das Schöne steht außerhalb meiner Macht, es entzieht sich meiner Kontrolle. Ich kann niemanden zwingen, mich zu lieben. Auch das unkäufliche Grün und das Laub und die Wipfel der Bäume sind grundlose Gaben. Nur so überdauern sie die Zeit. In uns ist Landschaft auszugraben. Denken wir nach: mit dem Denken lässt sich nichts lösen. Ich habe es versucht und bin zerschellt worden. Mysterien sind die Dachdecker des Lebens. Wer bin ich in seinem Haus? Viel weiß ich nicht. Ein Einzelner bin ich, der einmal mehrere Sprachen sprechen konnte und vielleicht auch verheiratet war. Die ganze Zeit versuche ich meiner Not, die die Unwissenheit in mir auslöst, zu widerstehen. Unweigerlich werde ich in die Erinnerungsschründe, in die Sehnsucht nach einem beweisbaren Leben abgedrängt. Gravitation. Allem Anfang zum Trotz habe ich geranienrote Wünsche. Und ich kann hier mit all meiner steinernen Zungenschwere niemanden bitten, mir mehr über mich zu erzählen. Solange ich nicht sprechen kann, ist alles in mir gestaut, und niemand weiß, was ich fühle.

Die Visite, so postuliert das einer der Weißgekleideten, kommt alle sieben Tage zu mir. Ich zähle die Sonnenaufgänge jetzt immer selbst durch und weiß genau, wann die Versammlung vor mir erscheinen und mich inspizieren wird. Vor meinen inneren Augen bilden sie verschiedene Lichtformationen, wie auf einer Kinoleinwand projizieren sie sich mit ihren enigmatischen Essenzen in mein Zimmer. Die Sprache hilft mir zu sehen. Sie ist meine Augenspeise. Die Körper in meinem Zimmer sind auf den ersten Blick aus einem Stück. Ich sehe sie aber in einzelnen Ablagerungen. Die Arbeit, die sie formiert hat, ist ein großer Gesang. Ich darf zuhören. Ist es das, was ich auf den Fluren vor meinem Zimmer höre? Die Körper in Bewegung, als

Musik? Ich sehe in den Körpern der Menschen Schicht auf Schicht liegen, Welt auf Welt, wie in Liebesnächten Mann und Frau, ganz nah, Rücken an Rücken beieinanderliegen. Kosmische Spanplatten, die wie unsichtbare Bücherregale aussehen. Ich kann gut erkennen, wo ein Buchrücken anfängt und ein anderer aufhört. Da stehen sie also vor mir, die Männer in Weiß, die Frauen, bis auf eine, in Mint. Dieses Mal zielgerichteter als sonst. Sie wollen etwas von mir. Was ist es dieses Mal? Sofortaufderstelle wollen sie neue Bluttests machen. Sie sind zufrieden mit mir. Ich auch mit ihnen. Das Zufriedensein ist an sich eine gute Nachricht. Es geht schließlich um meine Gesundheit. Einer von ihnen, der Langgesichtige, der wie eine von den Kartographen vergessene hagere Insel aussieht und etwas herrisch ist, unterbricht ganz unhöflich meine freundliche Amina, die mir gerade etwas sagen will, ganz persönlich. Der Herrische fährt ihr ins Wort. Laut sagt er, es macht keinen Sinn, mit ihm zu reden. Sie hält es aus, dass er so ist, reicht ihm wortlos eine spitzfunkelnde Spritze hin, und Agni, die auch da ist, die noch immer in ihrer liebenswerten Verweigerungshaltung und ohne mintgrünen Kittel hier steht, holt verschiedene Behältnisse aus der Kammer und stellt sie den Ärzten guten Willens hin. Bei dieser Gelegenheit erfahre ich, dass im Zimmer noch eine Kammer ist, die ich bisher nicht wahrgenommen habe. Das beunruhigt mich ein bisschen, sie scheinen hier auf diese Weise mit mir zu sprechen. Ich weiß jetzt, dass es Ärzte sind, Leibärzte, die sich mithilfe der sanften Frauen meiner annehmen. Blind, bemessen am Üblichen, bin ich dennoch. Blind werde ich auch noch eine Weile bleiben. Sie testen jetzt gerade nicht meine Vorstellungskraft, sondern nur meine Blutwerte. Und ich liege in meinem Holzgemach und kann ihnen mein Rot nicht vorenthalten.

Als alle verschwunden sind, summt Amina am Fenster etwas vor sich hin. Ich sortiere ihre unsichtbaren Worte, sie liegen einzeln und wolkengleich in der Luft, und ich lese darin in einer zusätzlichen Sprache: Verde, que te quiero verde. Das steht da, die Luft in meinem Zimmer ist das Buch ihrer schönen Worte. Woher kenne ich das? Ist es ein Gedicht? Ist es das Fremde oder das Vertraute? Ich kann die unbekannten Worte sogar nach einmaligem Hören in mich hineinsagen, weil ihr Ton mich liebt. Sie kommen aus der neu entdeckten Kammer. Ich will mit meiner Stimme in ihr leben. Meine Stimme ist entkoppelt. Sie ist noch nicht bereit für das laute Liebessprechen. Oder sind es die Stimmbänder, die sich mir von der anderen Seite des Himmels verweigern und die nicht zueinanderfinden? Warum gehen sie nicht mit meiner Freude, warum will der Körper mir meinen Wunsch nicht erfüllen und mich alles sagen, wenigstens das grüne verde, verde wiederholen lassen? Oder macht der Körper das nie? Und alles Selbstverständliche, was er tut, ist Teil eines anderen Willens, Teil jener magnetischen Welt, die die Vögel fliegen lässt, stets auf der Suche nach einem anderen und neuen Süden, Teil jenes Malerpinsels, der den Marienkäfern Punkte aufmalt, zwei oder vier, fünf oder sieben und immer so weiter, bis es ganze vierundzwanzig sind. Ein ganzer Menschentag auf zwei kleinen Flügeln. Ein ganzes Alphabet in nur einer Fingerkuppe. Der Wunsch, den geheimen Pinsel- und Fingerkuppenplan zu verstehen, lässt mich wieder Zahlen bis einhundert erinnern. Ich fühle, dass ich von einer Verschnürung befreit wurde, selbst eine Zahl bin und lebe, um herauszufinden, welche unverstehbare Zahl das ist. Zahlen- und Zeitknoten, jemand löst sie in meinem Kopf auf. Ich fange an, in einer neuen Geschwindigkeit zu denken. Übermut erfasst mich. Punktvariationen. Farbenmusik. Mitten im Zimmer leuchtet es. Die Ränder meines Bettes sind wahrnehmbar wie Gebirge. Ins Gebirge gehen gesunde Menschen. Auf die Alpen zu will ich gehen. Alpenzu!, sag ich mir, gesund werden und unterwegs Worte von Melchior Vischer finden, dem Mann aus Prag, an dessen Namen ich mich nun erinnere und dem ich durchs Gehirn als Leser nachgereist bin, doch das ist eine Gott-so-schöne-andere-Geschichte, die mir durch die Öffnung der Kammer wieder zugänglich geworden ist. Jetzt ist Alpenzu! nicht allzu weit entfernt: Ich sehe gutes Holz, was beruhigend ist, warmes Holz, es glückverschnürt mir die Kehle, so gut warmdunkel ist es, so schön zu wissen, dass ich, von einem Baum getragen, am Leben erhalten werde, und das ist jetzt mein Bett: ein Liegelager für das aufkeimende Leben.

Ich bin eine Fracht. Das plötzliche Aufkommen meiner Empfindungen näht einen neuen Gedankenfaden in meine Ideen. Nicht ich bewege mich, es ist die Reise, die sich bewegt. Nichts hat eine Bedeutung, bis es eine Bedeutung hat. And when the flower blooms, the bees come uninvited. Und ich liege mittendrin in meinem Bedeutungsraum. Es ist eine klinisch unbeweisbare Verschmelzung. Ich schiebe sie, schiebe sie an, diese Wucht, die die Verschmelzung in mir auslöst, innerlich mache ich das, in mir selbst mache ich das, zumindest versuche ich es. Das Bett ist jetzt ein

Baum, der seine Wurzeln mit dem Erdreich verbindet. Das Nichts ist gar nicht so leer, wie ich dachte, und auch nicht so geheimnisvoll, wie es zuerst den Anschein hatte. Da ist alles drin in ihm, wie Natur. Die Erde vor allem. Die Erde ist kein verschwundenes Meer. Auch mein Zimmer ist großes Baumland. Pannonien, ich habe dich wiedergefunden. Die Glühwürmchen versammeln sich und hinterlassen für eine Weile Flockenformationen im Raum, Abbilder freundlichster Schneekristalle, nur schmelzen sie nicht und sind schöner als alles, was ich kenne. Schönheit, so gemachte, kann ich natürlich nicht beweisen, die ist kein gleichschenkliges Dreieck, und auch das hat seine Geheimnisse. Die Kristalle kitzeln auf meiner Haut, dringen in meinen Körper ein und besingen meine Blutbahnen. Ich höre jetzt laut und deutlich, dass ich Wasser bin, höre das Rauschen und Fließen und Herannahen einer Bewegung. Ich werde ins Wasser gerufen wie ein Segelboot vom Wind ins Ozeanoffene. Lockrufe, gekräuselt. Mein Wasser, wo bist du bisher gewesen, warum hast du mich verlassen und meine großen Notrufe überhört? Ich bin jetzt tief in die Zeit abgestürzt, bettlägrig, das blasseste Abbild meiner selbst. Das Wasser schweigt. In Kreisen wird Kanal um Kanal errichtet. Das ist also die Sprache. Ich staune und weiß jetzt, dass es viele stillgelegte Kanäle in mir gibt. Sie sind in der Mehrzahl. Ich wundere mich darüber, dass ich überhaupt noch lebe. Von wo aus sieht man zur Reise, die das eigene Leben ist? Wo genau ist die Augen-Position, wo der Anfang, wo das Ende? Das Leben leuchtet. Und ist eine Reise ohne Anfang und Ende. Ich bin mitten im Wasserzentrum. Die Kristalle kitzeln mein rechtes Ohr, ich spüre, dass auch all die anderen Zellen mit ihnen sprechen. Ich sehe dieses in mir stattfindende Gespräch in Farben und ergründe seine Rhythmen. Das gefrorene Leben entbündelt sich. Die Kraft der Flocken geht in mir umher wie ein sportlicher Jäger im Schnee. Die sternförmigen Lichtkristalle haben eine Mitte, und aus ihr wachsen längliche Blätter, so wie aus mir neue Gedanken, Worte und Sätze wachsen, die dieses Zimmer füllen, obwohl nur ich sie sehe. Amina unterbricht meine innere Farbenreise. Sie ist jetzt wieder da und muss meine Bettwäsche wechseln. Drei Helfer hat sie mitgebracht. Sehr starke Männer. Sie legen mich auf eine Tragbahre und wachen über alle Schläuche, Apparate und Kanülen, bis sie mit dem Bettwäschewechseln fertig sind. Einer von ihnen ist behäbig, ein richtiger Internaut. Er ist ständig im Netz, auch während er meine Infusion erneuert, schlittert er durch das Informationsall im Ganzen. Nicht dass er etwas falsch machen würde, ob es richtig ist, weiß ich aber auch nicht. Er überprüft nicht einmal, ob die Infusion durchläuft oder nicht. Ich muss abwarten und darf hoffen, dem Leben nicht wegen einer Falschinfusion entrissen zu werden. Die Kristalle in Intis Blutbahnen schlafen. Sie liegen wie Schlick auf dem Meeresgrund, vergessene Heimat, eingedunkelte Lichtpotenzen. Die anderen beiden zwinkern sich zu, Männer mit Geheimnissen. Sie sehen mich direkt an und wähnen sich unbeobachtet, inspizieren mich regelrecht, weil sie glauben, eine Bewegung auf meiner Stirn erspäht zu haben. In ihnen herrscht offenbar eine hohe Empathiethermik. Sie müssen sie in eine Handlung übersetzen. Ich kann jetzt Menschen wie Bücher lesen. Empathiethermiker, ihr habt es mich gelehrt. In einem der Aminahelfer tobt regelrecht ein mitfühlender Flockensturm. Von außen ist nichts an ihm auffällig. Er hat nur leicht gerötete Wangen. Hastig sagt er das Wort Schnee oder Sniegs oder Sneg, ich weiß es nicht so genau, er nuschelt es weg, und mir entwischt deshalb ein Buchstabe. Das Wort hört sich Russisch an, klingt jedenfalls nach etwas, das Russisch sein könnte. Ne govorit pa-ruski. Nemetski. Ich spreche auch kein Russisch. Es ist alles in einer anderen Sprache. Nemetski ist nicht zu verwechseln mit Nemesisch, Elfenspiegelisch, die Sprache dieser einen Blume. Begrenzt zwar, aber die Buchstaben aus Russland und den anderen Orthodoxien kann ich lesen. Eine aus einem anderen Leben aufscheinende Fertigkeit, die sich mir schenkt. In Gedanken nenne ich den weißen Helferrusski nun schon Snegi, mein Snegi, der mich empathiethermisch unterrichtet hat. Der Schnee arbeitet in ihm, ohne ihm etwas von dieser Arbeit zu sagen, die eines Tages zur Katastrophe führen wird. Aber wie kann ich darüber urteilen, wie etwas über andere Menschen sagen, wie über sie befinden, wo ich nicht einmal weiß, wann bei mir die Arbeit des Niederschlags begonnen und wann der Schnee mich eingenommen hat? Alpenzu ist wirklich wichtig. Immerhin sehe ich bei Snegi und bei mir selbst eine unermessliche Vielfalt der Kristalle. Alle sind sie in Tätigkeit. Sie führen ihre Verästelungen in unzähligen neuen Variationen fort, finden zu überraschenden Formen, alles ist schnell anders, wenn ich nur mal kurz in meinem Selbst gewesen bin. Bei Snegi überwiegen allerdings die asymmetrischen Kommandanten, davon manch einer sogar hässlich und unförmig. Sie verändern nur dann ihre Gestalt, wenn der Kollege ihn anlächelt. Scheint Bedeutung zu haben. Und nicht nur das, Lächeln ist sonnensystemwichtig. Der Schlick in seinem Blut wird in diesen Augenblicken transparent. Die Sonne greift ins Wichtige ein. Der Internaut liest Zeitung auf seinem Tablet und kriegt nichts davon mit. Man möchte ihn schütteln, dass er sehend wird. Er ist vollkommen unberührbar, wartet regungslos ab, bis sie mich von der Trage wieder in mein Baumlager legen können. Damit ist die ganze Sache für ihn erledigt. Amina gibt ihnen wieder Anweisungen. Drei Männer hören mit sechs Ohren auf den einen Mund einer einzigen wirksamen Frau. Sie hat alle Fertigkeiten in ihren Fingerkuppen. Das macht sie automatisch zur Autorität. Sie braucht keine Hosen dafür. Geprüftes Klopfen auf der Flasche. Die Infusion ist richtig angebracht, die Schläuche und der große Monitor, alles ist wieder an seinem Platz, und meine Verbündeten sagen, dass ich leichter geworden bin. Ich fühle nur bleierne Schwere in mir. Wobei ich nicht weiß, nicht wirklich unterscheiden kann, was von meinem Körper innen und was von ihm außen ist, wo ich beginne, und wo ich ende. Auch weiß ich nicht, ob das Bleierne sich überhaupt vom Körper in den Geist verschieben kann, oder ob Blei überhaupt befragbar ist. Von all den Quecksilbergefahren gar nicht zu sprechen. Gift ist eine Sprache mit großer Angstsyntax. Als ich einmal eine Kindheit hatte, hielt ich das ganze große Gefahrending zerbrochen in meinen Fingern. Es war eine Not: Temperatur gemessen und Fieberthermometer kaputt gekriegt. Ganz groß die Angst vor der Mutter, viel größer als vor dem Quecksilber. Ich hätt's auch aufgegessen, um ihrer Strafe zu entkommen. Mit seiner Blut-Hirn-Schranke hat er offenbar noch alles im Griff. Das sagen sie gerade über mich. Sie sagen im Grunde, dass es so ist wie damals, als ich von der Angstsyntax erzogen worden bin, ohne von ihr zerstört zu werden.

Amina steht am Fenster und telefoniert wieder. Von meiner Gedenkangiftexpedition bekommt sie überhaupt nichts mit. In ihrem Dienstplan sind zehn Minuten mehr eingetragen als die eigentliche Schicht es vorsieht. Sechshundert wertvollste Sekunden. Das ist die Zeit, in der sie ihre Liebessachen mit ihrer Freundin bespricht, und naturgemäß ist sie dann nicht offen für die Rasanz meiner Aufkeimung. Ich denke immer wieder an ihren Gedankenkoffer, daran, wie viel ich ihm verdanke, was er mir alles geschenkt und an Worten beigebracht hat. Habe ich in der Zwischenzeit auch so einen Koffer, der sie in ein gemeinsames Gedächtnis mit mir verwickelt? Teilen wir uns schon Erinnerungen und sprechen auf diese Weise im Stillen miteinander? So oder so kann sie in diesem Zustand nicht über die Spätfolgen meiner Spielereien mit Quecksilber nachdenken. Kommt ja nichts an bei ihr, wenn sie telefoniert und in Chronologien ihrer selbst versinkt. Früher hat sie beim Telefonieren aus dem Fenster gesehen, jetzt lehnt sie mit dem Rücken am Sims und inspiziert mich die ganze Zeit wie eine Wachtmeisterin. Das ist ihr sportlicher Beobachtungsposten. Ich schaue sie auch die ganze Zeit an, aber sie weiß es halt nicht. Und während ich ihren Worten nachfiebere, frage ich mich, ob man eigentlich den Moment hören kann, in dem Flocken im Wasser auftreffen. Ich erschaue das Bild eines Sees vor mir. Lake Michigan kommt mir als Name in den Sinn und gleich auch Menschen, die auf ihm gehen. Der See hat alles gespeichert. Das Wasser hat sein eigenes Archiv. Kaum bin ich mit ihm verbunden, sehe ich Gesichter. Jeder einzelne Seegeher ist ein fremder Planet. Tausende kleiner Einzelplaneten auf Eis unterwegs. Ein an sich malerischer, merkwürdig beruhigender Sonntagsspaziergang. Ein anderes Jahrhundert, nicht einmal die Nähe eines möglichen, mit meiner Biographie abgleichbaren Lebens. Oder kann man sich als Mensch an etwas erinnern, das man selbst nie erlebt hat? Ich glaube, das habe ich, diese Art von Erinnern an etwas, das ich nie gelebt habe. Amina spricht jetzt ausdauernder als je zuvor mit der immergleichen Freundin. Es geht auf die tausend Übersekunden zu. Sie sagt ihr, sie versinke seit zwei Jahren in einem Gefühl der Trostlosigkeit. Ich verstehe sofort. Es geht um ihre gescheiterte Ehe. An den Sonntagen bin ich fast erstickt, sagt sie, richtig erstickt. Allein der Gedanke an die immergleichen Vorgänge ließ sie verzweifeln. Die Erinnerung an die Frühstücksmarmelade ließ ihre Stimme nervöser werden. Die Marmelade, sagt sie, es gab nie etwas anderes als Erdbeermarmelade. Und die Butter kam stets aus dem immergleichen Supermarkt, nie vom gänzlich unbekannten Franzosen. Brot, vom immergleichen Nachtbäcker (ein Shop an der Tankstelle), tieftief-gefroren, auf die Schnelle schnell gekauft und dann im Ofen schnell aufgebacken. Alles wiederholte sich, nur die Schnelligkeit selbst wurde schneller, und alles blieb im immergleichen Ablauf, sodass ihr auch das Gesicht ihres Mannes irgendwann wie eingefroren vorkam, ein immergleiches Eisgesicht. Die Kälte, sagt sie, die von ihm ausging, sprang auf mich über. Die Antwort ihrer Freundin kann ich gerade leider nicht hören. Ich kombiniere einfach luftig autonom alles im Kopf. Der Raum ist der allwissende Erzähler. Ich brauche da nur hineinzugelangen ins Ganze, und schon ist klar, dass es auf jeden Fall um die grauenhafte Doppelung der Trostlosigkeit geht, die bei ihr ziemlich zielgerichteter

Natur war und zur inneren Starre führte. Was früher das Gesicht des geliebten Menschen gewesen war, wurde für Amina eine Drohung. Ich kann das mal hier erzählen, was ich von ihrer Ehe verstanden habe: Die Bedrohung ging von den immergleichen Abläufen aus. Nahezu nie, nie, nie ein überraschendes Lächeln. Gefährlich blankes Winterleben also. Der Platz am Fenster ist Aminas Sprechposten. Ich bin ihren Sätzen und Sorgen schutzlos ausgeliefert. Nur wenn ich es hier weitererzähle, bin ich frei von der melancholischen Gefahr einer Infektion. Das Fortgehen des Mannes muss eine Erlösung gewesen sein. Worüber regt sie sich auf? Und all die Tränen noch vor kurzem! Ich frage mich, warum sie anfangs so sehr, so überaus um ihn geweint hat. LieberlieberGott, lass ihn mir, lass ihn nicht gehen. So hat sie am Anfang geweint und gebetet. LieberlieberGott hatte damit gar nichts zu tun, glaube ich, es ist diese Mathematik, die logische Folge der langweiligen Wiederholungen, die alle in Trostlosigkeit Versinkenden vergessen, wenn sie verlassen werden. An dieser Krankheit wäre auch Amina fast gestorben. So gesehen ist dies Ganze jetzt: eine ganz klare Befreiung. Sie würde mich damals in ihrem Ehedunkel auf der Stelle für meine Worte getötet haben. Es schneit da draußen gerade sehr heftig, sagt Amina zu ihrer Freundin. Und dann sieht sie eine Weile hinaus. Die Schneekristalle bilden Lichtlinien. Ich spüre, dass ihre Aufmerksamkeit an Weite gewinnt, an Tiefe und an Ferne. Die Lichtlinien tanzen. In der Höhe leuchtet es. Der Weltraum stellt sich aus. Der Himmel ist übersät von Schneekristallen und Lichtlinien. Sie zeigen zur Erde wie Gras zum Himmel.

Beim Verlassen des Zimmers streicht mir Amina sanft

über die Füße. Das hat sie noch nie gemacht. Mein Erzähler, fingerkuppengeübt, du bist mein Erzähler, scheint sie mir zu sagen. Ich möchte weinen vor Glück, weil es für mich gerade andersherum ist, weil sie meine Erzählerin ist. Jede Generation hat ihr eigenes Wasservolumen. Ich fange an zu grübeln, ob meins jetzt schon verbraucht ist und die Tränen deshalb nicht fließen. An der Tür bleibt Amina sogar stehen, dreht sich um und sieht nach mir wie nach einem schlafenden Kind. Meine liebe Himmelslokomotive hat nun ein langes Wochenende. Kaum ist sie weg, vermisse ich ihre Stimme. Zum ersten Mal ist das für mich ein innerer Schmerz. Und er erzählt mir, was sie mir alles gibt, wenn im Zimmer ihre Bewegungen zu hören sind, wenn sie da ist in meiner Schlafkur und ich ihre Schritte zähle, wenn sie von der Tür zum Vorratsschrank, zur Medikamentenkammer, zu meinem Bett und dann wieder zum Fenster geht. Die Sehnsucht überfällt mich. Ist es meine eigene, oder bin ich schon ihrer verfallen?

Lokomotivchen fehlt mir unbändig. Ins Neue bricht man mit einem großen Schnitt auf, ein Abschied leitet immer einen Anfang ein, und der Ritt geht jetzt nicht übers Wasser, sondern über die Zeit. Ich werde ihr übergeben. Dort liege ich reglos ohne Amina. Ich male mir das Schlimmste aus. Zwischen Schlaf und Welt fließen die großen Flüsse. Es gibt verschiedene Arten von Untergrundflüssen. Wir brauchen nicht einmal zu raten. Jeder schläft einmal und macht seine Erfahrungen mit der Nacht. Das ist eine Grundübung im Leben. Ob Amina überhaupt je wiederkommen wird? Wenn sie der Fährmann war, der mich durch die Unterwelt bringen musste, was mache ich dann ohne sie auf der anderen Seite? Der Styx ist schon ganz weit und fließt über die

Häfen. Sie stößt sich gerade ab von ihrem alten Leben. Was wird geschehen? Wird sie mich in ihrem neuen Leben vergessen? Aminas Aufblühen kann dazu führen, dass sie ein ganz neues Leben anfängt, an einem eigenen Ufer, in dem niemand an ihrer Stelle ihre Lebensstelle erzählt. Sie könnte ohne weiteres auf den Gedanken kommen, alles hinter sich zu lassen und nach einer neuen, viel schöneren Arbeit zu suchen. Zu jenem Leben zu gehen, das sie neulich besungen hat, als sie die schmerzgrünen Zeilen vor sich hin summte. Verde, que te quiero verde. Sie könnte sie wahrmachen und in ihren Zellen und in beiden Gehirnhälften speichern, sie zielgerichtet in ihre eigene und nicht nur in meine neue Biographie überführen. Compadre, quiero cambiar.

Die Zeit gewinnt an Zähigkeit und Masse. Ich nehme an, dass das Wochenende noch nicht vorbei ist. Sonst wäre Amina wieder hier. Und ich hätte Gewissheit. Ich muss warten und bin auch einsichtig. Es macht wirklich keinen Sinn, gleich wieder eine neue Sprache zu lernen. Ich vermisse sie. Eindeutig ist es mir schon vor Augen geführt worden, sie arbeitet an irgendeinem Umzug, und die erste Folgeerscheinung wird sein – vielerlei Erleuchtungen. Erst wenn jemand ganzneu geworden ist, ausgesprochen schön und ganzklar neu, schönneu, und dann bei dir bleibt: ist es wahr. Manchmal sogar Liebe. Wenn zwei Spiegel sich unterhalten, dann entstehen Missverständnisse. Es reicht, dass es ehrlich ist. Liebe ist kein Wort. Und kein Gefühl. Sie ist die Substanz, die alles zusammenhält. Symbolisten dieser Erde, vereinigt euch und baut ein neues Boot! Vielleicht gewinnen wir so an Wasser. Alle Metamorphosen sind nun einmal Reisen. Und aus dem Wasser kommen wir, anfangs noch ohne Boot. Mein Körper ist jetzt mein Boot. Es muss noch mit ihm gesegelt werden. Amina ist weg. Für das Segelsetzen werde ich Hilfe brauchen. Ich grübele nach, was Traditionen der Zukunft sein könnten. Und ich höre in meinem Inneren ein altes Kinderlied schwimmen, es ist das Wasser der frühen Leiden, das in ihm lebt, frühe Asche, der niemand entkommt.

Ich habe die Nacht geträumet
Wohl einen schweren Traum,
Es wuchs in meinem Garten
Ein Rosmarienbaum.
Ein Kirchhof war der Garten,
Ein Blumenbeet das Grab,
Und von dem grünen Baume
Fiel Korn und Blüthe ab.
Die Blätter thät ich sammeln
In einen goldnen Krug,
Der fiel mir aus den Händen,
Daß er in Stücken schlug.
Draus sah ich Perlen rinnen
Und Tröpflein rosenroth:
Was mag der Traum bedeuten?
Ach Liebster, bist du todt?

Amina ist noch nicht zurückgekehrt. Und ich habe auch das überlebt. Ich fühle mit jedem Tag mehr und mehr das Gewicht der Schläuche, die an meinem Körper angebracht sind. Steinen gleich liegen sie auf meinen dünner werdenden Armen. Mein Atem, er ist endlich laut geworden, er hört sich an wie ein mit bloßer Menschenhand gefangener Vogel. Nur so habe ich ihn überhaupt wahrgenommen. Ich kann spüren, wie sich die Luft Platz in meiner Lunge verschafft. Die Lungenhärchen zittern und kitzeln mich wach. Agni kommt jetzt ins Zimmer, meine Gedichtefrau, die so leise geht, als würde sie an den Füßen kleine Flügel haben. Gravitationshelfer. Ein Stückchen über dem Boden schwebt sie mit ihrer Liebe zu mir hin. Ich möchte lächeln. Mein Körper weiß nicht, wie das geht. Ich warte. Es passiert nichts. Das Lächeln bleibt aus. Mein Körper erhört mich nicht. Meine Sprache ist nicht seine Zentrale. Ich kann sagen, was immer ich sage. Es folgt keine Handlung daraus, auch keine winzigkleine. Agni sagt, dass die Luft im Zimmer verbraucht ist. Sie will frische Luft hereinlassen. Eine singbare Kühle strömt ins Zimmer, füllt es aus, legt sich auf meine Laken. Ich spüre sie auch auf meinem Haar, an den Ohren, ein wenig an der Nasenspitze, und auf den Lippen macht sie sich besonders bemerkbar. Es ist wie ein kraftvolles Winderlebnis nach tagelanger zermürbender Hitze. Der Wind ist gut, er fegt die Sorgen raus, er macht die Luft glatt, so, wie das Meer seine glatten Steine in den Sand spült. Ich bin dankbar, auch wenn es mir lieber wäre, mein Lächeln wäre hier, bei mir, nicht in irgendeiner Zentrale, die ich nicht kenne und nie gesehen habe. Der Wind wirkt. Ein schönes Vibrieren der dankbaren Zellen. Diese frische Luft ist frisches Leben für meine Erinnerung. Ich weiß jetzt, wie es sein könnte, draußen spazieren zu gehen, mit einer Mütze auf dem Kopf, einem Schal um den Hals und dicken Stiefeln an den Füßen, die keine Angst vor Eis und Schnee haben. Agni liest mir dieses Mal aus einem umfangreichen Buch vor. Das kann ich noch nicht auswendig, sagt sie, das werde ich noch für dich lernen. Für mich ist ihr die Lernarbeit ein Spaziergang, sie will ihn gerne machen. Ich höre ihr zu, wärmendwarm ist ihre Stimme. Meine Stimmbänder wollen gleich zu ihr sprechen. Das boykottieren meine Organe. In ihnen ist noch Unkenntnis. Die Kälte draußen muss sehr kalt sein. Da ich sie nur erahne, noch ganz am Anfang der Fühlung mit der Kälte bin, weiß ich nicht, wie kalt die Kälte wirklich ist. Agnis Stimme ist tief und rau, als sei ein großer Stein über sie gerieben worden. Sie geht zum Fenster und schließt es. Ob dort unten irgendwo ein See ist? Sind wir in irgendeinem Süden? Ich weiß nicht, wo der Ort ist, an dem ich einst lebte. Wir waren tot und konnten atmen. Das liest mir meine Gedichtefrau auch vor und packt aus ihrer Büchertasche noch ein anderes Buch aus. 20. Jahrhundert alles, sagt sie, in dichtesten Schmerzen. Sie sagt es dem Dichter nach, den sie so liebt: Viel Herzraum ist verschüttet worden, ja, aber das Erbe der Einsamkeit, von dem Sie sprechen: Es wird, weil es Ihre Worte gibt, angetreten, da und dort, im Nächtigen. Falsche Sterne überfliegen uns – gewiss; aber das Staubkorn, durchschmerzt von Ihrer Stimme, beschreibt die unendliche Bahn. Agni ist betäubt. Sie klappt das Buch zu. Ist sichtlich ein Bruder ihr, der schmerzverzahnte Dichter. Sie legt das Buch zurück in ihre Büchertasche und drückt meinen Oberarm zum Abschied, so wie man sich ein Stück vom französischen Baguette am Sonntag abbricht, schon halb erleuchtet vor Brotlust. So fröhlich im Vorbeigehen ist es keine Frage des Hungers. Dieses Ausgerichtetsein auf unendlich viele Nebenglücksversprechen ist schön. Zugleich ein klassisches Tränenablenkungsmanöver. Glück und Unglück dabei, ein strenger Strom, ein fließendes Gefälle, Massen von

Wasser, Elbe und Donau, Hudson und Nil, alles reine Elektrik, verbunden mit allem und jedem. Sie lächelt jetzt, leidet nicht. Sie weiß alles. Über die Zeit. Die Vergänglichkeit. Die Not und die Diebe. Hält es aus, das Leiden, von dem sie gar nicht geheilt werden möchte. Will nichts mehr ins Einzelne zerschlagen, nichts zerstückeln, nichts zerdröseln. Einheit ist das richtige Leben. Sie fasert es in sich zusammen, entzweit es nicht, macht auch keine Kommentare zu dem Vorgelesenen. Agni trägt es nur vor. Alle Nähte haltend. Heute hat sie die morgendliche Infusion vergessen. Ich muss sie sonst immer bekommen, diese Lebensflüssigkeiten, damit sie sich mit meinem Blut unterhalten und zweifelsfreie Zonen, also bessere Werte schaffen. In einem bestimmten Duktus natürlich. Sonst ist alles umsonst und muss von vorne beginnen. Ist etwas anders mit mir geworden, anders mit meinem roten Gewässer, diesem Innenland, in dem meine Organe platzgemäß sitzen und nicht mehr im Tiefschlaf sind, nicht mehr diese Art von Hilfe brauchen?

Ich fühle den Wind noch immer. Das ist eine Änderung im Vermögen. Vollkommen unforcierbar ist es von allein eingetreten. Ich scheine also Fortschritte zu machen. Mir geht der verschüttete Herzraum noch nahe, von dem zum Schluss die Rede war. Das Erbe der Einsamkeit. Die Worte drücken in meinem Hals, stecken fast wie Fischgräten in mir fest, als müsste ich sie zuerst einmal ausspucken, bevor ich sie eines Tages selbst sagen darf. Irgendwann werde ich es tun müssen. Ich habe Angst vor der Sprache, vor meiner eigenen Stimme, die mich ausfragen wird, nach meiner Herkunft, nach der verstrichenen Zeit, dem Kern des Kerns, dem mir Gegebenen. Dem Licht zuhören. Holdes Bitten, mild Verlangen. Seinem zweckfreien Leben lauschen. Stille und die Sprachtiefe der Goldnen Töne. Wird's jetzt mich umfangend frei gelingen? Wer weiß, wie sich meine Stimme überhaupt nach all dieser Zeit ohne Worte anhört. Ich habe keine Angst vor der Einsamkeit. Ihr Erbe nehme ich, seitdem ich nicht mehr kämpfe, mehr und mehr auf mich. Alle Dinge sind zwiespältig. Verwickelte Welteinimpfungen. Nichts von ihnen lässt sich in Worten mit einem anderen Menschen teilen. Schweigen und Wissen. Deswegen wird der Aeroplan der Liebe gebraucht. Diese andere Denkluft. Wir können auch darin allein sein. Die Engel beneiden uns um diese Fähigkeit. Ein Engel ist ein Spiegel, der nicht spricht. Alles ist auf eine erschreckend schöne Weise miteinander verbunden. Der Jäger mit dem Schnee, der Schnee mit dem Jäger. Das Eis mit der Musik, die Musik mit dem Eis. Ich höre den Wind an meinem Fenster. Fast hätte ich gesagt, wie früher, als die blauen Fensterläden im Wetter krächzten und meine Kinderträume ausfüllten wie somnambule Rufe aus der Nacht, zurück, zurück, sofort zurück, schien das Krächzen zu sagen. Zurück vom Traum in das Leben des Kindes. Wann nur war ich Kind und war damals Frieden oder Krieg? Hat mich jemand getröstet, wenn es dunkel war, und wo ist dieser Mensch jetzt? Warum sucht mich niemand? Warum vermisst mich niemand? Habe ich keine Mutter, keine Schwestern, keine Menschen, die mich lieben? Keiner hat sich bisher nach mir erkundigt. Ich frage mich allmählich, ob das Institut bewacht wird. Wenn die Wachposten sehr streng sind, haben sie gerade ganz sicher gar keine Laune für Verwandtschaft der bettlägerigen Keimlinge. Haben selbst hügelweise Fragen und lauter Gelenkprobleme und doppelt verbuchte Leidenschaften. Die Knochen, das Atmen, das Alter und seine vielen Sorgen. La amabilidad. Oh precious kindness. Du Liebenswürdigkeit. Essenz aller Essenzen. Wer von uns kann dich erzwingen?

FRÜHLING

Die Leute hier, bei den Frauen angefangen, müssen aller Logik gemäß Dokumente von mir gefunden haben. Bei irgendeinem Amt wird jeder Mensch registriert, wenn er einmal zur Welt gekommen ist. Niemand sagt mir, wie es um mich steht, weil keiner weiß, dass ich wirklich lebe. Noch oder wieder oder immerzu. Aus der Welt. In der Welt. Zwei Wege, die ein Weg sind. Meine Augen sind alle Tage geschlossen. So jedenfalls müssen es die anderen immer noch wahrnehmen, sonst würden sie öfter mit mir sprechen. Im Wind ist keinerlei Geräusch verborgen. Ich höre deshalb den Gesang der Vögel in unterschiedlichen Abstufungen, so, als wären in den Stockwerken unter mir verschiedene Formationen am Werk. Ihre synchrone Wehrlosigkeit ist auch meine Wehrlosigkeit. Die Luft vor meinem Fenster ist frei von menschlichen Stimmen. Auf welchem Stockwerk ich wohl liege? Je höher oben man ist, desto leiser ist das sagbare Leben. Es könnte das zehnte, das elfte oder das dreizehnte Stockwerk sein. Ich höre die Schwestern manchmal einige Zahlen murmeln. Es heißt immer in ihren Unterhaltungen, dass sie tagsüber bis zur zwölften Etage viel zu tun haben. Nie ist jemand von den unteren Stockwerken zu hören. Ich sehne mich nach menschlichen Stimmen und ihren Tröstungen. Das Nichts ist zeitgleich großzügig und kalt und ziemlich dicht gezeichnet. Die Kühle entpuppt sich als geschichtete Überschreibung, und wenn ich mich anstrenge, kann ich auch in diese Richtung sehen. Ich bin in einem Zwischenbereich, deshalb darf ich die Gedanken und die Liebe der Menschen lesen. Die Visite hat mich möglicherweise für einen aufkeimenden Dunkling gehalten und mich tatsächlich auf einem dreizehnten Stockwerk untergebracht, aus Platzmangel, weil auf allen anderen Stationen die Betten belegt sind. Wie in Kriegszeiten. Oder ich bin durch irgendeine merkwürdige Krankheit gefährlich für mich selbst und gefährlich für die anderen geworden und musste deshalb weit weg verfrachtet werden. Da weder Agni noch Amina noch die Heilige Frau mit den ewigen Händen mich meiden, sondern sich in direktem Kontakt mit mir befinden, muss ich ein behandelbarer, jedenfalls ein für die Menschenwelt annehmbarer Fall sein. Die helfenden Frauen wären sonst nicht hier.

Die Tage werden länger, heller scheint das Licht in das Zimmer hinein, das mich beherbergt. Seit einigen Stunden fühle ich, wie weich meine Wimpern auf meiner Haut liegen. Ich weiß, dass es Wimpern sind, weiß aber noch nicht, ob sie sich dadurch schon bewegen oder ob meine Erfahrung eine alte Erinnerung ist. In jedem Fall sind es meine Wimpern, die ich fühle, sie sind noch da. Ich bin also nicht ein Brandopfer gewesen oder so etwas. Alles ist da, ich kann es ja denken. Mon coeur reste avec vous, egal wohin ich gehe. Nur versetzt ist es, ausgelagert, mein Herz, mon coeur, my heart, in einen langen, langen Schlaf. Mi corazón. Wo bist du? Ich habe nicht in allen Sprachen mitgezählt. Die Liebe ist kein Gefühl. Sie ist alles, was wir haben, wer wir sind – durch sie. Wenn ich nur wüsste, wie lange ich schon hier liege. Die Helligkeit der Tage kündigt etwas an. Ich will, dass aus diesem Hier in das andere Morgen die Vögel an meinem Fenster vorbeifliegen, dass ich die Augen aufmachen und ihre Flügel sehen, sie anstaunen kann auf ihrem Flug ohne Hunger und Sorgen. Ich weiß, dass Menschen davon umgetrieben werden. Mir geht es nicht so. Ich habe keinen Hunger und keine Sorgen. Dennoch stellt ein Markt sich mir vor und tritt in meine Bildwelt. Mit allem, was er zu bieten hat. Diese vielen prallen Früchte. Das Leuchten eines Sommers. Ist es ein Sommer meines alten Lebens? Sommer können nicht sterben. Granatäpfel. Oder einfach nur Sellerie. Und allerlei Beeren. Wenn man sie einkaufen kann wie man tanzen kann wie man atmen kann wie man küssen kann. Und die einzige Sorge, die sich auftut, ist jene nach dem handelsüblichen Geld, nach der Währung, die gerade in Gebrauch ist, und ob man also genug von diesem Geld hat oder es aufbringen kann oder verdienen muss, um sich mit diesem Zahlungsmittel Gemüse oder Obst zu kaufen. Wenn man gehen kann. Hunger haben kann. Fingerkuppen, die einen anderen Menschen lieben. Kennen. Tasten. Augen, die im Sommer so gerne gutrote Tomaten erblicken. Orangen, Bananen. Kirschen. Brombeeren. Äpfel. Birnen. Trauben. Honigmelonen. Erdbeeren. Aprikosen. Zitronen. Feigen. Und ja: auch Pflaumen. Und ein Kilo entkernte Oliven bitte! Ich male mir aus, dass ich all das bestelle. Das will ich alles jetzt essen, jedenfalls damit beginnen, und das ist nur ein Anfang in meinen kulinarischen Ideen. Dann kümmere ich mich um nichts so gern auf der Erde wie um Linsen und Lupinen.

Ich frage mich, wo heute die Heilige Frau bleibt. Und ob sie gerade auf dem Markt ist? Und all das kauft, wovon ich träume und was auch ich einkaufen würde, wenn ich gehen und sprechen und endlich einmal hungrig sein könnte. Die Glocken läuten. Irgendwo muss es an diesem Ort, in dieser Stadt, an diesem Hafen einen Markt geben. Und hungrige Menschen, die Brotlust mit sich tragen. Sie kommt auf jeden Fall später als sonst, ohne Taschen, nicht wie die Gedichtefrau Agni mit der Büchertasche. Da ist sie also endlich. Wie immer steht sie mit ihren großen leeren Händen vor mir und berührt mich wie einen Lebenden. In ihren Händen sind keine Padre-Pio-Wundmale. Nur undramatisch normale Haut. Die Verläufe ihrer Fingerkuppen spüre ich seit kurzem auf meinen Armen, vor allem an den Unterarmen. Wie allerfeinste Stempel hinterlassen sie schwingende Botschaften auf meinem Körper. Meisterstiche sind sie, Dürer in menschlichen Höhen. Jede Fingerkuppe ist für mich ein Sprachschatz jenseits der Melancholien. Sie will ja nichts von mir haben. Wenn sie mich berührt, fühle ich mich gemeint. Ich weiß nicht, was sie alles kann und ob sie weiß, dass ich immer auf sie warte. Heute sind auch die Worte Reisende, Verbündete einer steinlosen, mauerlosen Kirche. Sie spricht mich plötzlich an mit ihrer Kirche aus Buchstaben. Du wurdest unten am Fluss gefunden, sagt sie, in der kleinen Schlucht. Ein Laster ist in dein Auto gefahren. Du wurdest von zwei Frauen gleichzeitig als vermisst gemeldet. Zwei Frauen. Wer sind sie? Woher wissen sie von mir? Warum vermissen sie mich, ohne es mir zu zeigen, ohne hier vorbeizukommen, ohne eine einzige Rückfrage? Ich möchte Nein zu dieser Auskunft, zu dieser Frauenanzahl sagen. Meine Lippen schweigen. Allein meine Wimpern scheinen sich in einer endlos gedehnten Sekunde zu einer winzigen Anstrengung und in Richtung Öffnung aufzuraffen. Einen Moment lang glaube ich sogar, dass ich meine fragenden Augen auf Aminas Augen richten und sie endlich werde sehen können. Es gelingt kein weiteres Tun. Ich kann ihr nicht zu verstehen geben, dass ich sie gehört habe. Die Zahl. Eine Zwei. Die Auskunft. Das ganze innere Theater, das sie nach sich ziehen.

Sie massiert meine Füße und Beine und geht um mein Bett herum, legt von hinten ihre Hände auf meinen Kopf, als würde sie dort meine Geschichte finden, den letzten Teil meiner Geschichte, die zum Unfall führte. Bevor sie mir mit der Knochensäge den Schädel öffneten, war das alte Leben noch in mir. Trotz der Narkose fühlte und hörte ich alles. Der Schmerz war groß. Ich wusste gar nicht, dass man ihm entkommen kann. Durch diese von den Ärzten vorgenommene Öffnung muss ich schließlich ausgebüchst sein. Ich erinnere mich, dass ich voller Staunen alles von oben sehen konnte, den Operationssaal, den Bohrer, die willigen Hände der Ärzte, die nichts abgedeckt hatten. Ich sah in mein Gehirn hinein, bevor ich innerlich auf grüne Wiesen auswich, dem herrlich verlockenden Grün mich zuwandte, den hellen Farben dort, die mich liebten. Verde. Que te quiero verde. Die helfende Frau wird nie erfahren, was ich dort gesehen habe. Ohnehin scheint sie zu wissen, wonach sie sucht. Sie drückt mit ihren feinen hochinformativen Fingerkuppen immer wieder die gleichen Stellen und aktiviert in mir prophetische Gefühle. Als könnte auf diese Weise meine Sprache zurückkehren oder Wärme in meine Füße sickern oder Liebe in mein Herz. Durch meinen Körper ziehen kleine

Blitze. Sie sind genauso klein und pieksend wie sie noch ein paar Wochen zuvor in meiner linken Niere klein und pieksend waren. Jetzt blitzt es auch in meiner rechten Niere. Es sind kleine Lichtergüsse, wie früher bei einem Neujahrsfeuerwerk, nur in Organminiatur, eine Art Vorbereitung innerer Gebete. Wenn ich nicht auf den Schmerz achte, sind die Muster, die das Aufblitzen und Leuchten verursachen, einnehmend schön. Manche sind Vielflächner. Ich entdecke in ihnen zählbare gleichseitige Dreiecke, hin und wieder sind es achtundvierzig an der Zahl und alle in unterschiedlichen Grüntönen. Verde, que te quiero verde. Aus dem Grünseitigen flimmert Helligkeit. Es flimmert und funkelt. Und mich überkommt der wilde Gedanke, dass meine Organe ihre Entsprechungen in den Himmelsplaneten haben. Wenn alles auf diese Weise mit dem Weltraum verbunden ist, dann sind weder die Dreiecke noch die Worte nur auf der Erde zu Hause und verknüpft mit allem, was leuchtet und in Ferne und Nähe das Lichtspiel aller Lichtspiele in Gang setzt. Werden unsere Taten im Echo gebündelt? Und was geschieht, wenn ich einen Menschen oder zwei Menschen oder alle Menschen meines Lebens um Vergebung bitte? Wenn jemand mir vergeben kann, ist es dann damit getan, ist der Vielflächner dann mit mir zufrieden? Ich frage mich das, weil der Zwischenbereich mich festhält, und die beiden Frauen, die mich als vermisst gemeldet haben, noch zu mir finden müssen.

Wer die beiden Frauen sind, weiß ich nicht. Ich habe keinen Erinnerungsraum, keine Bilder, keine Freunde, dessen Kindheiten mich beweisen und zu anderen in Beziehung bringen. Wie die Vögel aus den unteren Stockwerken scheine ich vor allem der Willkür musikalischer Etappen ausgesetzt zu sein, den Fluktuationen leiser Rhythmen, die kommen und gehen, die sich drehen wie der Wind dreht, der sich langsam zu den Worten meiner stillen Welt hinwendet. Mein Innenland ist Rätselland. Im Wind wohnt ein Name, so klein und so beruhigend schön wie ein allerkleinster Vogel. Traumling, wach auf, scheint er mir zu sagen. Der Name, der Nadushka ist, er fällt mir wieder ein. Die Hoffnung und die Seele. Die russische Poesie. Ich bin erdens, ein Himmling – pfiff ein Stimmchen. Ich bin ein Tagling, aber ein Nächtling der Hexen. Träumling der junge Sohn, Träumerer. Traumling. Alle Fragezeichen streichen. Das will ich. Und hungrig wie ein Pilger durch das gehen, was nun seit Monaten mein Leben ist, diese innere Landschaft, die sich mir beharrlich entzieht, während sie selbsttätig wächst und zu dem wird, was sie schon in der Zeit vor der Zeit war. So lange habe ich sie also in mir getragen, ohne sie zu kennen. Ein Pilger stellt keine Forderungen. Ich bin der Pilger meines Lebens. Ich habe diesen sonderbaren Hunger und weiß nicht, mit was er zu stillen ist. Die Welt kann mir nicht helfen, sie kennt sich nur mit dem Ausschnitt aus, mit dem sie identisch ist. In keinem Fall ist sie alles. Wenn sie aber nicht glaubte, alles zu sein, würde sie nie handeln können. Ich glaube schon lange nicht, dass ich alles bin. Vor einiger Zeit, als mir die Heilige von meinem Unfall erzählt hat, ist das Gesicht einer Frau vor meinem inneren Auge aufgetaucht. Es war nicht nur irgendeine Nada, Nadja, Nadushka. Es war meine Nadushka. Es waren ihre Augen, ihre mandelfarbenen Augen, ihr Blick, der so lange gebraucht hat, um ein solcher Menschenblick zu werden, tief und wie aus einem Meer voller Farben sieht sie dich an, reglos sieht sie dich an und ist das fühlbare andere Leben, nach dem du dich schon immer gesehnt hast. Ihren Körper habe ich in diesem Aufscheinen nicht gesehen. Ich kann nur das annehmen, was das Gesetz mir auferlegt, jenes Gesetz, das mir meinen Körper entzieht, während es ihn zeitgleich aufbaut und Organ für Organ in Bewegung bringt, die Zellen zu ihrem geheimen Leben hinführt, wie eine ganz konkrete Eisenspur, rötlich und satt, ein kleiner Vulkanverwandter, der die Verschmelzungen einleitet, denen niemand, der lebt, entkommen kann. Ich spüre, dass alle Zellen aus Pixeln und Partikeln bestehen, die an einer anderen Stelle zusammengehalten werden. Feuersprengsel in der Nacht. Sie verschwinden nicht, diese Leuchtpunkte, nicht so, wie sie verschwinden, wenn wir ein Feuer entzünden. Sie bleiben in mir bestehen, als Verbindungsstellen, die eingefurcht sind in meine Form, lange noch der Form vorausgehend. Aus allem Leuchten führt eine Lebenslinie von Zelle zu Zelle langsam das ganze Bild in eins. Schmerzen sind Störungen im Bildbereich, Stauräume, die sich der Lebenslinie verweigern und Möglichkeiten schaffen für sagenumwobene Lava. Nicht Väter und Mütter sind Eltern ihrer Kinder, es ist die Sonde zwischen Sonne und Nabel, die Mitarbeit der Verbindungsstellen. Das Aufhören aller Entfernungen. Ich weiß jetzt, dass Schuld das Gegenteil davon ist, dass sie entsteht, wenn sich Lücken zwischen die einzelnen Lebenslinien schieben. Das Vergessen ist ihr Name. Die Linien sind immer da. Die Schuld folgt ihrem Muster. Wie kann man jemals wieder frei werden, frei von Schuld, da sie bestehen bleibt, selbst dann, wenn uns vergeben wird?

Wie dringt man wieder in den Unschuldsraum und in den ersten Bildbereich vor? Wer vergeben kann, verschafft sich selbst zur Würde. Die Dinge geschehen nicht gegen uns, sondern für uns. Ist die Tat damit aus der Welt?

In meinem Körper finden Seereisen statt, die Zellen, ja, es müssen Zellen sein, schwanken wie kleine Boote von Seite zu Seite. Ich spüre seit kurzem meine Beine wieder. Ein starker Druck geht von ihnen aus, die Knie, die Hüften fühlen sich an wie noch zu verschraubende Bootsteile. So schwer, so fremd aus einem fremden Meer. Un altro mare. Meine Beine liegen wie Eisenstangen in diesem Bett, mit mir, und das Verwachsen wird Zeit brauchen. Die Heilige Frau gibt sich Mühe. Sie kommt jetzt öfter als sie müsste. Die weißbekittelte Visite ist höflich. Jetzt erkenne ich, dass es alles Männer sind, Leute aus der Forschung, darunter einer mit Fitzelstimme, der nur darauf wartet, dass ich sterbe. Er hat eine These entwickelt, nach der Menschen wie ich nicht länger als sechs Monate atmen und dann in der von ihm vorausgesagten Stunde sterben. Er versteht sich als Wissenschaftler. Aber alles, was er macht, ist für Geld Weissagungen unter die Leute zu bringen. Agni und Amina sehen ihn gleichbleibend freundlich an, sie sind auch dieses Mal dabei, als er vorstellig wird und seine handelsüblichen dunklen Gedanken mitbringt. Wieder sollen sie mir Blut abnehmen. Dabei muss es erst nachwachsen. Noch ist gar nichts von meinem Geist darin enthalten. Das Fenster ist sehr hell. Ich spüre, dass von dort die Sonne zu mir vordringt. Und ich muss mich an die Sonne halten. Darf nicht dem Fitzelstimmigen glauben. Die Welt ist noch immer durchsetzt von falschen Propheten. Wellenartig berechenbare Furchtausstöße. Innerlich regt sich dringliches Abraten, ihm auch nur ein Wort zu glauben. Ich weiß ganz genau, dass ich vorzeitig sterben werde, wenn ich mich auf seine nutzenorientierte Gedankenwelt einlasse. Er hat Interessen an seiner Theorie und nicht an meinem Leben. Das helle Fenster ist wie ein Auge, das zu meiner Innenwelt spricht. Den verschütteten Herzraum wieder weiten. Falsche Sterne am Überfliegen hindern. Wie? Kosmokanto. Ich bin ein kleiner Mensch. Ein Gesang arbeitet an meinem Wissen. Und obwohl ich ein Lied bin, ohne Verfehlungen bin ich sicher nicht. Ich denke nach, das lebenshelle Fenster hilft mir zu atmen. Zwei Frauen denken also an mich, haben mich als vermisst gemeldet. Nada ist die eine. Davon kann ich ausgehen, weil ihr Name mich liebt. Wer ist die andere? Ihren Namen kenne ich nicht. Zum ersten Mal, seitdem ich hier liege, fühle ich so etwas wie Zukunftsangst in mir aufsteigen. In meinem Erleben atme ich heftiger als sonst. Leise und mit anwachsender Nervosität gleicht mein Gemüt dem Flügelschlag eines eingefangenen Insekts.

Auf den Messgeräten ist von meiner Lungenarbeit überhaupt nichts zu sehen, sonst würde Amina sofort nach mir schauen und alles Technische überprüfen, das weiß ich. Amina sagt, dass meine Temperatur manchmal schwankt. Es soll für mein Leben, für die Bewegung in mir sprechen. Die Versammlung scheint es als Beweis für etwas anderes zu nehmen. Instabilität. Muskelabbau. Kollaps der weißen Blutkörperchen. Molekularzusammenbruch. Ich weiß nicht, was diese Worte meinen. Sie wollen mir einen Namen an die Hand geben, etwas, was nur da ist, weil sie es benennen müssen. So wird es bei mir bleiben wollen, wenn später alle

Kittel wieder am Türhaken hängen oder in Waschmaschinen gewaschen und von Büglerinnen gebügelt werden. So wird der Name mich zwingen wollen, zu ihm zu gehören. Ich will so nicht leben. Das Fenster ist mein gutes Land. Ich konzentriere mich auf mein Herzzentrum und sende meine Sehnsucht zum freien Raum, zur Welt vor dem Fenster, die ich nicht kenne oder nicht mehr kenne. Jetzt kann ich sie erinnern. Ich will ins Wissen gehen können. Niemals vergessen. Als Mensch bin ich darauf angewiesen, in meinen Träumen lieben zu dürfen. Das Fenster ist mein großes Auge. Ich sehe es. Es ist nicht Auge, weil ich es sehe. Es ist Auge, weil es mich sieht. Ich fühle mich gemeint. Und gerettet. Das Auge ist groß und machtvoll. Es wird mich nicht vergessen. Das Auge hat schon alles erforscht. Es kennt die Tiefe der Meere, die Sonden der Träume, die knisternden Ufer der ewigen Hitze. Ich muss nicht sterben, damit das Auge leben kann.

Im Zimmer ist es still geworden. Die Versammlung der weiß bekittelten Männer hat sich aufgelöst. Ich bin wieder allein. Die Forscherhölle und die Fitzelstimme sind weg. Ich darf wieder so sein wie ich bin: ohne Nutzen. Nur mit einem Innenkern ausgestattet – den ich nicht beweisen kann. Glauben die anderen hier denn zu wissen, was Leben ist? Leben ist immer mehr als das, was wir über es wissen. Das Erzählen darüber wird geboren, wenn wir zu sterben beginnen. Es rettet uns aus der Falle der Wissenden. Manche denken, dass sie die Wahrheit kennen, dass sie die Wahrheit erzählen, dass die Wahrheit etwas ist, das objektiv beweisbar ist. Dieser Todesbiss ist Ursache aller groben Stimmungen zwischen den Menschen. Diese Köpfe, in denen

Formeln, Theorien, Beweisführungen stecken und die all das nicht mehr abändern wollen, was sie einmal in Erfahrung gebracht haben, diese Köpfe erliegen ihren Wünschen nach ausgeweiteten Distanzen. Ich höre hier die Stille hinter allen ihren gesicherten Ideen. Ideas are substitutes for sorrows. Ich höre diesen Satz in mir aufleuchten. Es ist kein Satz von mir, ganz viele Sätze, die mir zuarbeiten, sind nicht von mir. Sie meinen mich, und je länger ich diesem neuen Satz Gehör schenke, desto deutlicher formiert sich seine Geometrie im Raum. Wie Sterne am Himmel strahlt der Satz mich von der Zimmerdecke an. Woher er kommt, weiß ich nicht. Leiden. Melodien fremder Sprachen. Sorgen. Und wie das eine aus dem anderen entsteht. Und wie die Ideen stärker leuchten als der Schmerz. Kontrolle und Macht wollen die geometrischen Erscheinungen brechen. Ohne Farben keine Fragen. Die Antworten, wie sie alles ruinieren können. Die Liebe. Das Lächeln. Das Wachsein. Das Vertrauen. Den Morgen. Das Verstehen. Die nachdrückliche Pracht des Mondes. Rot der Mond. Roter Mond verschneiter Träume. Ich bin dein Lachen und deine Nacht. Siehe, die Dunkelheit ist gar nicht schwarz, alles ist an irgendeiner Stelle durchsprenkelt vom Glanz goldener Signaturen. Der Mond steht der Erde am nächsten. Ich kann den Schlaf nicht denken, wenn er voll ist. Er leitet alle Kräfte des Goldes in die eine Kraft. Von dieser Kraft haben alle getrunken, die waren ja alle so durstig, die Diana, die Artemis, die Isis, die Athene. Ich sehe in ihre weitgefächerte Göttlichkeit wie in den Anfang einer zeitlosen Geschichte. Will wissen, wie sie weitergeht, die Erzählung der Sterne. Das Leuchten soll in mein Gehirn eingreifen. Mich mit den

Doldenblütlern, mit Farnen und Moosen verbinden. Damit ich etwas von ihrer Form und alles von ihren Farben lerne. Blitzgescheite Stengel. Lymphsysteme. Strahlenförmige Lebenselixiere. Ich bin hier. Am Leben. Die Rauschmittel meiner Seele, die den Körper verbinden, haben alle Zentren verloren, die Lichtlinie ist gekappt. Ich lebe. Und kann nicht sagen, was ich sagen möchte. Sage alles ins Innere hinein. Ist es dann überhaupt gesagt? Vielleicht ist das echter als Kieselsäure. Echter als die Hypophyse. Der Hypothalamus. Die Veilchengewächse. Violett und samtig mein Erwachen. Ich liebe Menschen. Bin aus ihrem Raum gefallen. Wann? Warum? Wie ist mir der Unfall widerfahren?

Snegi und der Internaut betreten heute als Erste mein Zimmer. Sie heben mich aus dem Bett und legen mich auf eine Trage. Agni und Amina kommen lachend dazu. Wortlos wechseln sie die Bettwäsche. Ich rieche jetzt die Frische der Laken. Und ahne, wie weiß sie sind, gestärktes Leinen wahrscheinlich, gute Qualität, irgendetwas Deutsches. Amina hat vor einiger Zeit aufgehört, ihre Telefonate am Fenster meines Zimmers zu führen. Meine Gedichtefrau hat in ihrer Büchertasche selbstverfasste Winter-Haikus mitgebracht. Jetzt ist es Frühling, und ich kann meine Augen von links nach rechts wandern lassen. Noch nicht öffnen. Ich hebe die Wimpern manchmal einen halben Millimeter hoch und bin glücklich wie Schwalben glücklich sein müssen, wenn sie von Ort zu Ort fliegen, ihrem inneren Kompass folgen und dort ankommen, wo gerade ihre Jahreszeit beginnt. O invisible Highway, mein expandierendes Gelände, I love you dearly. Ich sehne mich nach Licht. Ich weiß nicht, wie es sein wird, wenn ich eines Tages meine Augen öffne und endlich das Licht der Welt sehe. Licht, das kommt und geht und wiederkehrt und die Dinge erhellt und die leichten Aprilwinde aus Büchern mit dem eigenen Leben verbindet. Zu viel Licht ist schmerzhaft: das Leben, wie am ersten Tag. Auch die Vögel wissen das. Sie suchen das Licht der unsichtbaren Bahn. Da bin ich nun mittendrin, eingeschleust in die unbeweisbaren Sonntage. Das künstliche Licht zerstört sie. Es ist so laut. Es ist übermalungsbedürftig. Die Vögel sind nachts in unseren Städten dem falschen Licht schutzlos ausgesetzt. Das viele Licht stört ihren Flug. Lasershows und Autobahnbeleuchtungen rauben ihnen ihre Erinnerung. Die Vollkommenheit des Alls braucht nicht illuminiert zu werden. Nur gesehen. Wenn ich gesund bin, möchte ich zum Vareler Hafen fahren, am Jadebusen sitzen und den rastenden Vögeln stundenlang zusehen. Es gibt unter den Vögeln Kurzstreckenzieher, Mittelstreckenzieher und Langstreckenzieher. Ich muss wie sie meine Flughöhe ausloten, um wieder sicher im Süden anzukommen. Aber wo ist mein Süden, wo der Mensch, der mir Rom und Jerusalem ist? Ich weiß nicht einmal, wo ich geboren bin, wer mich geboren hat und warum. Niemand hier sagt es mir. Allem Anschein nach verstehe ich mühelos ein paar Sprachen, ohne mich in der einen oder anderen fremd zu fühlen. Fremd. Ich weiß nicht, was fremder sein könnte, als ohne Körper unter den Menschen zu leben und ihnen nichts geben zu können. Habe mich dennoch daran gewöhnt, weil hinter allem, was die anderen tun und sagen, eine unsagbar tiefe Stille lebt, Stille, und dann auch Musik, der Tanz, das Wirbeln der Farben. Die Farben sind wirklichwilde Sprachen. Sie werden sehr oft von Sorgen belagert und bekämpft. Die besonders schönen werden guillotiniert, andere lieblos erschossen. Die Sorgen sind hungrige Leute, ihre Farben irren in dunkeldicken Spiralen umher wie lungernde Hunde, so ganz beißwütige. Labyrinthisches Trommeln und Drängen. Und dann, dahinter, versprenkelter Staub. Nahezu gähnende Leere im Geist. Nur auf den Raum umverteilt. Weit und breit kein Unten, kein Oben. Die Übermacht der trostlosen Abwesenheit aller Himmelsrichtungen. Dann, plötzlich, wenn man sich weiter vorwagt, und es muss ein Vorwagen geben, gibt es kein Zurück: ein riesiger geschlechtsloser Abgrund nach dem anderen, unzählige Abgründe, die für dicke Blessuren zuständig sind. Denken Sie nur, die Natur denkt nicht. Sie macht, und das ist alles, was geschieht. Das schöne Rätsel braucht nicht kuriert zu werden. Auch nicht die Natur. Folgt dem, was getan werden muss. Heilungen sind überbewertet. Die Leute wollen immer in den Zustand zurück, in dem sie vormals waren. Das geht nicht. Die Reise will etwas anderes. Und das ist hier, am Abgrund der Abgründe: einem schrecklichen Gesang zuhören zu müssen. Da singen viele scheinbar uns bekannte Menschen mit einem Mal fröhliche Lieder vor sich hin. Es ist ein grausam gewinnendes Locken voller Gefahren. Es gibt nichts zur Auswahl. Nur das Gehen und Weitersehen. Und wenn ich weitergehe, weitersehe, wenn ich mich nicht umdrehe und unbeirrt weitergehe, dem Leuchtkügelchen vertraue, das vor mir geht, mir den Weg weist ins Helle, dann heulen die Geisterstimmen und wollen als im Takt stampfende Bären erinnert werden. Diese auftrumpfende Manege wird irgendwann verwesen, ich versichere es Euch mit meiner ganzen Seele, mit allen Gedichten, die ich kenne: Im richtigen Hören wird sich alles sortieren. Übrig bleiben viele Gewinde, und wie wir alle wissen, wohnen in ihnen raffiniert kundige Schlangen. Die muss man alle zählen, alle kennen, alle fortschicken, ihnen in ihre wissenden Augen sehen. Sonst wird's ein fremder Traum werden, das Leben. Wenn alles vorbei ist, wird niemand von uns auch nur ahnen können, was andere Menschen hören und sehen, was für sie Flüge in der Nacht und am Tag sind, ob sie das gleiche Grün sehen, wenn sie wie wir das Wort Grün sagen und in vielfältigsten Sprachen auf Ölbäume und Blüten und Sträucher zeigen. Verurteilt sind wir alle als lebenslängliche Leser. Das kann sehr schön sein, diese Art von Gefangenschaft, man muss nur fordernd rufen: Welt, komm her und her mit den Wundern der Bibliotheken! Das ist nichts Ungewöhnliches. Neue Sprachen sind neue Berufsfelder der Seele. Wir können nicht anders als zu lernen, auch dem Winter verzeihen wir jedes Jahr aufs Neue. Wir wissen, er wird wiederkommen und seine Pflicht tun. Er wird sich verwandeln und goldene Hochzeit feiern, was können wir machen, wenn er uns wieder nicht fragt, wenn er nur das macht, was getan werden muss? Das Notwendige. Die Natur trifft keine Entscheidungen. Sie sucht nichts. Sie macht, dass es Tag wird. Und Abend. Und die blaue Stunde ist ihr Tanz und ihre heiß geliebte Bühne. Wir wollen wissen, warum? Über die Verwandlungen des menschlichen Geistes gibt es keine Fossilien. Wir suchen in uns in Wahrheit nicht nach Erklärungen, sondern nach Sprüngen. Ohnehin liegt das Gelenkige der Einfallsfülle nicht in der Vergangenheit. Das Ergriffensein ist immer im Hier. Die Gegenwart ist die Zeit der Berührbaren. Die Zukunft hat auch einen Aufgabenbereich. Sie entsteht aus der olympischen Zone und als Spiegel des Neuen in der Zeit jenseits der Zeit. Abkommen muss man vom Weg. Vom Weg kuriert werden. Liebes lunatisches Gelingen, das Ungewollte gilt mehr als irgendetwas anderes. Und wenn wir mitten im Wald sind, sprechen die Kreuzungen. Nur jene, die vom Weg abkommen, sind in der Lage, die Zeit aufzuknöpfen, ins Selbstvergessen zu driften, Selbstvergesser zu werden. Sie erinnern sich auf diese Weise an alles, weil sie alles sind, aber von nichts abhängen. Sie verstehen die Sprache der Löwen, sagen es aber nicht, reiten auf Pferden davon, die keinem Jahrhundert gehören und erkennen im Flügelschlag eines Rotkehlchens das Wunder der grammatiklosen Zukunft. Bilder und Worte sind verschwisterte Koppeln. Ich bin jetzt voller Hoffnung, ich verstehe einiges von dem, was die Visite redet und bin fest entschlossen, meine Organe zu beschützen. Mein Weideland ist die Stille. Die Geräusche stören den Zusammenhang. Die Organe sind sehr empfindliche Speicher. Ich bleibe im Grün. Die Farbe ist ein Ort. Ich wachse langsam aus der Welt der Stille in die Öffnung der Worte hinein und hoffe, dass ich all das niemals vergessen, niemals dem Ziel zum Opfer fallen werde, wenn ich in die Welt der Menschen zurückkehre. Ungetarnt ist hier alles Gesang. O. Es singt. Wo ich gehe – Du, wo ich stehe – Du, wohin ich mich wende, an jedem Ende – nur Du. Und weil das so ist, ist dies kein Vorhaben, wie das Bild einer Pfeife auch keine Pfeife ist. Die Ruhe der Ungerichtetheit muss selbst Handlung werden. Besser wäre es, wenn der Anfang mich namenlos lassen könnte. Irgendwann werde ich meinen Namen aber erfahren. Und auch brauchen. Für die Liebe, für das Du, das ich durch Suchen nicht finden kann. Oder für einen Spaziergang. In mir muss jemand übrig bleiben, der bereit ist, hier noch etwas zu erleben. Ich bin mir nicht sicher, ob ich noch weiß, was Liebe hier auf der Erde ist. Das Wort Nadushka erinnert mich daran, dass auch ich einmal geliebt haben muss, so wie alle Menschen lieben. Liebte ich diese Frau? Diesen einen Menschen, der mir geschehen ist und den ich, kurz bevor mein Unfall sich ereignete, gesehen haben muss. Meine helfende Hoffnung. Verlangen nach einer günstigen Fügung. Zuversicht ist auch eine Aussicht. Wo kommt sie her? Wo war der Ort unserer Begegnung?

Ich sehe eine Stadt vor meinen Augen, ich sehe Amsterdam vor mir und den Anfang eines neuen Herzensalphabets. War Nada nur ein Bild? Ein kolorierter Kosmos? Was ist ein Bild? Was sind wir, bevor wir Bilder und Farben werden? Für die meisten von uns ist ein anderer Mensch schon am Anfang einer Begegnung ein galoppfertiges Gemälde, etwas, das wir schon gemalt haben, bevor der andere auch nur ein Wort gesagt hat. Wir und der andere sind ein besonderes Vorstellungsgeflecht. Es soll reiten wie ein dressiertes Pferd. Im Kommandogalopp. Mit angezogenen Zügeln. Zielgerichteter Verbrauch. Besitzen. Ausmalen auch ein bisschen. Bis zum Ende der Liebe sind's manchmal nur ein paar Pinselstriche. Jede selbsttätige Bewegung, Veränderung, jede Echtheit stört. Sehen ist etwas anderes. Sehen heißt zurücktreten können. Nun kommen die ersten bösen unerwünschten lästigen dunklen Überraschungen. Der andere ist anders als ich ihn denke. Kein zu Ende komponiertes Bild. Eher ein Wesen mit eigenen Ideen. So wie man selbst. Nun kann man wählen. Die goldene Bildanbetung.

Oder das Sehen. Das Bild spricht auf jeden Fall so, wie Bilder eigentlich nicht sprechen. Aufpassen muss ein liebender Mensch, dass er nicht ganz schnell ein Kalb wird bei alledem, golden und vollkommen und rein, um sich aller Geschenke würdig zu erweisen. Sei golden, mein Kalb, so golden und schön und handlich, so, wie ich dich denke. Vorsicht ist geboten. Nichts ist so teuer wie ein solches Geschenk. Alles, was die Menschen ins Bild legen, legen sie in sich selbst hinein, füllen ihre Leere, wie kleine Kinder einen großen hungrigen Magen füllen. So haben wir alle die echten Bilder vergessen, jene unbedürftigen, die unser Zutun nicht brauchen, die uns zuvorgehen und aus denen wir bestehen. Aufwachender Mensch, sei du kein Stein und kein Holz, sei kein Silber und kein Gold. Das sind nur Wünsche. Ich möchte bis an das Ende der Welt gehen und von ihrem Rand auf die Sprache sehen, im Anfang Sprache trinken, einen guten Grund finden, um wieder auf die Menschenbrücke und in meinen Körper zu gelangen. Ein Mensch zu werden unter den Menschen. Bin ich sonst überhaupt ein Mensch, wenn ich nie mit Menschen spreche? Wenn ich mich nicht bewege und keinen Körper habe, der selbsttätig handelt, wer bin ich dann? The human vision is very short. Ich bin Zeuge, weiß, dass die Sonne allezeit da ist, ohne Bedingungen. Und keine Krähe kann ihr etwas anhaben. Die Wolken am Himmel begehren nicht auf, wenn ein paar Krähen auftauchen. Sie wissen, dass alles, auch sie selbst, einmal vorübergegangen sein werden. Der Himmel bleibt. Ich sehe mir jeden Tag das unsterbliche Blau an.

Seit Monaten liege ich nun in diesem Zimmer. Es wird immer deutlicher, dass mein Fenster, an dem Amina ständig telefonierte, viel größer ist, als ich anfangs dachte. In mir war nur das Bild eines ganz gewöhnlichen Fensters. Woher ich das Bild hatte, weiß ich nicht. Aus meinem neuen Leben war es bestimmt nicht. Immer geht einem ein Leben voraus. Es muss überhaupt nicht das eigene sein. Immer ist irgendwo ein altes Fenster, das Muster eines Fensters, und das Licht, das so zu uns findet, ist Essenz geistiger Jahreszeiten, ein Aufatmen, wie bei den Tieren, wenn sie wissen, dass man sie verschonen, dass man sie dieses Mal nicht töten wird. Dafür brauchen wir keine Iris, auch wenn es schön ist, eine zu haben. Das Wissen ist unverlierbar. Es wird übermalt. Von den hungrigen Sorgen. Unser Instrument des Staunens versucht sich bemerkbar zu machen, Bilderharmonika, lass mich dir etwas sagen: Ich bin dein Schutz vor Dieben und Barbaren. Die wahren Revolutionäre dürfen nicht nach einem Meister streben. Das alles ist auch wichtig für Liebende. Gebt euer Begehren nicht auf! Tut eure Pflicht und öffnet eure Herzen! Sucht keine falschen Götter, die wissen doch gar nichts. Niemand weiß etwas über eure eigene Reise. Je me voyage. Noch und noch. Ihr könnt nun einmal keinen Weg und keine Reise abkürzen. Das gilt vor allem für die Erfahrung, die eine große Reise ist, je weiter wir ihr trotzen, desto dichter sind ihre kürenden Verlangen. Die Kur küren. Das sind Kronen mitten in den Schmerzen. Bevor aber diese Revolutionen ausbrechen, verändert sich als Erstes das Licht. Die Sommer werden kürzer. Es kündigt sich der Umbruch an. Dann werden Dinge und Menschen, Länder und Kontinente miteinander verbunden, die vorher nichts voneinander wussten. Die Zersplitterungen werden Plusminus und Minusplus zusammengezogen, vom gleichen Magnetismus vermörtelt und gekittet, der die Vögel ihren unsichtbaren Routen nachfliegen lässt. Der Pfleger, den ich Internaut nenne, bekommt davon nichts mit. Er liest alles Mögliche auf seinem Tablet. Ich sehe an den Farben, die er im Zimmer hinterlässt, wie chaotisch seine Innenwelt ist. Alle Kristalle sind wie festgezurrt. Manchmal sehe ich auch sein Blutbild. Es ist nur eine Frage der Zeit, bis seine weißen Blutkörperchen durchdrehen werden. Er ahnt nicht einmal, dass sie ihn von Natur aus beschützen sollen. Es ist alles, wirklich alles in Unordnung bei ihm, die Helferzellen und die Gedächtniszellen, die Killerzellen, nichts ist mehr so, wie es vorgesehen war. Je schreckverdichteter sein Blutbild ist, desto verbissener liest er seine Internetseiten und spricht mit seinen Kollegen überhaupt nicht mehr. Bei Snegi hingegen sieht alles wie ein fröhliches Fest aus. Seine Blutzellen sind kleine pinkfarbene Luftballons, harmonisch schwingende Botschafter seiner Fröhlichkeit, die ich mir gern ansehe. Dreizehntes Stockwerk. Filmische Grundereignisse. Wie unter einem Lichtmikroskop erscheinen sie mir, verteilen sich im ganzen Zimmer und schwingen hin und her, ach Gott, sie tanzen. Ein perfektes, beruhigendes Bild des Universums. Wenn ich könnte, würde ich Snegis Bild mit dem Bild des Internauten reden und sie ein Gespräch miteinander führen lassen. Die beiden Bilder leben in getrennten Welten.

Agni und Amina kommen jetzt oft zusammen in mein Zimmer. Es heißt nun, auch mein Blutbild habe sich verändert. Es neige zu Verklumpungen. Wie ich es beim Internauten und bei Snegi getan habe, versuche ich nun, mir mein eigenes Blutbild im Geist heranzuziehen und es in aller Ruhe zu betrachten. Es gelingt mir erst nach mehreren Anläufen, dann merke ich, dass ich das Bild sogar verkleinern und vergrößern kann. Was ich auch tue, ich sehe nur riesige Granatäpfel, leuchtend rote Kerne, rot wie Lava heißester Vulkane. Ich möchte lächeln, ins Rot hinein. Das Rot hat so viele Versprechen. Es öffnet mein inneres Sehen. Es ändert alles. Ich kann nun wahrnehmen, dass die helfenden Frauen überaus viel mit ihrem Innenleben beschäftigt sind, beschäftigter als sonst, und dass sie deshalb keine Zeit haben, mich mit ihrer Seelenwärme zu beschenken. So bin ich selbst aufgerufen, meine Granatapfelkerne zu zählen und mich mit meiner inneren Farblandschaft zu verbrüdern. Es sind sechshundertdreizehn Kerne in jedem meiner Granatäpfel, so viele Kerne, wie es Gesetze im Alten Testament gibt. Ich bin, der ich bin. Noch ohne Namen. Noch ohne Volk. Noch ohne das Wort aus dem Wolkenland. Ich kann nicht sprechen und sehe nur als Stummer das Gesetz des Granatapfels. Reich an Huld und Treue. Das Licht vor meinem Fenster wird greller. Ich glaube, heute gibt es nicht einmal eine Wolke am Himmel. Das Sonnenlicht hat Überzeugungskraft. Die Gabe des Gesetzes ist verschmolzen mit der Botschaft des Granatapfels. Tief eingesunken, tief eingebunden ist seine Form im Inneren, Mittler mit Macht, wie alles zwischen Himmel und Erde. Ich liebe Granatäpfel. Meine Liebe ist eine begrenzte Liebe, ich kann die Granatäpfel nicht erschaffen, nie könnte ich das. Und was ich auch tue, nichts in der Welt kann mir nachträglich die Macht dazu verleihen. Aus hunderttausenden von Granatapfelkernen besteht mein Blut, färbt mich mein Feuer, wendet mich die Farbe Rot. Und da dies so ist, was könnte mich besser gesund machen als die Farbe selbst? Ich werde mich ihr ganz anvertrauen und sie herrufen, wieder meine Komplizin, meine Freundin, mein Schirm und Schild zu werden. Dies soll von nun an und für alle Zeiten mein Granatapfelbund heißen. Und zu meiner Ganzheit führen. Die Organmafia verbucht das naturgemäß anders. Da meine Werte sich von Woche zu Woche bessern, sieht der eine Anführer etwas besorgt auf die vielen Listen, die meine Daten verzeichnen. Ich kann nun noch genauer als bisher die Konturen der Gegenstände und Gedanken erfühlen, die sich in meinem Raum befinden. Über die Luft versuche ich, mich mit Snegi und dem Internauten in Verbindung zu setzen. Und siehe da, Letzterer lässt sein Tablet auf der Fensterbank liegen und nimmt meine Akte an sich. Er hält sie fest wie einen Schatz, von dem auch er sich etwas Gutes verspricht. Ich kann sehen, dass er keine gierige Natur hat. Er neigt nur dazu, sich oft abzulenken und die Geister der Oberfläche anzulocken. Leider nagen sie noch sehr an ihm. Es sind einige, sie sehen aus wie hungrige graue Kobolde. Ich muss sagen, das hat etwas Ehrfurchteinflößendes, sie einmal auf diese Weise zu Gesicht zu bekommen. Wobei es etwas mehr als Ehrfurcht ist, unheimlicher als beispielsweise eine Hand, die aus dem Nichts in der eigenen Hand zu spüren ist und von der anderen Seite der Wand auf dich zukommt, wie etwas aus dem Reich der Toten. In meinem früheren Leben muss ich viel gelesen haben. Lektüren sind weiche Kräfte, in denen sich die eigene Erinnerung mit den Erinnerungen der anderen Menschen vermischt. Das wirkliche Leben ist auch so, in ihm ist alles eine Sprache. Alle Menschen sind Bücher, die einander lesen. Manchmal habe ich das Gefühl, die Kobolde bringen den armen Internauten dazu, sich selbst zu vergessen. Er hat bis jetzt nicht einmal eine kleine Ahnung davon, dass er ein Radio für sie ist. Ich weiß auch nicht, wie er sie wieder loswerden kann. Mehr zu lächeln könnte ihm helfen, frei zu werden. Dann werden die Kobolde ihre Zuneigung zu ihm verlieren und vielleicht ihren Hunger woanders stillen wollen.

Der Internaut beschützt in aller Erhabenheit meine Akte. Ich hätte nie gedacht, dass er so viel Standfestigkeit besitzt. Draußen vor der Tür, die jemand zum ersten Mal, seitdem ich hier liege, vergessen hat zu schließen, sehe ich eine große weiße Kiste. Sie sieht aus wie ein Sarg. Mich überkommt ein merkwürdiges Gefühl. Die Kiste erweist sich bei näherer Betrachtung als ein Kühlschrank. Nur widerwillig gibt der Internaut meine Akte aus den Händen. Der Chef der Visite fordert ihn mehrmals dazu auf. Im Kühlschrank sehe ich Farben, ein paar leuchtende Granatapfelkerne darunter, vielfältige Blutkörperchen, rotierende Blutbilder, wie auf der Stelle trampelnd. Langsam begreife ich, dass ich nicht begraben werden soll, sondern dass in dieser weißen Kühlkiste menschliche Organe aufbewahrt werden, auf die andere Menschen warten. Dann verabschieden sich alle. Schnellen Schrittes gehen sie fort, die weiße Kiste nehmen sie mit. Und ich spüre, dass im Flur viele, viele Fenster sind, die zur Sonne zeigen. Licht kommt nun von allen Seiten. An manchen Tagen höre ich die Vögel so gut, wie ich kürzlich die Granatapfelkerne gesehen habe, als ich den Bund mit der Gesetzesfrucht eingegangen bin. Auf der Fensterbank leuchtet manchmal etwas auf. Über viele

Stunden hinweg begreife ich nicht, was das Leuchten sein könnte, und ich lasse alle möglichen Deutungen durch meinen Geist fliegen, ohne zur Einsicht zu gelangen. Dabei ist es ganz einfach. Das Tablet des Internauten ist es. Er hat vergessen, es mitzunehmen. Alle paar Minuten bekommt er eine Nachricht, und dann leuchtet das Display auf. Da er sie nicht liest, wird er über eine Sprachfunktion darauf aufmerksam gemacht, dass Post auf ihn wartet. Jetzt sind es schon siebenundneunzig Nachrichten. Hat er noch eine andere Arbeit oder warum ist er so wichtig, dass man ihm immerzu schreibt? Ich habe viel zu tun, weil ich jede einzelne seiner eingehenden Nachrichten zähle. Die ganze Nacht geht das so, ein Leuchten nach dem anderen trifft in meinem Zimmer ein, während am dunkelblauen Himmel die Sterne auffunkeln, die Venus alle anderen mit ihrem Licht wie eine Fackel ansteckt und Perseus, Kassiopeia und die große Andromedagalaxie sich mit Pegasus und dem Walfisch in Lichtunterhaltung begeben. Ich denke an die merkwürdige Kiste und frage mich, ob schon ein anderer Mensch auf meine Organe wartet. Wenn sie meine Geräte abstellen, wird nie jemand erfahren, was ich denke, was ich fühle, was ich liebe. Oder war die Kiste nur zufällig vor meinem Zimmer abgestellt worden und ich mache mir jetzt unnötig Gedanken?

Ich glaube, dass ich heute für längere Zeit richtig eingeschlafen bin. Zum ersten Mal seit meinem Unfall hat mein Bewusstsein sich in meinem Inneren wie in einem unermesslich großen grünen Wald ausgeruht, und ich habe aufgehört, in Sprache zu denken. Verde, que te quiero verde. Ob ich etwas geträumt habe, kann ich nicht mehr sagen. Aber ich habe gesehen, dass alle Menschen große Granatapfelgruppen bilden. Seitdem verstehe ich auch plötzlich ganz genau, warum jeder an allem gleichwertig schuldig ist. Fangen wir mit einem Mörder an, mit einem Menschen also, der andere tötet. Ein Mörder ist ein Singular, aber das heißt nun wirklich nichts. Wer einen anderen tötet, tötet sich selbst. Niemand weiß davon, so führen wir seit Urzeiten Kriege. Die Feuerpunkte kümmern sich um das Gesetz. Weltraumsondenartig leuchten sie aufs Dunkle. Wir sind alle gleichwertige Planeten. Für das Paradies braucht man keine Blumen und Girlanden. Eine Reise um die Welt und mindestens eine Frage ergeben eine Art Schlüssel. Warum tötet einer sich selbst? Welche Lieder können wir noch auf unsere Achillesfersen singen? Wie wird einer das, was er ist?

Die Fähigkeit, alles aus dem Blickwinkel eines anderen Menschen zu fühlen, wird im ungepanzerten Leben erworben. Wer kann so etwas? Das kann nur jemand, der die Welt wie einen Apfel aufgegessen hat und am Kap Finisterre war, am Ende der Erde, am Abgrund der Welt. Das Problem der meisten Menschen ist nicht die Tiefe des Schlundes oder die heilige Ehrfurcht vor der Kargheit der Felsen. Die Schwierigkeit hat mit etwas sehr viel Kleinerem zu tun: mit dem Apfelaufessen. So ist es schon immer gewesen. Dabei hat das Denken mit einem Apfel angefangen. Es ist ihnen unmöglich, Kern und Stengel, alles, einfach alles aufzuessen. Vermeidungen sind der Beginn von Krankheiten. Das ist das Grundproblem aller Grundprobleme. Wie gerne würde ich das mit dem Personal hier diskutieren. Mein Internaut kommt dieses Mal lächelnd in mein Zimmer. Er lässt die Tür offen. Seine Lichtwirbel haben sich erneuert, sie ragen antennenartig weit in die Höhe, stark sind sie, diese geschwungenen Formationen, wie bei der Krone eines Walnussbaumes, der über Jahrzehnte gewachsen ist. Wo kommt diese neue Kraft her? Auf dem Flur gehen jetzt auch andere Leute vorbei. Ich höre ganzneue Stimmen. Mein Pfleger sieht kurz auf sein Tablet und klickt mit rechts etwas an. Technisch ganz etwas Winziges. Ich hätte es nie vollbringen können. Ich bin ihm dankbar. Endlich. Es hört auf zu flimmern. Meine Lichtempfänglichkeit wächst. Er sieht fordernd zu mir, so als wisse er etwas von meinem Wachstum und fühle mit mir. Immerhin haben mich seine Nachrichten die ganze Nacht in Zählbereitschaft gehalten. Er steht lange am Bettende und sieht mich an, wie die Leute Bilder in großen Museen betrachten, stets im Glauben, dass nur sie das Bild ansehen, das Bild selbst aber nicht über diese Fähigkeit verfügt. Er weiß es nicht. Aber ich schaue die ganze Zeit zurück mit meinen geschlossenen Augen. Jetzt weint er. Ich weiß nicht, ob ich es bin, der ihn rührt, oder ob etwas in seiner Erinnerung in ihm arbeitet, etwas, das ich durch mein Schweigen auslöse. Ein gütiges Universum zeigt sich mir jetzt. Ich erkenne alle paar Minuten neue Zusammenhänge und begreife, dass die Art, wie wir den Körper denken, gar nicht seiner Wirklichkeit entspricht. Ich empfinde alles. Jeden Lufthauch, jedes Partikelchen Licht, jeden Gedanken sehe ich als Farbe. Ist das nun schon Teil meines Körpers oder nicht? Diese Frage kitzelt in meiner Nase, und ich spüre meine Nasenhärchen wieder, merkwürdigerweise so, wie sie nur bei minus zwanzig Grad zu spüren sind. Als kleine Kältespeicher. Ein wirklich kitzeliges Flimmern und Flirren. Mein Spürsinn kehrt also über die Nase zu mir zurück. Die Lunge hat davon schon Kunde bekommen. All diese Verknüpfungen des Lebens, die ich sehen darf, sie sind auch so etwas wie mein Körper. Es gibt keinen einzelnen und keinen einzigen einmal zu Ende gedachten Körper. Alle Körper und alle Liebenden und alle Felsen und alle Farben und alle Äpfel und Stengel und Kerne sind ineinander eingesungene Wirkungen. Sie verändern sich immerzu. Die äußerste Tugend ist die Liebe, die sie zusammenhält. Sie lässt Leute erblinden und wieder sehen, in der Wüste, auch in den ganz normalen Städten. Nichts ist wertvoll ohne die Liebe. Sie ist die Königin aller Verbindungen, sie erschafft die Welt und das Herz der Meere, sie erschafft die Sonne und die Kühle der Sterne, sie ist Einzahl und Mehrzahl, Gesang und Verstummen. Das ist die Natur der Liebe. Sie ist Zustand, kein sagbares Gefühl. Und nach dieser Natur suchen alle Liebenden, sobald sie sich verliebt haben. Sie kaufen sich schöne Jacken und ihr Körper leuchtet den anderen Menschen, das andere liebende Gegenüber an. Schönheit ist die kleine und die große, die heranwachsende und die gereifte Schwester der Liebe. Ich muss davon ausgehen, dass das der wahre Grund ist, warum man selbst hier, wo alle in den Spitaluniformen herumlaufen, meiner Agni ihr eigenes Gewand und ihren Willen lässt. Niemand kann sie zwingen, anders zu sein als sie ist. Sie ist das Urbild aller Unbestechlichen. An ihren Kern werden andere Kerne telefonieren, sich mit ihm verabreden und aus ihm herauswachsen, hinein ins Leben, so wie die Blüte der Agave in den Tod wächst und am schönsten ist mitten im Sterben. Der Körper ist nur ein Erzähler, ein Sprecher der Liebe, die sich verwandelt, die wächst, die in die Tiefe und in die Höhe strebt und gerade deshalb zu ihrem Recht kommt, wirksam, allen

Gegenbeweisen, allen Gegenreden zum Trotz. Ein hungriges Feuer geht vor uns her, ein großes Wetter. Nadushka, sie ist mit diesem Feuer verbunden, das reine Begegnung ist. Aufruhr und Aufstand und die Wollust. Wenn es stimmt, was ich denke, wenn also nichts voneinander getrennt ist, warum kommt meine Nadushka nicht zu mir? Wo ist die Zeit, die uns liebt, wo ist jetzt ihr Körper, der mich kennt? Und warum sucht er mich nicht, warum findet er mich nicht in diesem leeren Zimmer, wo ich wie eine erlegte Gazelle liege, weil ich auf sie warten muss? Ich habe der Liebe noch nicht Dienst genug getan, bin noch eine klingende Schelle, die Nadushka nicht finden kann, weil sie weiß, dass alles einmal enden wird, die Weissagungen, die Tröstungen der Sprachen, die sattelfesten Erkenntnisse. Ich warte. Und genau das ist mein Hindernis. Ich habe allen Glauben. Berge versetzt nur die Liebe. Ich muss lernen, mit dem Warten aufzuhören, damit die Liebe eine Ewigkeitsübung und meine ganze Aufmerksamkeit werden und sie mich hier finden kann. Das Warten ist nur Stückwerk. Die Übung aber ist ein Wörterbuch jenseits der Sprache. Auch die Fragen müssen absterben. Die Liebe ist etwas ganz anderes als das, was ich mir von ihr wünsche. Mir hat sie die Augen weggenommen, damit ich das alles ändernde Sehen erlerne. Sie hat ihre eigene Art, einem etwas zu geben.

Die Heilige Frau kommt mich endlich wieder besuchen. Sie arbeitet mit ihrem ganzen Körper an meiner Genesung. Ihr Körper zeigt meinem Körper, was das ist, ein ganzer und im Ganzen wirkender Körper. In der Zwischenzeit bin ich zu der Überzeugung gekommen, dass sie gar nichts anderes macht, um mich zu erwecken. Sie arbeitet an der Erinnerung meines Körpers. Ihr waches, regsames Muster und mein Körperschlaf unterhalten sich. Fast unmerklich fangen meine Zellen an, ihr zu glauben und sich ihres Daseins zu vergewissern. In der Welt fallen Mauern und neue werden erbaut. Der Magnetismus und die Fragen sind wirksam geworden. Ein Jahrhundert des Schlafs bewegt sich vorwärts. Es ist satt und grob und gierig. Wie wird es sich selbst an seinem Ende sehen? Das Brot, von dem alle glaubten, es würde niemals ausgehen, wird knapper. Die ausgelaugte Erde muss nun schlafen, sich in sich selbst zurückziehen und nachwachsen in ihrem Vermögen, sich zu verschenken. In der Schlafphase kann sie kein Korn geben. Jetzt haben sie unzerstörbares neues Korn erfunden. Ich bin nicht darauf angewiesen, es zu essen. Von diesem Korn werden allen die Zähne ausfallen. Und niemand wird satt werden. Der Hunger wird sich verdoppeln. Wir können die Minuszahlen nur aufhalten, wenn wir noch leiser und leiser werden. Meine Gedichtefrau liest mir wieder aus ihren Büchern vor. Ich habe gar nicht mitbekommen, dass sie das Zimmer betreten hat. Jetzt werde ich mehr und mehr ein Mensch und sinke ins Denken zurück wie der Abend in die Nacht. Dabei wollte ich wach, hellwach bleiben, allezeit, vor allem bei meiner Rückkehr mein ganzes Wissen dabeihaben, es mitnehmen in meinem Herzen wie andere Dinge, Kleider und Stifte, Bücher in ihrem Koffer tragen, wenn sie von hier nach dort verreisen und das Leben ihr Eigen nennen.

Agnis Büchertasche steht auf der Fensterbank, und ich sehe jetzt, dass sie gewebt ist wie ein Kelim, orange und rot mit braunen Flocken, ein Kelim, den ich kenne, von einem anderen Kontinent, aus einem anderen Jahrhundert.

Nicht ich erkenne den Kelim, es ist der Kelim, der mich erkennt. Ich kann die Nähe einer Wiese riechen. Getrocknete Bergblumen. Und Zedernholz, die Zedern des Libanon, die Nadushka so sehr liebte. In jenem Sommer, in dem ich sie am liebsten geheiratet hätte, las sie das Hohelied Salomos. Jetzt sehe ich sie, über diesem Buch gebeugt, in einem grünen Samtkleid mit hellen Holzknöpfchen, die sie auf einem Flohmarkt gekauft hatte, bei einer Klassenfahrt. Agni massiert meinen Kopf, als würde sie ahnen, dass neue Menschenluft in ihn gekommen ist. Hineingeraten. So, wie auch Gedanken in der Zeit reisen und in unsere Köpfe hineingeraten können.

Ich mache mich jetzt täglich mit meinem Bewusstsein auf die Reise zum Flur und sehe nach, welche Worte dort vorzufinden sind. Alles ist sehr sauber, als würde hier jemand die Schnittstellen von Flur und Zimmern bewusst und beharrlich reinigen. Dann sehe ich, dass es auf meiner Etage nur ein Zimmer gibt. Es ist mein Zimmer. Wie ich gemutmaßt habe, ist es tatsächlich das dreizehnte Stockwerk, und nur die beschäftigt wirkenden Unverzagten sind bereit, mit mir in Kontakt zu treten. Die Fensterfluchten sind unendlich groß, aber wortlos. Ich finde hier keine Sprache und muss zu meinem Körper zurückkehren, sonst vergisst er mich. Agni hat alles zusammengepackt, sie nimmt ihre Tasche in die Hand, die Kelimtasche, die mich zeitlos gemacht hat, und verabschiedet sich von mir wie von einem Menschen, der sie mit den Ohren hören kann. Auf Wiedersehen, bis zum nächsten Mal, sagt sie. Ich versuche sofort, Worte mit dem Mund zu formen, will mich bedanken, für alles, ihr sagen, wie sehr ich mich auf das nächste Mal freue. Es passiert nichts im Hörbaren. Nur in mir selbst fühle ich die geheimnisvolle Tiefe, aus der heraus die Worte zu Gedanken und Handlungen werden.

Ich bin leise. Ich bin geduldig. Ich bin einverstanden. Aber noch nicht leise und noch nicht geduldig genug, um wahrhaftig sprechen zu dürfen, noch nicht ganz einverstanden damit, dass das geschieht, was geschehen soll. Nun weiß ich, dass nicht nur mein Körper irgendwann erwachen wird, sondern auch meine Sprache. Man bringt mir etwas bei in diesem Zimmer, weist mich ein in die Welt jenseits der Schlagstöcke, in die Welt jenseits der Theaterschminke, in die Welt jenseits der Vaterländer, und ich bin bereit, noch leiser zu sein, noch besser das Hören zu erlernen. Wie wird es enden, und was davon kann bestehen? Nichts wird zu Ende gehen, alles wird bestehen und wie eine Wolke in das Blau des Himmels in die Verwandlung eingehen. Ist der Tod so schrecklich? Das Blau kann niemals verschwinden. Noch bin ich ein Gefangener der Freiheit, der in einem Zimmer liegt und von dem niemand weiß, ob er noch lebt, begrenzt darauf, allein zu sein und alles allein zu erkennen. Ist das der Plan, der für die ganze Erde beschlossen ist? Mein Internaut, der seit kurzem langsamer geht, kommt nun leiser als sonst ins Zimmer und hält mit Amina ein Schwätzchen. Neuerdings verabreden sie sich an meiner Fensterbank und essen Cremeschnitten von irgendeinem französischen Bäcker, der hier in der Nähe einen Laden hat und auf den sie schwören. Sie wollen nie wieder zu irgendeinem anderen Bäcker gehen, so gut finden sie diesen französischen Mann, den es offenbar wirklich gibt und der auch leibhaftig in seinem Geschäft erscheint. Neulich hat er ihnen eine Cremeschnitte für mich mitgegeben, weil sie ihm von mir erzählt haben. In seinem Laden sitzt seit ein paar Wochen jeden Morgen eine fremde Frau und bestellt sich einen Kaffee und auch eine solche Cremeschnitte wie sie. Amina und der Internaut verbringen hin und wieder ihre Frühstückspause dort und kommen mit ihr ins Gespräch. Sie hat ihnen erzählt, dass sie meine Ehefrau ist. Die beiden lachen am Fenster und verschlucken sich fast an dem süßen Zeug. Und keiner der beiden weiß, wie sie mich gefunden hat, diese Frau, die sich meine Ehefrau nennt.

Gekommen ist sie von einem ganz anderen Kontinent und musste einen Ozean überqueren. Schiff oder Flugzeug, ich habe nicht verstanden, mit was sie es geschafft hat, das Weltmeer zu überwinden und wie sie überhaupt meinen Aufenthaltsort herausgefunden hat. Aber sie scheint wirklich da zu sein. Und zu bleiben. In der Stadt, wie die beiden nun immer wieder sagen. Es ist also eine Stadt, in der wir uns befinden. Das habe ich am Anfang schon angenommen. Wissen konnte ich es nicht. Ich muss noch viel lernen. Immer noch weiß ich nicht, was eigentlich dafür spricht, dass es kein Dorf ist, wo ich untergebracht bin. Ich höre keinerlei Geräusche einer Stadt. Nur der Lichtvorrat nimmt zu. Und der Gesang der zurückgekehrten Vögel vermehrt sich. Von Tag zu Tag wächst in mir das Glück, sie wieder hören zu können. In meinem Herzraum rauscht es. Manchmal weiß ich nicht, was das Rauschen bedeutet. Wie Wellen wiegt es sich in meinem Inneren hin und her. Das Meer wuchtet seine Schaumkronen in die Höhe und fällt ab, läuft aus, pendelt sich ein am Strand meiner Innenwelt. In meinem Kern sind Laternen angegangen. Wie neulich, als ich mit meinem Bewusstsein auf den Flur geschlichen bin, gehe ich jetzt mit meinen Wünschen zum Wasser, und ich sehe, dass es ganz normal ist, dass nichts Ungewöhnliches ist an meinem Meer. Ich sehe eine weiße Leinwand. Die Wellen streben zu ihr hin, sie kommen siebenmal und gehen siebenmal weg. Es gibt unterschiedliche Wellenhöhen und variierende Wellenenergie. Und es gibt Inseln, die den Wellen helfen, sich zu brechen, um überhaupt irgendwo hinzustreben. Mein Herz ist eine Insel. Meine Insel hat Geheimnisse, ist voller Klippen und Höhlen und Abgründe. Sie ist ungeteilt, und sie erzieht mich, weil sie mehr weiß als ich. Der Geist der Insel erfüllt die Erde, die mich von den Füßen her ruft. Alles, was entstanden ist, dient dem ganzen Leben. Meine Füße möchten gehen können. Und die Insel behütet und vermehrt das Leben. Weiß meine funkelnde Insel auch, warum ich mich nur an Nadushka und an keinerlei Ehefrau erinnere? Weiß meine Insel, dass die Unschuld der größte Schatz ist? Das sagen jedenfalls immerfort die Frauen hier. Die Unschuld ist der größte Schatz. Das klingt richtig und verdächtig in einem. Einfach so sagen sie das. Ganz laut in meine Zimmerluft hinein sagen sie das und waschen sich im Bad die Hände. Zwei von ihnen denken noch, dass ich nichts höre und vom Verstehen weit entfernt bin. Manchmal habe ich Angst vor dem Gehörten. Ich bin nicht feige, ich glaube nicht an Zufälle, es muss einen Grund geben, warum sie darüber reden. Es muss etwas bedeuten, dieses viele Reden über die Unschuld. Das Wort ist ein Gesetzeswort. Ich fühle das, weil es mich über die Ohren maßregelt, mich ausfragt, mein Herz abtastet und meine Nieren ausforscht. Also glauben sie insgeheim, dass ich sie hören muss. Wer von uns wäscht seine Hände in Unschuld?

Noch immer lügen und schwören die Menschen. So schnell. Alle. Sie sind so überaus käuflich. Lose Lehre. Sie schwört so fälschlich. Ich weiß nicht, ob Unschuld einem wie die Gnade geschieht, oder ob es auch möglich ist, sie lebend zu erlangen. Ohne die Insel geht es so oder so nicht. Die meisten Menschen unseres Jahrhunderts haben nie gelernt, ihre Insel zu erkennen. Sie gehen wählen und denken, dass Politiker dafür zuständig sind, eine bessere Welt für sie zu gestalten, Hunger und Kriege zu beseitigen. Dabei wissen sie nicht einmal, dass sie im Besitz einer eigenen Insel sind, so wie auch ich selbst nicht wusste, dass es irgendwo auf dieser Erde eine Urkunde gibt. Ein Papier. Auf dem eine Ehe festgehalten ist, die ich mit einer Frau eingegangen bin, deren Namen ich jetzt nicht mehr kenne. Was für ein Mensch bin ich gewesen? Auch so ein politisch korrekter Rationalist? Ein Mensch, der nichts einem anderen Menschen geben konnte, der für alles eine Erklärung hatte und gerade deshalb gefährdet war. Gefährdet vom Soll her. Von mangelnder Fähigkeit etwas zu geben, das man nicht anfassen kann. Dem wachsamen Ohr der Insel entgeht keine Silbe. Und es kann keinen Menschen auf der Erde geben, der nicht auch das Unrecht kennt in sich selbst. Habe ich im Unrecht gelebt? Und ist das der Tod, dieses Alleinsein und Nichtsprechen-Können inmitten der Menschen? Jede Lüge ist ein kleiner Inseltod und ein Verstoß ins Stumme. Wenn der Körper sich duckt und gehorcht, ist er nicht daran schuld, er empfängt die Signale aus der Quelle der Schmerzen. Ein freier Körper liest zwar die fremden Botschaften, so, wie ich auch die gedankendurchsetzte Luft in diesem Zimmer lese. Er setzt aber nicht die Wünsche der anderen um. Und die Stimme spricht nichts aus, was nicht ihre eigene Wahrheit ist. Meine Stimme will gar nicht sprechen, sie bricht nicht einmal ab. Sie ist einfach nicht da. Es gibt keine Beweise dafür, dass sie jemals da war. Ich könnte schon immer ohne Stimme gelebt haben. Wer macht die Stimme? Ein Spezialist. Wird er mir die erfahrbare Gunst erweisen und mich zu ihr zurückführen? Und wenn ja, wann? Fragen sind wichtig. Und doch weiß ich nur zu gut, dass sie niemals helfen können, auch nur eine Sekunde in der Zeit zu beschleunigen. Fragen haben andere Betätigungsfelder, sie arbeiten daran, die Uhren anzuhalten. Sich würdig zu erweisen heißt auch, wie ein hungrig nach Hause zurückgehendes Kind Schritt für Schritt in die Antworten hineinleben zu können. Die Stimme ist ein Organ der Wahrheit. Wir können sie verstellen, sie umschulen und zwingen, uns zu gehorchen. Sie ist groß an Treue und nicht folgsam, vor allem dann nicht, wenn wir glauben, sie unter Kontrolle gebracht zu haben, so, wie wohl der organfixierte Inspektor es sich vorstellt. Ich lese in seiner Stimme wie in einem offenen Buch. Mit der Stimme kann auf Dauer niemand lügen. Er will alle täuschen, um mich auszunehmen, um mir über Nacht meine Nieren zu stehlen.

Ich beobachte Amina und den Internauten von meinem Liegeposten. An jeder Bewegung ihrer Körper kann ich erkennen, wo sie als Erstes einsetzt. Ihre Stimmen kommen nicht wie die Bewegungen aus dem Körper, auch werden sie nicht von ihm angetrieben. Von der Luft getragene gestaffelte Rätsel sind sie. Aus ihren Mündern reisen sie in den Raum, in dem auch ich lebe und treten als tonale Verquickung in Beziehung mit mir. Mein Zimmer ist ein Schiff für ihre Sätze. Das Meer ist das Orchester. Es ist überall, das wissende Wasser, in den Augen, in den Nächten, in den Tränen. Nie sind wir mehr allein als in der Verlassenheit, die ein Leben ohne wahre Stimme ist. Meistens wird in alledem sehr viel gesprochen. Je ertaubter die Menschen sind, desto kundiger sind sie in lautstarken Dingen. Sie äußern Meinungen und fällen Urteile im Glauben, den Überblick über das Gute und das Böse zu haben, schnelle Urteile über andere Menschen. Ihre wahre Stimme schweigt sich aus, die Tapisserie ihrer Träume hat die Tore verschlossen. Und was ist mit dem Organforscher, ist er im Besitz seiner wahren Stimme, wenn er im Namen einer guten Sache nach meinen Nieren trachtet? Alle Dinge sind zwiespältig, bis sie von den Wellen, die die Inseln umspielen, verschlungen werden. Die Sprache der Meere, die Tiefe der Ozeane, sie wird niemanden schonen. Mich auch nicht. Seit Tagen spüre ich eine große Unruhe in mir aufkommen. Ich weiß nicht, ob es mit der Frau, die sich meine Frau nennt, zusammenhängt oder mit meinem Körper, der langsam erwacht und mich vor neue Nöte stellt. Der Druck in meiner Brust nimmt zu. Ich spüre die Schwere meiner Glieder. Meine Hände werden gezogen, sie sind verwandt mit dem Erdreich, dem Schlaf, dem Traum alter, längst vergangener Jahrhunderte. Amina wäscht mich nun fast jeden Tag. Sie beschwert sich nie. Ich kann fühlen, dass in ihr eine neue Stille eingekehrt ist. Ihr Gesicht ist milder geworden, seitdem sie in aller Regelmäßigkeit mit dem Internauten Cremeschnitten isst. Das ist der Beginn einer Freundschaft, ein großes, langes Lebensgespräch, das jede Freundschaft ist und bleiben muss, will sie die Zeit überstehen.

Aminas Haare sind jetzt nicht mehr so streng nach hinten gekämmt wie zu Beginn. Manchmal macht sie sich einen Zopf oder kämmt sich das Haar so, dass ich an Leonardo da Vincis Mona Lisa denke. Die in ihr wohnende Stille und das neue Zutrauen zu sich selbst zaubern ihr ein flüchtiges Lächeln ins Gesicht, ganz sanft und leise, wie der allerkleinste Vogel in einer Menschenhand erscheint es in ihren Mundwinkeln. Sie trägt ein Band im Haar, hat nicht so eine große Stirn wie Mona Lisa. Amina hat sogar eine ganz kleine Stirn und bei genauer Betrachtung auch eine feinere Nase als die berühmte Mona. Das Lächeln ist die Brücke zum Bild, ein überzeitliches, allumfassendes Lächeln, flüchtig und zart, sodass ich fast glaube, es nicht gesehen, sondern es mir nur gewünscht zu haben. Jetzt fällt mir auf, dass sie mir schon eine ganze Weile keine Lebkuchen mehr mitgebracht hat. Davon ist nun überhaupt keine Rede mehr. Amina scheint das Ende ihrer Ehe akzeptiert zu haben. Sie hat keine dunklen Ränder mehr unter den Augen, also fühle ich mich in meiner Annahme bestätigt. Ihre Wangen sind sanftrot, sie scheint sich neue Kleider zu kaufen. Ihre Art, mich zu waschen und sich um meinen Körper zu kümmern, ist angenehm. Sie starrt mich nie an oder zerrt an mir, wie sie es anfangs ein paar Mal und auf eine merkwürdig gedankenverlorene Art gemacht hat. Sie ist ganz und gar bei mir, hier in diesem Zimmer, bei jeder Bewegung, bei jedem Ankommen und Fortgehen. Seit ein paar Tagen begrüßt sie mich immer. Ich bin mir nicht sicher, ob ich heute Morgen aus ihrem Mund meinen Namen gehört habe oder ob sie ihn gar nicht gesagt hat. Irgendetwas hat sie aber gesagt, das mich daran erinnert hat. In Zukunft werde ich darauf achten müssen, ob sie das beruhigende Wort noch einmal sagt. Zwischen meinen Ohren ist jetzt eine Art Verbindungstunnel geöffnet worden, ein Lichtkanal, den ich bisher nie bemerkt habe. Ich höre ein kleines Glöcklein darin, es musiziert mit der freigesetzten wellenartig vibrierenden Helligkeit. In der Mitte der Stirn spüre ich deshalb eine traumschöne Wärme. Und die Nase ist geradezu empfindsam kitzelig geworden, ein kleiner Seismograph für jeden Windhauch. Wenn die Tür meines Zimmers geöffnet wird, habe ich jedes Mal das Gefühl, als müsste ich niesen. Die Wimpern sind mir dabei einige Male selbsttätig hochgezuckt, wie früher, als der Körper noch mein Sklave war. Nun werde ich sein Diener und lerne etwas über den dunklen Glanz seiner unerledigten Arbeit. Ich habe jetzt eine flüchtige Ahnung davon bekommen, wie es hier in meinem Zimmer wirklich aussieht. Wirklich, von außen. Was aber ist wirklicher? Die innere oder die äußere Welt? Alles wird anders im Leben, wenn diese Frage aus dem unbeweisbaren Nichts in die Festigkeit einer Antwort strebt.

Bei der nächsten Visite herrscht helle Aufregung. Meine Akte ist verschwunden. Oder gestohlen worden. Niemand von den Verantwortlichen weiß das so genau. Keiner sagt etwas Konkretes. Ob es ein Diebstahl war oder ein bloßes Verschwinden, das erfahre ich nicht. Dass die Akte unauffindbar ist, scheint eine Tatsache zu sein. Mein alter Personalausweis ist offenbar auch abhandengekommen. Ich denke, dass in dieser Akte alles abgelegt war, was sie über mich finden konnten. Mit einem Schloss war sie versehen, die Akte, sie war sehr groß, größer noch als ein überdimensionaler Schuhkarton. Dieses Mal ist es Agni, die mir Blut abnehmen soll. Sie brauchen neue Ergebnisse und legen deshalb eine ganz neue Akte für mich an. Ich wundere mich über das viele Papier und dass sie nichts im Computer über mich festgehalten haben. Es könnte auch Absicht gewesen sein, wegen der Organe und der geheimen Pläne, die sie hatten. Seine Venen sind blau wie Flüsse, sagt Agni. Bis auf den Organinteressierten lächeln alle. Er denkt überhaupt nicht daran zu lächeln. Wenn meine Venen blau wie die Flüsse dieser Erde sind, jedenfalls so blau, wie Flüsse einst blau waren, dann heißt das für den Karrieristen, dass ich nicht sterben werde. Das ist schlimm für ihn. Alle seine Bemühungen zielen in seiner Forschung darauf ab, Fällen wie mir mathematisch genau, so hatte er sich selbst einmal ausgedrückt, den Tod vorauszusagen. Dabei bin ich so sehr am Leben, dass ich ihn lesen kann, ihn und seine roten und seine weißen Blutkörperchen. An der Dichte und an den Farben kann ich genau erkennen, ob er gut beisammen ist oder nicht. Ich bin meinen Fähigkeiten zum Glück nicht so ausgeliefert wie er den seinen. Deshalb verzichte ich auf die Reise in seine inneren Farben. Meine Mundwinkel heben sich sanft in die Höhe. Ich bemerke das in dem Moment, als er verärgert zu Boden schaut. Das Lächeln aus der Herzkammer strebt mit immer sanfterer Nachdrücklichkeit zu meinem Mund. Ich weiß nicht, ob es mir jemals gelingen wird, wie ein lebender Mensch zu lächeln. Die Herzkammer lässt mich in die Hoffnung wie in einen neuen Tag hineinleben. Nirgendwo sonst als in den Mundwinkeln zeigt der Körper sich selbst unmittelbarer und schöner. Das Lächeln ist ein neuer Erzähler. Er hat in mir eine Mansarde bezogen, die nur ihm gehört. Dort wirkt er jetzt im Verborgenen. Und irgendwann wird er meine Zukunft geworden sein. Wirksam und weise wird er mir die Grammatik der Hingabe beibringen und mich öffnen wie ein Buch. Ich bin bereit, gelesen zu werden. Etwas in meinem Gesicht öffnet sich nach oben und strebt zu meinen Augen. Noch nie vorher ist mir aufgefallen, dass es im menschlichen Gesicht diese Bewegung zur Sonne gibt, diesen fortwährenden Lächelzusammenhang, der alles verändert, was es zu verändern gilt. Mit der Zeit entsteht so das stille Bild, das der Spiegel als unser lebendiges Gesicht erkennt.

Ich sehe im Gesicht des Organsammlers seinen gesammelten Ärger. Seine Gier. Der Hunger nach den Organen der anderen ist ihm eingeschrieben. Das Gesicht speichert alles. Das Gute. Und das Böse. Das Glück. Und die Träume. Die Nachtreisen. Und die Lichtreisen. Und das Lächeln, das all das kennt. Auch Agnis Gesicht weiß von dieser Freundschaft mit der Stille. Sie hat kein operiertes Gesicht. Sie will ihre Falten nicht zwingen, ihr zu gehorchen. Sie hat keine Angst vor dem Spiegel, vor seiner endgültigen Wahrheit, die die Wahrheit ihres Körpers ist. Ich selbst fürchte mich ein wenig vor der Begegnung mit meinem Spiegelbild, vor dem Moment, wenn ich mir wieder in die Augen sehen muss. Werde ich mich erkennen? Oder werde ich mir fremd geworden sein, um endlich mein wahres Wesen zu finden? Wer bin ich jetzt, nach all diesen Wochen und Monaten in diesem Zimmer, ohne Verwandte, ohne Vaterland, ohne Adresse oder einen Namen? Alle Tage, die ich hier bin, lebe ich ohne die Forderungen eines Volkes. Ohne eine Nationalität. Niemand wird mit so etwas geboren. Das geben sie einem nur nach der Entbindung mit ins

Leben. Datum der Geburt, Uhrzeit, Vater, Mutter, Ort – Nationalität, das Ausgekipptwerden in ein Volk. Dabei ist man aus ganz anderen Gründen hier und braucht die Zeit, um seinem Gesicht beim Werden zuzusehen, sein Lächeln zu erforschen, die Hände, die Sprache der wissenden Fingerkuppen. All das brauchen wir für uns selbst und für die höhere Heimat. Und für alle, die sich selbst abhandengekommen sind in dieser trauriggefrorenen Welt. Nichts ist heute so sehr eine Provokation wie die Liebe es ist. Sie ist und bleibt das Einzige, für das es sich lohnt zu leben. Sie ist kein Ziel. Sie ist Zustand. Hinter allen Erscheinungen ist sie, wirksam und wach entblößt sie die Diebe, die Heuchler, die Winsler, und sie gibt den Hungrigen etwas zu essen. Die Liebe kommt ohne Lärm und macht die Angstvollen angstlos. Sie kaufen sich neue Tassen und Kaffeemühlen und nehmen alles auf sich, sogar die Bohnen rösten sie sich alleine und sehen dem grünenden Gras beim Wachstum zu und sie tanzen in alten Fabriken. Sie gehen auf den Markt und trinken Café au Lait mit dem liebsten Menschen, und die Zeit wird ein Boot und ein Fluss, und das Wasser ist ihr neues wundersames Element, in das sie hineinspringen und in dem sie nun leben. Plötzlich haben sie Zeit. Sie fahren stundenlang Fahrrad, und die Städte verbeugen sich vor ihren gereinigten Nieren. An die Sommer ihres Lebens erinnern sie sich, an die Meere, die sie bereist und in denen sie schwimmen gelernt haben. Sie haben jetzt Namen für alle Wolken, die sie sehen, die vor ihnen entstehen und verschwinden, um hinter einem anderen Himmel etwas Neues zu werden, ohne es ihnen zu verraten. Liebende entdecken gelbe kleine Blumen an einem Kiosk, an dem seit Jahren schon die Bettler und die Biertrinker stehen, immer wach und auf den Beinen. Und wenn sie genauer hinsehen, sind gerade die Trinker befähigte Suchende. Mit Glücksgrübchen. Mit einer Direktheit im Blick, die andere Menschen nicht haben. Wahre Liebende entblößen sich, zeigen sich ihre Nacktheit und ihre Falten, jeden Lebensweg und Umweg sehen sie im Gesicht des anderen, zerstören ihn nicht, weil sie ihn nicht besitzen wollen, ihn nicht wie ein fertiges Bild ihrer Wünsche behandeln.

War ich vor meinem Unfall ein ganzfertiges Bild? Dann musste ich vom Weg abkommen, mir abhandenkommen, um wieder über den Rand der Ränder hinaussehen und in einen neuen Bildbereich eintreten zu können. Ich will das wissen, habe aber auch Angst, mehr darüber zu erfahren. Neulich hat sich eine Frau in meinem Zimmer verirrt und hat mich lange angestarrt. Ich weiß nicht, wer sie war, ob sie von hier oder aus dem Traum eines anderen Menschen gekommen ist. Sie hatte das furchterregendste Gesicht, das ich je gesehen habe. Alles an ihm war wie an den Gesichtsenden und oberhalb der Stirn festgezurrt. Ein Puppengesicht. Ein geglättetes, eingedämmtes Entsetzen in ihm. Nirgendwo eine Falte, kein Hauch einer Bewegung. Jemand hatte wohl das Gesicht dieser Frau zementiert. Ein perfekter Mensch war sie geworden, jemand also, der ich niemals sein möchte. Das Gesicht der Frau war zugepudert. Die Augen, so fremd, wie Kleider aus einer fremden Kindheit. Der Puder, weiß, puppenweiße Helle, mehr ein Schreckbild als das Gesicht eines lebenden Menschen. Als ich sie ansah, habe ich alles über sie gewusst und die Frau hat es gespürt. Sie hat Angst bekommen und ist schnell wieder gegangen. Das Wissen vermittelt sich selbsttätig. Agnis Gesicht ist das absolute Gegenteil dieses Gesichts, ein Bild des Friedens, der behutsamen Zeichenführung. Kein Kampf auf ihrer Haut. Kein Aufbegehren gegen das Schicksal. Früh schon kannte sie das Geheimnis des Mitgehens, das kein hinnehmendes zur-Guillotine-Gehen ist. Dieses wissende Gehen spricht nicht, es entsteht, es ist so leise wie das leiseste Lächeln. Die Stille erzeugt die schönen Bewegungen, das ist ihre Natur. Die Geräusche verzerren den Sinn der Stille, verlegen weiter und weiter das Zentrum in die Ferne, bis wir vergessen, dass es so etwas gibt, die Stille und das Zentrum, in denen wir alle beginnen. Die sprechenden Synapsen zittern, sie sind sehr alleine, ohne die Verbindung zum ganzen Menschen müssen sie Hunger leiden. Auch mein wahrer Name zittert, ihm ist kalt ohne einen wissenden Zeugen. Der Lärm, dieser geschickte Besatzer, drückt ihn nieder. Die Schönheit wandert aus, geht mit den flirrenden Gedanken ins Exil. Und all das wiederholt sich so lange, bis die Gedanken zu Maschinen werden. Dann schießen sie kenntnisreich um sich, legen sich über alle Sinne, werfen ihre Anker in das Wasser des Lebens aus. Alles, was laut war, wird nun noch lauter, verzerrter, entfernt sich weiter und weiter vom Ursprung, der wir sind. So arbeitet das große Vergessen. Die Tapisserie baut ihre Bühne ab. Die Träume legen sich schlafen, sie ruhen sich aus und warten auf ihre innere Stunde. Wie kann sich ein Mensch finden, der sich ganz und gar vergessen und der alles verloren hat?

SOMMER

Ein Mensch, der sich verloren hat, hat sich aus guten Gründen verloren. Das macht die Nichtverstreulichkeit des Wässerlichen. Und er kann sich niemals so wiederfinden, wie er sich verloren hat. Das Element ist eigensinnig und mischt das Verhältnis selbsttätig neu. Wie kann ich wissen, was das für mein eigenes Leben in diesem Zimmer bedeutet, wo ich nicht einmal weiß, ob der Name, den ich vergessen habe und der in meinem Ausweis steht, je wieder meiner werden wird? Diesen alten Namen brauche ich gar nicht. Niemand braucht einen Namen. Papier ist nicht Leben. Es blickt nur von außen auf es drauf. Das grüne Gras braucht auch keinen Namen, um zu wachsen. Mein eigenes Gesicht ist dieser Name, von meiner Insel beatmet, von meiner Insel beschützt. Mein hiesiges Gedächtnis schläft, während ich sorgsam von innen gewendet werde. Und auf den Fallschirmsprung aus dem Traum warte. Wie kann ich springen? Wie den einen Stern berühren, den noch nie jemand gesehen hat, weil er unser freigesetzter Stern ist, der erst entsteht, wenn wir nichts mehr tun und nur noch lieben können? Das ist nun wirklich überhaupt kein Problem, sagt eine mir unbekannte Stimme plötzlich an meiner Zimmertür. Wir stellen einfach den kleinen Tisch und die beiden Holzstühle ans Fenster, da kann Milena dann jeden Tag sitzen, solange sie will. Ich verstehe nur langsam, was vor sich geht. Es wird mir dann schneller klar als mir lieb ist.

Jemand hat vor, mich jeden Tag in meinem Zimmer zu besuchen. Sie ist es. Milena. Ich erkenne sofort ihre Stimme. Je länger ich ihr zuhöre, desto deutlicher wird es. Alles in mir gefriert. Noch bevor ich mich mit meinem schlafenden Gesicht anfreunden und es ins Erwachen rufen kann, habe ich also eine Zeugin von früher. Ihre bloße Anwesenheit versetzt mich in Spannung. In meinem Gedächtnis öffnen sich einige Türen. Ich will sie auf der Stelle wieder schließen. Das steht nicht mehr in meiner Macht. Milena ist Vergangenheit. Und alles andere als Papier. Ich will nicht in die Vergangenheit reisen, aber sie zwingt mich, wenigstens in Teilen jener Mann zu sein, der ich einmal mit ihr gewesen bin. Die galoppierende Zeit drängt mich, ihr innerlich zu folgen und zurückzudenken.

Milena steht vor mir und macht aus mir einen Mann mit Erinnerung. Wehren kann ich mich nicht. Eine mir unbekannte Schwester, die einen Tisch und zwei Stühle an mein Fenster stellt, fragt Milena, ob die Reise über den Ozean beschwerlich war. Auch das noch, denke ich, sie hat sich dem großen Wasser gestellt, um mich zu sehen und mir hier meinen ersten Krankenbesuch abzustatten. Sie hat mich in diesem weitläufigen Gebäude ohne Schwierigkeiten gefunden. Genauso überraschend und schnell, wie sie hier aufgetaucht ist, erkenne ich in meinem Kopf neue Fertigkeiten. Ich spüre es deutlich, es liegt an ihr, dass ich nicht mehr nur im Überzeitlichen, sondern von nun an, wenn auch eingedämmt, in der mir zugeteilten Zeit reisen kann. Und muss. Ich empfinde das als schlimme Begrenzung. Mit meinem Willen kann ich den Prozess nicht anhalten. Die Schwalben sind zurückgekehrt, zu früh, wie alle hier sagen. Es ist ein kalter Sommer. Und wenn es in unserem Juni schneit, dann gibt es anderswo eine Jahrhundertdürre. In meinem Zimmer spüre ich die neuen Sorgen der Menschen, die mich umgeben. Vom Tisch an meinem Fenster geht ein eigentümlich gutes Leuchten aus. Er ist aus Kirschholz, und nur der Himmel weiß, woher Milena ihn hat. Ich hole mir das Bild des Baumes mit meinem geistigen Auge ganz nah heran, so, wie ich damals Snegis Blutbild in mein Bewusstsein herangeholt und meine Ausforschungen auf dem Flur gemacht habe. Der Tisch. Da ist er, mein neuer Mitbewohner. So, wie er aussieht: ein alter Erzähler. Mitteleuropa, 19. Jahrhundert, eine stattliche Kirsche war das, uralt, von einem kleinen mediterranen Dorfplatz, gefällt in den frühen Morgenstunden, kurz nach Sonnenaufgang. Ich kann mir mit meinem inneren Auge alles ansehen, es vergrößern, Abstand nehmen, näher herangehen. Ich kann den Tisch lesen. Der Tisch hat viele Reisen gemacht, hat Länder und Sprachen gewechselt und war mindestens in fünfunddreißig unterschiedlichen Küchen Zeuge und Helfer vieler hungriger und satter und trauriger und glücklicher und neugieriger und rastloser Menschen. Es ist ein einfacher Tisch, für mich verändert er alles. Er lehrt mich, die Wärme in den Dingen zu sehen. Und er verwebt mich mit einer Geschichte. Die Dichte des Holzes spricht, so, wie nur die Dinge anstelle der Menschen sprechen. Ich erhoffe mir sagbaren Segen von den Baumringen, auch wenn ich nicht weiß, wie ich in ihr Wissen eindringen, wie von ihrem Ohr lernen kann. Man sagt mir nicht, wer die Zustimmung dafür gegeben hat, dass der Tisch hier aufgestellt werden darf. Allein bin ich in der Gegenwart nun nicht mehr. Das leere Zimmer hält noch immer zu mir, ist auf der Seite meines neuen Lebens. Es ist fortan wie ins Erdreich abgesunkene Vergangenheit und wird bewohnt von neuen und alten Chronologien. Die Vögel kümmern sich nicht darum. Sie haben den Tisch auf ihren Rundumflügen entdeckt, und die Erweckung meines Herzens nimmt noch einmal ihren Lauf. Nun legen sie Rast auf der Fensterbank ein. Schon mit der morgendlichen Sonne sind sie da und singen zu ihm hin. Noch bevor die Frau mit den großen grünen Augen auftaucht, halten sie auf der Fensterbank eine Art Versammlung ab. Die Konferenz der Vögel macht mich glücklich. Sie füllt mein inneres Land mit Musik. Diese Vögel kennen uns Menschen besser als wir selbst uns kennen. Sie kennen die Täler des Großen Königs. Und sie haben einen Chefvogel, das sehe ich genau, der Singanführer leitet das ganze Konzert, und ich beginne zu ahnen, um was es ihm geht. Don't shoot the messenger, sagt Agni zu einem Helfer, der mit ihr ins Zimmer kommt und sorgsam meine Füße inspiziert. Die Vögel scheinen noch stärker als zuvor im Gesang zu atmen. Ihr Gezwitscher ist die Fortschreibung und Öffnung eines alten Windes, nachdrücklicher, mit immer größerer Kraft bricht er mit sanfter Gewalt in mein Zimmer ein.

Ich höre den Vögeln zu und bemerke anfangs nicht, dass ich dabei auch mir selbst zuhöre, dass durch meine Hinwendung zu ihnen der alte Lungenlärm und die selbsttätigen Maschinen in meinen Gedanken wegweichen. Und als ich gewahr werde, dass mein Zuhören dieses neue Hören meiner selbst mit sich bringt, sind die Vögel schon fortgeflogen. Ich stelle mir vor, dass ihr Gesang zu den Wolken reicht, dass er ihre Formen bedingt, ihre Auflösung, ihren Aufbruch in eine neue Gestalt, die das ganze Blau des dahinterliegenden Himmels offenbart. Ich höre jetzt auch sehr genau die Baumwipfel. Ihr Rauschen erarbeitet sich einen Platz in meiner befreiten Lunge. Dieses musizierende Orchester kenne ich. Die Baumkronen sprechen sich mir zu. Auch mein Zimmer wird von ihnen beansprucht, mein Zimmer, dieses Königreich ohne Tod. Es wird bald nur noch die Hülse der durchschrittenen Erinnerung auf diese Leere verweisen. Jeder Augenblick bringt mich davon weg. Ich will im Gesang bleiben. Er ist so federleicht zu tragen. Die Sprache der Vögel, der Bäume und der Menschen war von allem Anfang da. Ich fühle, wie mein Körper Teil dieser Sprache des Anfangs wird, wie er zurückkehrt in seinen Urzustand, wie meine Organe sich auf eine Gemeinschaft mit mir ausrichten.

Angst habe ich keine mehr. Ich muss diese Empfindungsfähigkeit am Unfallort verloren und mich dort ihrer vollkommen entledigt haben. Ich spüre, dass sie nicht mehr Teil meines Körpers ist. Ein Anfänger bin ich, in mir selbst beginne ich neu und lerne die schlafenden Erzählungen meiner Glieder kennen. Es ist mir durchaus klar, irgendwo auf der Welt muss es Verwandte geben, Menschen, von denen ich abstamme, mit denen ich durch meine Geburt, durch meine Geschichte, durch das Auto, in dem ich vor meinem Unfall saß, verbunden bin. Obwohl Milena hier leibhaftig aufgetaucht ist, ist mir aber diese Vorstellung fremd. Was würde ich hier und jetzt mit dieser Verwandtschaft anfangen, welche Bedeutung ihr beimessen können? Was würde sie an meinem Zustand ändern? Ich bin in meinem Traum fest verankert und begreife, dass ich nur erwachen kann, wenn ich die Seiten vollständig wechsle und in der Strömung aufgehe, die mich ins Verschmelzen drängt. Die Liebe macht die Verwandtschaft und nicht die Verwandtschaft die Liebe. Daran muss ich mich halten, diesen Satz zu meinem Ufer, zu meinem Ziel machen. Was aber, wenn doch beides gilt, die Liebe und die Verwandtschaft? Mein Tod, der noch so viel Tod enthält, wie mein vorheriges Leben nie Leben enthalten hat, zwingt mich jetzt ganz weit auf die andere Seite. Und führt mich zu neuen Formen von Verwandtschaft, zu einem größeren Bild vom Selbst und seinen Brücken. Zu neu-neuen Menschen. Zu allen Menschen. Zu den Tieren. Zu den Brücken. Und Bergen. Zu Unterführungen und Tälern mit bunt gescheckten Füchsen. Ohne einen vollständigen Abschied werde ich es nicht schaffen, und ein solches Fortgehen ist mir noch nicht erlaubt. Der Wind weht. Sein Element duldet keine Weisungen. Im Wind höre ich jetzt auch einen Esel, das erste Tier aus einer Kindheit, die vielleicht meine Kindheit war, wenn sie einem Menschen überhaupt allein gehören kann. Wenn einem etwas am wenigsten gehört, so ist das die eigene Kindheit. Sie ist das Land aller Menschen. In diesem ersten Land aller Länder höre ich die Stimme einer uralten Frau. Es ist ein Gebet, das sie spricht. Sie betet immerzu mit diesem einen Satz, betet um ihr Leben, als würde sie Buße tun, Buße, die ihr Leben für sie ist. Sie bekennt sich schuldig vor dem Schöpfer, sagt, ich habe nicht gelebt, ich habe nur gewartet. Und dann wird sie jung und bekommt noch Zeit geschenkt. Ich darf mich an ihrer Stelle fragen: Und worauf wartest du, der du schon im Inneren der Zeit warst und zurückgeschickt wurdest? Ihr Haar flattert im Wind, ihr alter dunkelblauer Cordrock, die Bluse, der Mantel, alles ist vom Wind ergriffen, alles ist

Wind, so lange, bis sie aus meinem Seelenraum verschwindet und ich begreife, dass auch mir der Abschied bevorsteht, der ein solcher Anfang im Wind ist. Worauf wartest du? Worauf warte ich? Warten Menschen mitten im Leben auf das Leben, also auf sich selbst? Die innere Zeit wird nicht gezählt, sie kann nicht gezählt werden. Öffnung. Spalt. Und Kluft ist sie. Die Dinge sind immer zuallererst Ideen. Urbilder. Der Sturz in die Nacht des Abgrunds. Nichts tun. Nichts wissen. Verständig sein und annehmen, was größer ist als ein bloßer Wunsch. Die Wunde leitet Verlangsamungen ein. Da ist es wieder, das alte grobe Salz. Gestreut ins Herzgefüge. Wo ist der Schmerz jetzt, wo ist er hingewandert? Ich fühle nicht den Schmerz der Wunde, obwohl ich weiß, dass ich ihn fühlen müsste. Er ist gekoppelt an die alte Angst, an das, was ich nicht mehr bin und in das ich niemals mehr zurückkehren werde. Bewusstsein ist nicht gebunden an den einen Körper, an die eine persönliche Geschichte. Oder etwa doch?

Ich sehe mir jetzt die Frau genau an, die nun jeden Tag in meinem Zimmer sitzt und wider meinen Willen mit lauter Stimme russische Klassiker liest, die irgendetwas mit Hoffnung oder Auferstehung zu tun haben. Oder sie auslösen. Oder ihrer Benennung harren. »... Und er begriff plötzlich, dass die Abneigung, die er in der letzten Zeit gegen die Menschen gefühlt hatte, besonders heute gegen den Fürsten und gegen Sofja Wassiljewna, gegen Missi und gegen Kornei – Abneigung gegen sich selbst war. Es war schon mehrmals im Leben mit Nechljudow das vorgegangen, was er eine ›Seelenreinigung‹ nannte. Er nannte aber Seelenreinigung den seelischen Zustand, in dem er plötzlich, bisweilen in großen zeitlichen Abständen, eine Verlangsamung, manchmal auch ein Aufhören seines Innenlebens bemerkte und sich daranmachte, diesen ganzen Schmutz auszukehren, der sich in seiner Seele angehäuft und der die Ursache jenes Aufhörens war. Nach solchem Erwachen machte Nechljudow sich stets zur Regel – was er schon immer hatte tun wollen –, ein Tagebuch zu führen und ein neues Leben zu beginnen …« Ich höre der kraftvollen Frauenstimme zu und gestehe, dass es mir nicht unangenehm ist, wieder etwas vorgelesen zu bekommen. Aber ich trauere der Zeit nach, in der Amina dort stand, wo jetzt der Tisch aufgestellt ist, Amina, die ich den Kleinen Raben nannte, als ich noch keine inneren Farben sortieren und nur in Schattenabstufungen denken konnte. Ich vermisse die Tage, an denen die Heilige Frau mir ohne Zeugenschaft alles schenken konnte, was sie hatte. Es waren Tage, in denen ich noch nicht wusste, dass ich einmal werde trauern können, Tage, an denen ich lernte, ihre Gaben anzunehmen, wie ein Kind, das nichts anderes als die Liebe kennt, die eine Perlenkette ist, leuchtend und schön in ihrer milchigen Wonne. Aminas wärmende Hände ließen ferne Bilder von Gräsern und Heideträumen in mir aufsteigen. Jetzt weiß ich, dass ich wirklich lebe, mein Dasein kann ich zwar auch in diesem großen Sommer nicht beweisen, mich nicht hörbar machen, aber zum ersten Mal stelle ich mir die Frage, warum ich nur die weiß leuchtenden Perlen gesehen, nie aber die Kette wahrgenommen habe, die sie zusammenhält. Und wer ist mein Erzähler, wer hält mich und dich zusammen, wer macht die Menschen zu Perlen in ihren sehnsuchtsvollen Liebesdingen, die auch die Denker alle fühlen, die Sehnsucht und ihre Längen und Tiefen und Hürden, die sie gerade den Verständigen so ins Gewebe hält, gerade weil sie alles zu wissen glauben. Das Ende der Dinge ist der Anfang der Dinge, und keiner, der die Logik beherrscht, wird umhinkommen, der Logik gemäß weitergehen, weiterdenken zu müssen. Hinter dem Denken ist so viel zu sehen. Traumgesichte. Dunkelheiten. Weiß – ein Pferd. O das Licht, das so geheime. Im Einklang mit den Elementen. Landschaft und Gras und wirksame Träume. Sie wecken. Empfindungen. Sie schrecken. Sie recken ihre Hälse und in unseren Händen werden Weckrufe gezaubert, die Nacht allein, über die ich nichts sagen kann, weil sie meine Erinnerung, meine Geschichte mitgenommen, mich verlassen hat in einem Augenblick, in dem ich sie am dringlichsten gebraucht habe. Statt einer Biographie habe ich nun innere Augen. Ich bin nicht mehr allein, ich halte Ausschau. Habe endlich Anspruch auf Lücken. Wir können das Leben nicht machen, es hat uns gemacht. Was auch immer du tust, es gibt Zeiten, da wirst du weise oder krank. Nur darüber kannst du entscheiden. Alles in allem, ein sehr gefährlicher Zonenrand. In den wissenden Fingerkuppen, samtweiches Kribbeln. Ein Auferweckungsschub. Ursprüngliche Traumarchive. Diese Singwunder am äußersten Körpersaum. Schlafen wäre schönste Erholung. Ich bin ohne Geschichte und schwimme im Bewusstsein wie in einem Bassin voller wundersamer Töne. So erlerne ich fließend das andere Zeichensystem, das unten am Meeresgrund schlafende andere Leben, das in mir wach zu werden versucht. Dann schreibe ich mir selbst Briefe vom Schwarzen Meer ins Hier und Jetzt, in die über alle Zeiten stehende Zeit aus der Verbannung. Ich, der Spieler zärtlicher Liebesgeschichten, würde ja gerne mehr tun und mein Leben unter den Barbaren anklagen, aber ich bin noch nicht so weit, ich habe keine Feinde, bin noch nicht im Besitz von Urkunden, die mein Dasein bezeugen. Auch ist die Klage schon eine reifere Form von Entwicklung.

Agni kommt noch ab und an in mein Zimmer und hat ihre Büchertasche bei sich. Nach ein, zwei Atemzügen stellt sie sie neben meinem Bett ab. Sie setzt sich an den Rand, sieht mich an und liest mir seit kurzem nur dann etwas vor, wenn Milena, die sich vollständig als meine andere Hälfte versteht, nicht da ist. Meine Ehefrau kommt jetzt fast jeden Tag. Gleich morgens steht sie im Zimmer und sieht sich neugierig um. Ich versuche dann, in der Gegenwart zu bleiben und an Agnis Büchertasche zu denken, die mir so viele zeitlose Dinge ins Gedächtnis ruft. Und die mich mit dem Lichtversprechen meines Fensters verbindet. Jedes Mal, wenn ich mich der Ruhe dieses Bildes überlasse und mit meinem neuen Sehen zum Fenster reise, stoße ich auf das unermesslich tiefe Grün dieser fordernden Frauenaugen. Sie kommen mir vertraut vor, wie einem nur das eigene Leben vertraut vorkommen kann. Ich sehe sie ausdauernd an, diese Frau, die sich Milena nennt. Sie sieht beharrlich zurück. Von Gnade keine Spur. Und schon will ich mich für etwas schuldig bekennen, an das ich mich gar nicht erinnere, nur damit sie endlich geht und verschwindet und mich in meinem Alleinsein in Ruhe lässt. Ein starker Sog geht von ihr aus, eine Forderung, die mich in den Bann zieht und in ihre Geschichte einbindet, in das einschleust, was sie, so erzählen es mir ihre Gedanken, unser Leben nennt. Sie verlangt nichts mit Worten von mir. In ihrem

Kopf sehe ich eine starke Formation dunkelblauer Kristalle. Zielgerichtet und effizient wachen sie auf, um mit mir zu sprechen. Es ist eine kleine einsatzbereite Armee, Milenas Soldaten, die sich auf den Weg zu mir und auf die Reise in meinen Kopf machen. Sie haben Lanzen dabei, Sonden und Schilder, auf denen Botschaften stehen, Parolen und Wünsche, die ich lesen, die ich leben soll. Dabei wurde ich gerade ganz neu vernäht. Dieser Sommer sollte mein Retter, mein treuer Begleiter auf dem Weg ins Erwachen meiner Glieder werden. Milena sieht, dass ich sehe. Die Bilder von früher und die Wünsche von jetzt springen eins ins andere. Die Zellen funken sich wellenartig an. Ich entdecke, dass auch sie die Sprache nicht braucht, um zu verstehen, was gesagt wird. Unsere Lichtkanäle wanken und wundern sich. Ich weiß, was sie tun wird. Sie setzt sich gekonnt an mein Bett. Dann ist es wie früher. Die Vergangenheit springt in unsere Sprache. Ihre Bilder. Ihre alten Schmerzen. Wenn wir ihnen unsere Gedanken zur Verfügung stellen, dann sind wir ein Teil von ihnen. Ich weiß, dass Milena kein böser Mensch ist. Sie hat die Vergangenheit nicht erfunden. Die Vergangenheit arbeitet gegen die Verwandlung. Dieser Zustand der Rückkehr ins Alte bedroht mich. Ich kann mich nicht wehren. Wir sind nicht mehr hier in diesem Gebäude, sondern in unserer früheren Wohnung, Reisende in ungelösten Bildern. Ich sehe alles deutlich vor mir. Es ist unser altes Schlafzimmer, in dem wir nun atmen. Auf meinem Bett, in den Nächten. Sucht ich sie. Die mein Atem liebt. Dort liegt sie plötzlich neben mir und legt etwas unter die Decke, von dem sie mir gar nichts erzählt hat. Ich muss raten. Ein weiteres Mal spielt sie mit mir. Sie ist offenbar einfach davon ausgegangen, dass ich einverstanden sein werde. Einverstanden mit dem eingeschmuggelten Geheimnis, das sie hat und von dem sie mir nichts erzählt, das sie mir unterschieben will, damit ich so wie sie und ein Teil von ihr werde. Oder das Nein erlerne, das ein spiegelverkehrtes Ja ist. Was sie will, kann ich nicht mit Sicherheit sagen. Ich muss es herausfinden. Wir lieben uns, und mein Atem findet sie nicht, obwohl ich mich überaus bemühe. An ein Kind, an einen anderen Mann denke ich in diesem Moment nicht, obwohl ich deutlich die Anwesenheit anderer spüre. Immerzu redet sie auf mich ein, sagt, dass sie nur auf Durchreise ist, dass sie mich immer lieben wird, eine Ruhe- und Rückzugsstation braucht und viel Zeit für sich selbst. Es ist ein Traumbild und doch ist es mein Leben. Unschuldig und einfältig sehe ich mich in diesem alten Zimmer in unserem Bett liegen. Die Rückkehr in die gealterte Zeit hat mich ermächtigt. Im inneren Kreis betrete ich die Stunden und werde an ihrem Saum handlungsfähig. Ich ändere jenen Augenblick mit dem Wissen von heute ab und erlange als Liegender die Fähigkeit, alles von der Schwelle aus zu betrachten. Sofort sehe ich, was los ist. Ich sehe, dass die Vergangenheit keine Zeit kennt. Und selbst dann, wenn sie uns nicht zur Gänze gezeigt wird, wenn unsere Erinnerung uns im Stich lässt, hat sie Magneten mit wirksamen Kraftfeldern in unseren Bildern hinterlassen. Niemand ändert deine Welt, wenn du sie selbst nicht änderst, weil die anderen nur ihr Leben, nur ihre Welt haben, kümmern sie sich auch nur um sich selbst. Milena scheint das zu wissen. Wenn du nicht deine eigene Stimme kennst und nicht sprichst, wenn gesprochen werden muss, wird es niemand an deiner Stelle tun. Wenn du das unterlässt, entstehen die Schmerzen, die du selbst herstellst. So also steht es um mich. Ich habe bisher nicht gesprochen. Und ausgerechnet jetzt, wo meine Stimmbänder mir die Gefolgschaft verweigert haben, muss ich es tun. Ich muss sprechen. Es zeigt sich als wahr, dass alles Sichtbare am Unsichtbaren haftet. Und ich sage es Milena innerlich mit klarer Stimme, sage ihr im Hier und Jetzt, dass sie wieder gehen kann, dass ich meinen eigenen Platz für mich selbst brauche und ihn nicht mehr mit ihr teilen will. Mein Platz in der Welt ist mein Menschenrecht. Jeder lebt, weil er diesen Platz hat, weil die Natur ihm diesen Platz gibt. Milena zuckt nicht einmal mit den Wimpern. Meine Worte beeindrucken sie nicht. Sie lächelt. Sie hat irgendwelche Medikamente dabei. Sagt, dass ich schlicht und ergreifend krank bin, dass ich mir helfen lassen muss. In mir bäumt sich alles gegen sie auf. Das Leben will, dass ich aus der Stummheit heraustrete. Ich weiß nun, dass ich um mein Leben atmen muss. Wir sind jetzt im Hier. Innerlich presse ich alle Kraft in meine Lungen hinein. Es gelingt mir nicht, frei zu atmen, aber ich sage es von Kristall zu Kristall in der Kristallsprache, so gut wie ich eben nur kann, sage es deutlich, sage alles, was gesagt werden muss, ich sage vor allem – nur weil mein Selbst sich bewegt, bewirkt es ein Erlebnis der Zeit. Ich kann sprechen, du wirst niemals an diesen Kern heranreichen, du wirst immer am Rand der Ränder zu Hause sein, und dort, wo du bist, da ist nichts anderes, niemand anders möglich. Ich bin dir nicht gegeben, nur anvertraut worden. Meine liebe Milena, es ist ganz einfach: Ich gehöre dir nicht.

In dem Augenblick, in dem ich das ausspreche, verstehe ich auch selbst, dass ein Mensch nie einem anderen gehören kann. Wir sprechen, weil wir auf diese Weise dem Leben zuarbeiten. Es gibt keine größere Form von Ehrlichkeit. Wie alle Menschen, denen man erstmalig nichts mehr vorspielt, sondern die eigene Wahrheit sagt, ist sie beleidigt. Sie lässt jetzt endlich die Medikamente in ihrer Tasche verschwinden, die sie offenbar nur mitgebracht hat, um mich zu testen. Und ich weiß, dass ich von nun an meiner Stimme vertrauen und die allerkleinsten Keime sehen werde, die mich zum Handeln drängen. So werde ich allen nützen, ohne mich zu streiten. Das Licht tanzt im Zimmer. Und es ist nicht der Staub, der das Bild ermöglicht, es ist die Supraarbeit des Kerns, der sich mir zeigt, so wie sich Steine zeigen, wenn sie in die Stille sprechen und mit ihrer Form den Raum markieren. Sie erzählen uns, dass die Jahrhunderte sich auf diese Weise in einem einzigen Felsen zusammenrufen. Staunen ist das größere Leben. Nicht mehr darüber nachdenken, wer ich bin. Milena ist ihren wilden Augen ausgesetzt. Ihre Hände sind Gefahren. Ich nehme alles wahr, was sich mir zeigt, jetzt ohne ins Geschehen einzugreifen. Ich schaue nur zu. Und dann geschieht die Arbeit von allein. Die Zeit ist erfüllt und ein Streit nicht mehr nötig. Die Liebe sendet mir die weiße Visite, da meine Werte wieder erforscht werden müssen. Und meine beharrliche Ehefrau verlässt endlich das Zimmer.

Ich habe eine Pause von ihren Forderungen geschenkt bekommen. Und kann sehen, wie ihre Kristalle folgsam mit ihr über die Schwelle hinaustreten. Die finstren flinken Formationen nimmt Milena mit nach draußen. Ich atme durch.

Unsere Geschichte wird mir wieder zugänglich, ich bin fähig, mich den Schnitten und Lücken zu stellen. Weder fülle ich sie mit meinem Kopf aus, noch leiste ich Widerstand. Jetzt gelingt es mir, meine Lunge zu motivieren. Ich kann wieder allein denken. Die Luft säubert sich sanft, geradewegs so wie Katzen ihre Pfoten lecken. Es ist eine Art Gleichung. Die Gedanken sind Besatzer des Willens, eigentlich leicht einsehbare Botschaften. In meiner Lunge bemerke ich neue Bereitschaft, tiefer als eben noch an den Atem Anschluss zu bekommen.

Die Visite ist zufrieden, das Blutbild stabilisiert sich, sagen sie. Als sie weg sind, beschleicht mich eine schlimme Ahnung. Sie nistet sich regelrecht in mir ein, und ich fange an zu glauben, dass ich ein Gesetzesbrecher bin, einer, der seinem Erbe nicht gerecht geworden ist, der die Gesetze des Wortes gebrochen und sich im Leben versteckt gehalten hat, so, wie sich ein Dieb in einem fremden Haus versteckt. Dieses Zimmer ist ein Teil des großen Hauses. Ich kann ihm nicht entkommen. Es führt mich zeitgleich in die Dunkelheit und in die Unversehrtheit zurück und lässt mich stummer Zeuge sein, ein hand- und fußloser Zeuge. Ist das ein Weg oder ein Abgrund? Was es auch ist, es ist mir nicht so gegeben wie einem ein Geschenk gegeben wird. Es ist unumgehbar. Ich kann nicht Nein sagen, das Zimmer kennt mich schon lange. Ich herzpilgere in die Erinnerung zurück, muss gehen lernen, ohne meinen Körper bewegen zu können. So lebe ich dem Aufwachen in der Tapisserie entgegen. Meine innere weiße Leinwand wächst in mir mit. Sie wird die Aufgabe übernehmen und irgendwann meinen Körper wirksam wecken. Es ist nun zum ersten Mal ein blitzartiger Schmerz in ihm zu spüren, so dringlich, so dunkel, wie wenn eine heiße Nadel auf Eiter trifft. Ganz plötzlich steigt er auf, dieser reißende Schmerz, den ich von früher kenne, kennen muss. Nur das letztendliche Aufstechen, das habe ich immer vermieden. Davor hielt mich die Angst ab. Die Angst und Milena. Jetzt weiß ich es. Ich habe nie durchatmen können, war geplagt vor Sorge, sie eines Tages an einen anderen zu verlieren. Das geschieht allen Menschen, die sich selbst verloren und ihre eigene Stimme nie gehört haben. Die anderen können nichts dafür. Wir haben sie in jenem Augenblick ermächtigt, uns zu bewohnen, in dem wir uns selbst verlassen haben.

Jetzt ist es also Sommer, und ich weiß, dass Milena wiederkommen wird, wiederkommen muss. Ich wünschte, ich hätte sie damals für immer verloren. Aber sie verschwindet nicht so schnell. Und sie kommt wieder. Ist da wie die Bibel. Niemand kann sie vom Fenster entfernen, vom Tisch wegbringen, von den Büchern abrücken lassen. Sie hat es geschafft, die Visite von ihrer Bedeutung zu überzeugen. Der Kirschholztisch ist mit der Zeit ihr Stellvertreter geworden. Ich werde das Gefühl nicht los, dass er mich in ihrem Auftrag überwacht und meine Regungen sich in die Dichte seiner Mitte einschreiben, ja, sich regelrecht in ihn einritzen. Und später, wenn Milena sich den üblichen Rat holt, werden sie zum Blut der Zeit. Sie wird versuchen, das Ganze zu gewinnen. So weit darf es nicht kommen. Die Uhren sind noch auf ihrer Seite. Das ist ein klassischer Schachzug von Milena. Sie schafft es einfach immer, die Kontrolle an sich zu reißen, sie zu behalten, und niemand darf die Welt anders deuten als sie. Denn auch die Welt gehört ihr ganz.

Sie wird nicht von der Stelle weichen, nicht einfach weggehen, dafür habe ich mich ihr viel zu lange unterworfen. Ich muss sie ertragen, die Grünäugige, muss ertragen, dass sie da ist und wie eine von langer Hand vorbereitete Lebensgleichung bei mir bleibt. Seit heute bin ich mir sicher, dass sie mich nicht schonen wird, dass sie gerade deshalb da ist, weil sie mich nicht schonen kann. Sie weiß, dass ich eine Stimme habe. Und doch ist sie noch die Alte und muss sagen, was sie sagen will. Daran kann ich sie nicht hindern. Sie nennt einen Ort, einen Namen, der mir nichts sagt. Irgendeine Scheune sei zu Asche geworden, sagt sie, und hält dabei meine Hand, betrachtet meine Fingerkuppen. Jetzt sieht man wieder den Mond. Ich ahne, dass ich keinen anderen Zugang zum Wort, zur Sprache der Menschen bekommen werde und diesen Weg hier, der ohne sie ins Nichts führt, gehen muss. Um das Anrecht zu erhalten. Für alle uranfänglichen Erdbeben. Milena kennt mich. Sie will mich zum Werkzeug ihrer Liebe machen. Sie will mich für sich behalten, um mich dann wie die Asche jener Scheune einzusammeln, von der in ihrer poetischen Ansprache die Rede ist. Und das nur, weil sie gerade nichts anderes zu tun hat. Dabei warst du es, der mich verlassen wollte, sagt sie, du hast deinen Ausbruch geplant, nicht ich.

Ich beginne allmählich, meine alte Überforderung zu erahnen. Genau damit muss es zusammenhängen, dass ich sie verlassen wollte. Hat sie es gewusst? Der Mensch muss nun einmal neue Menschen treffen, um sich von den anderen zu verabschieden, die er sonst nur schwer oder gar nicht verlassen könnte. Es ist das Gleiche wie mit dem Schnee. Wir müssen die Kälte vergessen und ihn ansehen, wir können nicht anders. Es ist die gesammelte Freude, die es von uns verlangt, die Freude, die vom Taumeln der Flocken berichtet. Milena will die Flocken zählen. Das war nicht immer so. Ich habe sie geheiratet, bevor diese Manie mit den Zahlen begann. Woher sie den Kirschholztisch hat, weiß ich nicht, aber er gehört ihr nicht, solch ein Tisch kann Milena nicht gehören. Die Unversehrtheit will sie genauso wie den Tisch in Besitz nehmen. Jeder erarbeitet sich sein Licht und seinen Tod ganz allein. Niemand kann das Licht kaufen. Das Licht ist kein Tisch und kann auch nicht vererbt oder auf irgendeine andere Art künstlich erworben werden. Es gibt andere Möglichkeiten, die von Natur aus da sind. Ich bin bereit zu teilen. Je mehr das Licht geteilt wird, desto mehr verbreitet es sich, es verdoppelt, vervierfacht, verachtfacht sich.

Das Fenster ist gütig, es schenkt mir diese sorgsame Helligkeit, weil ich mich nicht rühren kann. Diebstahl ist nun nicht mehr möglich. Milena kann mir meinen Blick nicht stehlen. Er ist tief in mir verborgen. Doch sind Diebe geübte Leute. Wenn Regenbogen am Himmel auftauchen, behaupten sie, dass die Farben ihre Farben sind, der Regen aber fremder Regen ist. Da kann ein erwachender Mensch durcheinanderkommen und in dieser subtilen psychometrischen Ablenkung wie in einem Zeitloch verschwinden. Erst wenn die Farben fort sind, bemerkt er die Differenzen. Das Denken hat seine Tücken, es meidet das Fenster, und das Fenster braucht nichts und niemanden. Snegi scheint von alledem nichts, aber auch gar nichts mitzubekommen. Er ist wie bisher für die Pflegeschicht an den Nachmittagen eingeteilt. Der Internaut liest nicht mehr auf seinem

Tablet, sondern kommt jetzt lächelnd und mit freimütigen Händen. Obwohl Milena ihn etwas streng anguckt und über mich ausfragt, bleibt er freundlich und verrät ihr auch nichts vom Verschwinden meiner Akte.

Nach und nach begreife ich, dass der Internaut und Snegi, oder auch die Heilige Frau, hinter dem Datendiebstahl stecken müssen. Milena wundert sich natürlich, dass meine neue Akte so wenig Informationen über mich enthält. Ich kenne dich, sagt sie. Ich schweige, weil ich schweigen muss, nicht nur, weil ich noch keine Stimme habe, sondern auch, weil ich nicht mehr von mir sagen kann, dass ich mich kenne. Auch begreife ich, dass Widerstand sinnlos ist, weil er Kraft raubt. Sie weiß nicht, dass ich handele, weil ich schweige. Eigentlich müsste ich mich sehr über sie wundern. Diese Art von Verwunderung ist mir zur Zeit nicht gegeben, ich nehme nur wahr, speichere und kombiniere. Einiges aus der Vergangenheit fügt sich mosaikartig dabei zusammen. Früher war Milena Philosophin. Früher, das war in jener Zeit, als ich sie liebte. Noch immer bringt sie alles Gegebene blitzschnell in Verbindung und leitet Dinge voneinander in einer geistigen Geschwindigkeit ab, die andere Menschen völlig überrumpelt. So stellt sie Snegi jetzt eiskalte Fragen. Voller Kalkül und aufgeladener Dringlichkeit in ihrer Stimme will sie ihm alles Mögliche an Informationen entlocken: Wer mich gefunden hat, bevor ich hierhergebracht wurde, wo mein Auto jetzt ist, was mit meinen Kleidern und mit meinem Personalausweis, mit meinem Führerschein geschehen ist, ob ihre persönliche Telefonnummer, ihr Name irgendwo bei mir oder in meinen Papieren auffindbar gewesen ist. All diese Dinge, die ihr wichtig sind, glaubt sie einfordern zu können. Und das nur, weil sie einmal mit mir verheiratet war. Vor allem will sie wissen, ob ich schon anderen Besuch empfangen habe, ob mich andere Menschen in diesem Zustand und in diesem Zimmer gesehen haben. Ich höre ihr zu und weiß schon am Anfang ihrer Sätze, wie sie zu Ende gehen und dass sie manchmal an der Stelle des üblichen Punktes in eine beharrliche Frage ausklingen werden. So bringt sie die anderen dazu, ihr die erwünschten Antworten zu geben und bekommt alles von den Menschen, ihre Liebe, ihre Nieren und manchmal auch Stierköpfe. Das Blut der Tiere. Es gemahnt mich an unsere Zeit, die ich jetzt wie eine Bühne betreten kann. Ein Grenzreisender bin ich, der weiß, dass die horizontale Kraft der Uhren die innere Stunde verhindert. Ein großer Vorhang geht in mir auf, wie in einem schrecklich alten Theater, in dem es nach Mottenpulver riecht, nach alten ungepflegten Bärten und modrigen Samtröcken, nach mit Rosenwasser besprenkelten traurigen Damen. Ich will keinen alten Namen haben, nicht Teil dieser Bühnenwelt sein. Es ist noch ein langer Weg zu den unbeschrifteten Sonntagen. Die Jahreszeiten sind wirksam. Der Vorhang ist nicht aus Samt, er ist aus Staub. Jemand niest auf dem Flur, ich sehe, dass Agni mit ihrer Büchertasche schnell an meinem Zimmer vorbeihuscht. Hat auch sie jetzt Geheimnisse? Wo sie wohl hingeht, ob ein neuer Mensch auf meine Etage gebracht wurde? Hier gibt es bestimmt noch andere Räume, die ich auf meiner kleinen Bewusstseinswanderung nicht wahrgenommen habe. Milena zündet sich eine Zigarette an. Regeln sind ihr egal. In meinem Inneren tauchen die Sonntage unseres Lebens auf, ich sehe, wie sie vor der Sattheit der Farben ins gestanzte Schwarz-Weiß abdriften. Unaufhaltsam sind das Schwarz und das Weiß. Die Schwerelosigkeit kann nichts an ihnen ändern. Daran erkenne ich, dass die mir gezeigten Stunden vorbei sind. Und dann taucht ein einzelner besonderer Sonntag auf. Milenas Geburtstag oder meiner. Ein festlich gemeinter Septembersonntag. In den Augen meiner Frau sehe ich den anderen Mann, der sich in mein Leben gedrängt hat. In mir ist alles schmerzverzahnt, weil ich fest davon überzeugt bin, dass er mir mein Herz rauben kann. Es ist Verrat in Milenas Augen. Der Kuss dieses anderen Mannes, den sie heimlich trifft, den sie nur begehrt, wie sie sagt, und nicht liebt. Auf keinen Fall liebe ich ihn. Ich denke an die Szene zurück, in der sie mir etwas unterschieben wollte. Ein Kind, es kann nur von diesem anderen Mann gewesen sein. Außerdem ist es vorbei, sagt sie, schon lange. An diesem Septembervormittag hatte sie ihn wieder getroffen. Warum? Aus Langeweile? Ich war fünf Jahre mit ihr verheiratet gewesen, ein Hungernder nach ihrer Schönheit, ihrem schwarzen langen Haar und ihrem Mund, der für mich der Mund aller Münder war. Ich liebte sie so sehr, dass ich nie an eine andere Frau dachte, wohin ich auch ging, ich war immer auf dem Weg zu ihr. Über dem See, an jenem Sonntag, eisigster Wind, und ich, glücklich und dumm wie ein unwissender Knabe. Der Sonntag, an dem ich wusste, dass sie mich seit langem betrog, schlug unsere Lebenszeit wie mit einer Axt in ein Vorher und ein Nachher entzwei. Jetzt sehe ich, dass mein innerer Selbstbetrug mit ihrem im Außen einherging. Die Spiegelungen waren also unvermeidlich. Ich musste erwachen. Damals tat es weh, sie zu lieben. Sie bat mich um Verzeihung. Ich verzieh ihr, sagte, ja ich verzeihe dir und war dankbar für den Erhalt und die Rückkehr ihrer Liebe, weil ich glaubte, dass mit der Vergebung die Unschuld zurückkehrt. Wir fingen an, das Muster der Liebe zu kopieren, jene Zeit nachzuahmen, in der wir glücklich waren, zu Beginn, als wir die Schneeflocken taumeln sahen und sie nicht zählten, als wir nicht mehr als eine Jahreszeit, den Wind, den Hunger und rote Wangen für das brauchten, was wir unser Glück nannten. Sie konnte das nicht lange durchhalten, also fing sie mit dem Zählen an, in jenem Winter, der eigentlich schon vorbei war, und der uns dann noch mit einem heftigen Schneefall überraschte. Sie zählte die Flocken wie Soldaten gezählt werden bei aufwendigen Paraden. Wenn ich mit ihr schlief, dachte ich an den anderen, wollte sie besser und schöner lieben als er. Dabei wusste ich nichts über ihn, hatte ihn nur einmal gesehen in einer dunkelblauen Schurwolljacke und hellbraunen Schuhen. Es dauerte zwei Jahre, bis ich ihn vergaß. Milena sah immer schöner aus, wilder ihr Haar, länger ihre Kleider, wie bei einer Frau, die ihre Geheimnisse ganz ins Innere nahm und mit den Jahren der Reife nicht mehr wie früher so viel von ihrem Körper zeigen musste, um ihn selbst zu spüren.

Die Erinnerungen strömen selbsttätig auf mich ein. Sie überfallen mich förmlich und geben mir keine Zeit mehr, mich ihnen so langsam wie am Anfang zu stellen. Milenas Anwesenheit am Fenster meines Zimmers öffnet die Kanäle, und ich habe keine Stimme, um dem Gedächtnis, das wir uns teilen, Einhalt zu gebieten. Warum will ich trotzdem leben, warum wieder in meinen Körper zurückkehren? Milena ist schön, das muss ich sagen. Immer noch geht mir ihr Körper an den Atem. Bei aller Anstrengung kann ich ihren Mädchennamen nicht erinnern. Er ist wie ausgelöscht. Ich weiß auch nicht mehr, ob sie Geschwister hat oder ob ihre Eltern noch leben, wie ihre Namen sind, wo sie wohnen und welche Sprachen sie sprechen. Mit der Eigenheit eines unberechenbaren Vogels schließt und öffnet das Gedächtnis mir seine Tore. Ich bin seiner Inselhaftigkeit ausgeliefert, auf die gleiche Weise, wie ich einst Milena und ihrer Liebe und ihrem gebieterischen Ton ausgesetzt war, der jetzt auch meinem friedfertigen Snegi zu schaffen macht. Sein Körper zuckt regelrecht zusammen, wenn sie ihn anspricht. Meine Akte händigt er ihr nicht aus, obwohl sie mehrmals darauf besteht. Die Gnade des Zusammenhangs wird Milena nicht gewährt. Snegi ist also auch Teilhaber der anderen Zeit, er handelt auf der anderen Seite, dort, wo mein neues Selbst ist, meine Träume und meine wirksamen Verflechtungen mit den somnambulen Bildern.

Milena ist über Snegi verärgert. Sie schlägt die Tür hinter sich zu und bleibt eine ganze Weile weg. Ich fange an, dafür dankbar zu sein. So kann ich etwas langsamer und noch ein Stückchen tiefer als vorher in mich hineinatmen. Die Beatmungsgeräte werden sie mir bestimmt bald wegnehmen. Ich weiß, dass die Zeit dafür gekommen ist. Manchmal spüre ich Zentimeter für Zentimeter, dass der Atem zu meinen Gliedern spricht, ganz sanft und nachdrücklich, so wie die Pausen aus der Musik zum Kopf des Zuhörers sprechen. Hin und wieder deutet sich dabei ein leichtes Zucken meiner beiden großen Fußzehen an. Für die Pausen bin ich nun besonders empfänglich. Wehe dem, der nie geliebt hat, der wird nie erfahren, dass alles, was geschieht, in den Lücken geschieht.

Amina und Snegi haben sich nicht nur in ein lebenslanges Gespräch miteinander begeben, wie ich es anfangs gedacht hatte. Sie lieben sich, und sie erwarten ein Kind, für das sie schon nach einem Namen suchen. Sie besprechen jetzt ihre Namensliste dort, wo der Kirschholztisch steht und wo sie früher lustvoll und ohne irgendeine Eile die französischen Cremeschnitten gegessen haben. Sie kümmern sich pflichtbewusst um mich, waschen mich wie treue Verwandte. Ich spüre, wie das Erwachen meines Körpers vom Kopf zum Brustraum voranschreitet. Ganz langsam fange ich an zu schlucken und höre das gleißende Rauschen meines summenden Blutes. Heute Morgen habe ich das längst vergessene Gefühl für meine beiden Hände zurückerlangt. Obwohl die Schläuche von der Infusion und den Apparaten noch wie schwere Gewichte auf ihnen liegen, kann ich meine Finger ein paar Millimeter in die Höhe strecken. Ganz langsam tue ich das, so wie man nach Marienkäfern greift, wenn man klein ist, sachte und voller Hoffnung, sie eines Tages wirklich berühren zu dürfen, um auf diese Weise Teil ihrer Farbe und ihrer rätselhaften Punktwelt zu werden.

Langsam begreife ich, dass mein Fenster nach Osten zeigt, und der Wind, den ich höre, von einem See kommen muss. Manchmal lässt Agni das Fenster auf, und die Vögel singen so übermütig wie nur Vögel am Wasser singen können. Je länger ich ihrem Gesang zuhöre, desto dringlicher werde ich von dem Gedanken erfüllt, dass auch ich irgendwo ein Kind haben muss, einen Sohn, der mir, wüsste er um mich, helfen würde, zu den Lebenden zurückzukehren. Aber was würde er, wenn es ihn wirklich gab, für mich schon empfinden können? Für einen Menschen, der sich nicht einmal an das Land seiner Geburt erinnert, aber über die Leiden einer Liebe, über eine gescheiterte Ehe und seine innere Gefangenschaft beinahe alles wieder weiß. Warum ist mir Milena in alledem geblieben? Warum findet sie sich noch in meiner Erinnerung ein und ist nicht wie fast alles andere aus meiner alten Biographie gelöscht worden? Ich werde gezwungen, in diese Frage hineinzuleben. Das Warum ist mir also nicht genommen worden. Schließlich muss es einen Grund geben, dass auf dem Kirschholztisch noch die russischen Klassiker liegen, Forderungen, mich meiner selbst noch tiefer und besser zu entsinnen.

Meine Arme werden von Tag zu Tag wärmer. Ich spüre, dass das Leben in sie einkehrt, mit großer Bedachtsamkeit, die ich nicht übersehen kann. Mein ganzer Oberkörper scheint von diesem Strom durchdrungen zu werden und wieder zu sich zu kommen. Ich lenke nun meine Aufmerksamkeit auf meinen Unterkörper und spüre ganz deutlich die Rundung meines Bauchnabels. Ich würde die kleine Öffnung, den Anfang meines Lebens, gerne mit meinen Händen berühren. So weit reicht meine Kraft noch nicht. Der Atem muss mir helfen. Noch ist er nicht seiner Quelle zugeführt, nicht ganz mit ihr verflochten worden. Ich bin mit der Kraft verbunden, aber der Nabel, der ein Kreis ist, muss es noch erfahren. Wenn es so weit ist, werde ich ihn alles fragen. Kreise sind wissende Altäre. Ich möchte es schaffen, mich auf die weiße Fläche des Lebens zu legen und das erste Bild zu sein, das zu mir spricht, der erste Faden, der bereit ist, vernäht zu werden. Ich vollziehe diesen Vorgang in meinem inneren Leben und sehe, dass mich die Aufmerksamkeit, die ich dabei aufbringe, nicht nur mit meinem Nabel, sondern mit allen ihn umgebenden Erzählungen verbindet. Ich nehme alles als eine Fortsetzung meiner Vorstellungskraft wahr, in der auch das kleinste Detail mit dem Rest des Lebens verknüpft ist. Das Wasser beschützt das Bündnis mit dem großen Mosaik. Und doch ist alles darin in Feuer geschrieben. Das, was ohne Feuer brennt, ist Leben. Das Feuer bringt das Leben in Bewegung. Ich weiß nun, dass mein Nabel ein Teil des ganzen Mosaiks ist. Werde ich es morgen noch wissen? Will you still love me tomorrow? Werde ich mich erinnern können, wenn es darauf ankommt, aus den Elementen auszutreten und einem anderen Menschen etwas zu geben, das ihn satt macht, wenn er Hunger hat und wenn keine Speisen ihm helfen? Werde ich mich erinnern können, wenn es auf mich ankommt, einem anderen zum richtigen Zeitpunkt zu begegnen, sodass die Zeit selbst dessen Einsamkeit wie einen versprenkelten Spiegel in Stücke zerschlägt? So viele Stufen bleiben im Buch unseres Lebens und offenbaren sich, wenn die falschen Spiegel schweigen. Werde ich mich daran erinnern, dass es diese vielen Stufen gibt, dass sie den Weg bilden, der die Suche beendet und dass wir sie alle nicht zählen können, bis wir oben ankommen? Die letzte Stufe und der Schritt in die Helligkeit ist immer eine Überraschung. Werde ich dieses weiße helle Meer wachhalten, es in mir halten können, um es einem anderen Lebewesen zu schenken, wenn ihm niemand mehr etwas schenken kann? Warum muss ich dieser Mensch sein? Oder muss es irgendwann ein jeder von uns sein, weil er nun einmal lebt, weil er nun einmal irgendwann aus der Einsamkeit heraustreten muss, die ihn überhaupt erst sichtbar macht? Ein neuer tiefer Frieden erachtet mich seiner würdig und steigt jedes Mal in meinen Gedanken empor, wenn ich die Vögel singen höre. Sie versammeln sich jeden Morgen vor meinem Fenster, obwohl Milena nicht mehr zu mir kommt. Ich scheine jetzt das autonome Anrecht auf ihren vollständigen Gesang erwirkt zu haben.

Die Heilige Frau bringt mir jeden Morgen Blumen, rote und gelbe, die mich glücklich machen. Ich liebe Blumen und ihre Farben, weil niemand von uns sie machen kann. Zusammen mit den russischen Büchern teilen die Pflanzen meinen arktischen Luftraum und bilden mich zum Gesetzesleser aus. Ich erlange Fassungskraft. Ich bin Leben. Und es ist überall zu sehen. Auch die Vögel sprechen immerzu davon. Bin ich von ihnen getrennt? Ich sehe die Vögel Tag um Tag an, so, wie ich wohl Milena Jahr um Jahr angesehen habe. Kann ein Mensch je etwas anderes sehen, je etwas anderes wahrnehmen als sich selbst? Und wie macht er das, wenn er auf die Mitarbeit der Iris verzichten muss? In mir leben Netzwerke und in Nadeln wartende Fäden. Die haben schon immer in meiner Luft gewirkt und ihre Botschaften ausgesandt. Die Worte und die Bilder, die Farben und die Himmelsrichtungen. Die Tiefe und die Höhe. Das Wetter und die Nächte. Die Wächter der Jahreszeiten. Das dunkle Königsblau der Tinte. Im Magnetraum zusammengehaltene Wahrheiten und Lügen. Die Verlockungen der Umwege und die planetarische Wildheit der Widersprüchlichkeiten. All das, und noch die einzeln verzweigten Erzählungen, nannte ich mein Leben. Jetzt ist dieser Raum aufgeschlossen worden. Ist es mein eigenes Unvermögen gewesen, mein Fehler, dass die verrückte Naht, die mich vom Sehen abgehalten hat, nicht schon vor Urzeiten geplatzt ist? Was ist ein Fehler? Ich werde von meinem Körper gezwungen, auf dem Rücken zu liegen und alle Eingebungen zu ertragen. Die Pfleger wenden mich in aller Regelmäßigkeit, damit der Druck keine Wunden erzeugt. Die Gedanken kommen und gehen, der Kreis bringt sich ins Spiel. Schiffbruch ist etwas anderes. Kann der Kreis überhaupt einen Fehler enthalten? Ich bin früher ein Jemand gewesen, jetzt bin ich nur ein Zuschauer. Das Erste, das ich betrachte, sind die Kanufahrten meiner vielen Gedanken. Als Unbeteiligter, der in sich selbst handeln muss, werde ich gezwungen, die Ordnung der Dinge zu sehen. Ich darf mein Wissen noch mit keinem Menschen teilen. Inseln sind eigenständige Ideen. Mit meinem Willen kann ich meinen Körper nicht bewegen. Wer hält ihn dann zusammen? Ich versuche, meine Fingerkuppen einzeln zu erfühlen und streichle in Gedanken über meine Fußballen, so, wie ich das Fell einer Katze streicheln würde, wenn mir jetzt das Glück dieser Berührung zuteilwerden könnte. Merkwürdigerweise fällt mir dabei ein Gedankenexperiment ein, in dem eine Katze gleichzeitig lebendig und tot ist. Die Lücken sind fordernde Zonen. Ich finde das furchterregend schön und lausche weiter meiner Genesung, ihrer überlagerten Sprache, die mich zeitgleich zum Auge und zur Katze macht, die der Verfertigung ihres warmen Schnurrens gelassen zuhört. Wo kommt diese Aufmerksamkeit her? In der Zeit kann ich keine Beweise für sie finden. Jemand hat auf der großen Uhr die Zeiger ins Innere verlegt. Die Zeit hat ihre eigene Grammatik und dazu noch so viele unbeweisbare Taschen. Jemand hat sie in mir abgestellt, diese vielen Taschen, und wo ich mich auch hineindenke, mit dem Kopf erfahre ich nichts. Die Katze schnurrt. Und spricht nicht. Wird nie sprechen. Tiere führen andere Arten von Unterhaltungen. Ich male mir meine Haut aus, versuche einen erdachten Blick von außen auf sie zu machen. Es gelingt mir nicht. Ich sehe nichts, spüre keine Wärme und keine Kälte. Gedanken und Vorhaben sind nicht das richtige Leben. Eine furchterregend beständige Stille wirkt hinter allen Worten. Ich kann nichts erzwingen und erinnere mich gerade überaus genau daran, wie es früher war, wenn ich meine Hände und meine Arme benutzt habe, um einem anderen Menschen nah zu sein oder einen Apfel vom Baum zu pflücken, ihn mit dem ewigen Staunen des Kindes und der ersterlebten Freude zu essen. Den frischen Saft der Frucht spüre ich im eigenen Mund. Früher ist mir nie aufgefallen, wie schön ein Apfel ist und dass er einen zum Pflücker macht, dass jeder Mensch, der eine Frucht vom Baum pflückt, sich beim Pflücken entweder vorbeugen oder in die Höhe strecken muss. Früher oder später wird die Ernte zu einem Augengebet. Zeitgleich geht der Blick zur Frucht und zur eigenen Hand, und die Finger werden zu Helfern, der Körper zum Erzähler, zum Helfer des Lebens.

Mir helfen nur die anderen Menschen hier, und dass sie da sind, erfüllt mich mit wachsender Hoffnung. Ihre Bewegungen und Worte sind große Versprechen, meine Sonnen jenseits des Trostes, meine Verheißungen. Ich bin allein und doch nicht verlassen. Ist es je einer von uns gewesen? Ich habe jetzt keine Familie mehr, ich bin fremd unter den Menschen, und gerade deshalb mit allen verwandt, die atmen und gehen, die denken und sprechen. Ich bin verwandt mit den Farben, mit den Elementen, verwandt mit den Gesten und dem Lächeln der Frauen, mit ihrer Geduld und Achtsamkeit, die sie mir schenken, obwohl sie wissen, dass ich ihnen nichts zurückgeben kann. Und eines Tages, wenn ich es einmal können sollte, werde ich nicht mehr hier und aus ihrer Welt in meine eigene herausgefallen sein. Hat jeder eine Welt für sich oder teilen wir die gleiche im Schweigen? In der Stille, die nun mehr und mehr Besitz von mir ergreift, höre ich alles überdeutlich. Auch die Zukunft wird zu einer Frage der Ohren. Obwohl mein Körper mir nicht gehorcht, höre ich die Arbeit der Jahrhunderte in ihm. Seine Fähigkeiten werden von einer anderen Stelle beatmet und in einem Punkt zusammengehalten, den ich noch nicht kenne. Jetzt weiß ich, dass es diesen Punkt gibt, so, wie es die Geraden gibt, die sich im Unendlichen berühren. Ich habe den Punkt kürzlich zum ersten Mal deutlich gesehen, so deutlich, dass ich ihn anfassen wollte. Er ist weit weg, weit weg wie der Himmel. Und doch so nah. Der Punkt hat sich umverteilt. Und leuchtet in jedem einzelnen Menschen, der dieses Zimmer betritt. Mein Leuchten wird gerade überprüft, ich werde abgeklopft, aber meine Nieren schlafen. Nur der Punkt kann sie wecken und mich wieder ins Gespräch mit ihnen bringen. So dargereichte Worte können wieder meine Zellen informieren, dass ich noch da bin, dass ich von der Punktgnade erfahren habe und bereit bin, darüber zu erzählen. Von einem zum anderen Augenblick weiß ich, dass die Zellen alle kleine Seelen sind, die sich im Meer unserer Innerlichkeit verbinden, besprechen, die zusammenrücken, um uns von einer tiefen Stelle aus zu malen. Ich habe keine Angst, mich am Ganzen zu entzünden. Ich bin klein. Das Leben ist groß. Unendlich groß die

Flure, auf denen das Licht der Tage und der Anfang des Anfangs wandelt. Ich bin das Blatt einer Linde. Ein kleines Blatt am großen Baum. Ich rieche Lindenblüten. Es ist also Juni. Werde ich bald wieder alle Blüten in ihrer Essenz riechen können? So, wie ich jetzt den Punkt erkenne, der mir zeigt, dass der Tod in der Zeit eine zu weit nach hinten verschobene Feier des Lebens ist. Ich bleibe klein, bleibe zurück hinter den Zellen meines Körpers, klein und leise hinter allen Worten und Sätzen. Ich verzichte auf die Chronologie der Uhren. Jetzt, da ich nicht mehr ständig alles laut ausspreche, sehe ich, wie korrupt die laute Stimme ist, wie sie immerzu der Stille zuwiderhandelt, wie sie immerzu dabei ist, die Stille, aus der alles kommt, zu unterwandern und sie vergessen zu machen. Das ist der einzige Fehler, der alles zerstört. Alle anderen Fehler führen zum Nabel. Noch immer müssen wir uns dem Geheimnis der Liebe nähern. Mit ihr anfangen. Mit ihr wieder und wieder wach werden und im Erstaunen zu uns kommen, sehen, dass das Gehen alleine geht, dass wir es nicht machen können. Die Liebe ist nichts anderes als jene Aufmerksamkeit, die uns alles schenkt, was wir in unserem Leben brauchen. Und die uns zeitgleich alles nimmt, was wir nicht brauchen. Ich liege hier schon seit Stunden allein. Auf dem Flur ist es so still wie noch nie. Die Konferenz der Vögel höre ich dafür umso deutlicher. Und die Liebe erscheint mir wie eine Lehrmeisterin und Sängerin des Unterschieds, des Andersseins, der Begleiterin in die unvermeidlichen Fragen. Nur in der liebenden Dringlichkeit entsteht eine Begegnung zwischen zwei Menschen. Milena hat mich lange nicht mehr besucht. Wird sie wiederkommen? Die Zeit ist mir fremd geworden, es passt so wenig in sie hinein. Es könnten Stunden, Wochen oder Monate gewesen sein, in denen ich von keinem Menschen mehr berührt worden bin. Endlich spüre ich meine Mundwinkel, meine Ohren und meine Stirn. Es entstehen Linien in meinem Körper, die alles verbinden, das Herz mit dem Fuß, das Gehör mit den beiden Daumen, die Wangen mit dem Hinterkopf. Langsam verwachsen die Bedeutungen sich, langsam spüre ich auch meine beiden Knie. Die Linien leuchten. Die Tapisserie hält alle Farben in sich und lässt sie tanzen. Sobald ich einen zielgerichteten Wunsch nach einer bestimmten Bewegung entwickle, schläft der Köper sich fort von mir, fällt in sich zurück, und ich sehe ihn mir von oben an, so wie eine Wolke am Himmel zu den Flüssen der Erde schaut, die alle in ein Meer fließen.

Ich empfinde das Wachwerden meiner Hände als Beglückung. Vom Zufall zum Schicksal werde ich tiefer in den Innensaum der Zeit gestoßen. Wer bin ich? Ein Mann im Exil, ein Fremder, der auf zwei Bücher sieht und nichts sagen kann, weil ihm noch keine Stimme zugewiesen wurde. Wie die Liebe ist auch die Stimme einem Wahrheitsverfahren unterworfen. Ich habe im Vergessen gelebt, nun bin ich den Kräften des Gleichgewichts ausgesetzt. Jetzt, da ich wehrlos und ohne einen Personalausweis diesem Gebäude, der Visite und der Güte von Snegi, Agni, Amina, der Heiligen Frau und den Fluren ohne Menschen ausgesetzt bin, fangen die Wirkungen an, mich mit dem Kern des Kerns zu verbinden, mit Fragen, denen ich nicht gewachsen bin, die mich in die Antworten treiben wie der Wind, der nichts Endgültiges sagen will und mich gerade deshalb in die Enge des Anfangs stößt. Jetzt, da auch ich selbst mir zur

Frage geworden bin, weiß ich, dass rastlose Wünsche der ewige Schlaf sind. Alles ist immer da. Ich kann mir nie etwas wünschen, was mir nicht ohnehin gegeben ist. Ich habe Wünsche, ich will zurück, ich will noch einmal leben und alles anders machen. Parallel verlaufende Gedankenstränge. Satzuniversen. Kosmische Kommas. Irdische Pläne. Ich würde zum Beispiel gerne wieder ins Kino gehen, um die Körper der Schauspieler zu betrachten. Ihre Ergriffenheit. Die Übung, die in ihren Gesten steckt, ist mir vertraute Materie. Heute habe ich verstanden, dass wir wie die Schauspieler Übende unserer Rolle sind. Warum sich entkommen wollen? Es gibt keine Alternative. Alles ist ersetzbar, nur das Leben ist es nicht. Die Rolle ist nicht austauschbar. Wir werden lebend unser Gesicht. Schmerz und Leid, Freude und Erkenntnis formen es. Das eine zu wollen, das andere abzulehnen ist nicht im Lichtplan enthalten. Vielmehr ist es so: Das Licht erscheint im Gesicht, in der Stimme, in den Fingerkuppen, wenn wir ausdauernd in unserem Üben sind. Ein tausendfach gemachter Umweg wird zu einer Falte, ein immerfort gedachter Gedanke zu einer anderen. Die Zellen sind universelle Generatoren. Das Gleichgewicht ist in allem enthalten. Natürlichkeit ist eine Sache der Jahrhunderte. Die menschliche Stimme überschreitet Grenzen, die in uns sind und die wir doch nicht kennen.

Ich stelle mir mein Gesicht faltenlos vor, und dabei weiß ich, dass das nicht stimmen kann, dass auch ich gezeichnet bin, wie jeder, der lebt, gezeichnet ist und im Laufe seines Lebens der Erde ähnlicher wird. Ich frage mich, ob wir uns nicht jeden Morgen ohnehin alles vorstellen, unser Gesicht, unseren Körper, unsere Geschichte. In der Sprache des Körpers hat alles Gewicht. Er erinnert sich an unsere Ideen. Da mich hier niemand informiert, mir keinen Spiegel vor die Augen hält, weil ich im Außen nicht sehen kann, bin ich auf die Essenz zurückgeworfen, auf das stets in mir Gleichbleibende, das meiner Lage zum Trotz Gleichgebliebene. Ich bin hellwach. Was ich früher meine Träume nannte, das erkenne ich jetzt als die andersseitigen Helfer des Lebens. Der geschenkte Körper und das Wunder der Jahreszeiten, in meinem inneren Himmel bilden sie jetzt eine Einheit.

Ich brauche eine Jakobsleiter, um in meinen Körper zurückzukommen. Wo kann ich so eine Lichtleiter finden? Muss sie mir jemand geben? Niemand hat es mir je gesagt, wie eine Jakobsleiter entsteht und was Gesundheit eigentlich ist. Ich weiß aber, dass man sie nicht ausleihen kann und jeder seine eigene hat. Auf meiner Leiter sind knackende Geräusche zu hören, und in meiner Wirbelsäule spüre ich ein starkes, lange nachwirkendes Brennen, das in einen knisternden Schmerz übergeht. Der Schmerz hält lange an, er will nicht weichen. An die Stelle der monatelangen Empfindungslosigkeit ist er nun mit aller Macht getreten. Und er bleibt. Über Tage hinweg höre ich nichts mehr, sehe keine Farben und stelle mir auch nichts mehr vor. Ich wünsche mir das Beißen des Schmerzes fort. Es soll verschwinden, mich in Ruhe lassen. Ich fühle nun nichts anderes mehr, nur das Stechen und Klopfen des Schmerzes, bis ich begreife, dass ich ihn nicht bekämpfen kann. Der Schmerz ist in seiner Wirklichkeit stärker als ich. Er hat eine Wahrheit. Er lebt sie an mir aus. Ohne mir sein Geheimnis zu verraten, hat er sein Uhrwerk in mir abgelegt. Ich konnte ihn nicht davon abhalten, niemand kann ihn davon abhalten. Ich fange an, ihn zu befragen, seine Sprache auszuforschen und ihn mit meiner Sprache, mit meinen Fragen zu verbinden. Wenn ich jetzt Papier und die Fähigkeit zu schreiben hätte, würde ich alles aufschreiben, was der Schmerz mir sagt. Je ruhiger ich ihn hinnehmen kann, desto weniger schlimm erscheint er mir. Sein Beißen, Stechen und Brennen geht so lange, bis ich endgültig weiß, dass ich nicht der Schmerz bin. Er braucht mich, um zu überleben. Und ich brauche ihn nur so lange, bis ich die Revolte, das Aufbegehren in mir überwinde. Jetzt erst verstehe ich, dass mein Rücken wieder lebendig wird, dass der Schmerz mich zur Ordnung, zum Unversehrten zurückführt und dass unter dem Schmerz noch etwas anderes lebt. Ich lerne, mich an die Überschreibungen zu erinnern. Schichtweise stoße ich vor zur Farbe, und das Blau sagt: Folge mir nach! Ich folge der Auflösung der Wolken. Eine vielversprechende Fährte. Sie könnte alles Mögliche sein, ein Abgrund, der schlussendliche Tod, Gefangenschaft, Knechtschaft, fremdeste Not. Aber all das liegt nicht hinter dem Schmerz, all das ist im Schmerz, weil es in meinen Gedanken ist. Ich verstehe, dass ich ihn an seinem Platz lassen und meinen eigenen suchen muss. Was ist hinter der Schmerzmauer? Ich muss gehen. Weitergehen. Nicht im Schmerz bleiben, nicht dort wohnen, keine Zimmer, keine Flure für ihn einrichten. Weitergehen. Auf meinem Weg bin ich Zeuge und Zeugnis in einem. Das verlangt einen gesunden Rücken. Fast möchte ich dem Nabel versprechen, alles dafür zu tun, wenn er ihn mir schenkt. Ich will schwerste Balken tragen, ganze Wälder pflanzen und andere selbstlos lieben, wenn es mir nur gewährt wird, wieder gesund zu sein. Nur zu gut weiß ich aber, dass ich lebe, um von allen Wünschen abzurücken und dem Sehen das Denken zu überlassen.

Die Tür zu meinem Zimmer wird heftig aufgestoßen. Etwas ist anders als sonst. Die Visite tritt in aufgeregter Stimmung an mein Bett. Es ist wegen dem Schnee. Mitten im Frühsommer hat er sie alle überrascht. Und der See, so höre ich es jetzt, ist noch fast vollständig zugefroren. Sofort denke ich an die Vögel. Sie frieren nicht. Die Menschen sind es, die frieren. Der Schnee macht alle frierenden Menschen gleich. Er befreit sie von Blut und Boden, von ihrer Unterwerfung an die Plastikwelt ihrer Götzen. Gnadenvoll ist die Losung der Schneeflocken, friedfertig und entschieden ihre Kälte. Keiner ist unter ihrem Segen reicher als ein anderer, alle sind vom Schnee auf die gleiche Weise betroffen. Weit ist der Ort im Erschrecken, klar in der erkennenden Bewegung. Wer nicht fliegen kann, hisst später noch zur rechten Zeit ein Segel. Die Weisung kommt immer von der Erde. Der Ruf, der Fall kennt kein Samt. Am Ende wird jedem alles genommen. Wenn die Worte noch zu Lebzeiten ihre Wunde verlieren, befreien sich in den Knochen alle Lügen. O blaue Farbe hinter allen Himmeln, lehre mich deinen Frieden, lass' mich dein erster Buchstabe werden, die Feuerzange deiner Lunge, deine Luft, deine Haut, die mich mit Uranus und Pluto verbindet, lehre mich, dein Atem zu sein, deine Bilderstraße, bereite mich vor auf alle deine Sonnen, mein Nervensystem soll von deinen Formeln singen und mich zum Werkzeug deines Friedens machen.

Der See wird Wochen brauchen, bis das Eis wieder auftaut, sagt eine vertraute Stimme. Es ist Amina, sie kommt jetzt zu mir und hat sich wieder angewöhnt, in meinem Zimmer zu telefonieren. So höre ich aus einem ihrer Gespräche heraus, dass sie ein Kind erwartet. Sie sitzt am Kirschholztisch und tippt dabei rhythmisch die beiden russischen Bücher von Milena mit ihren Fingerkuppen an. Seit sie schwanger ist, führt sie lange Gespräche mit ihrer Mutter. Sie fühlt sich würdig und hat viel zu erzählen. Ihr Gesicht leuchtet, sie hat Kenntnis vom wachsenden Leben in sich und ist bereit, ihren Körper zu teilen. Die werdenden Mütter sind die einzigen Menschen, die mit ihrem Körper über ihren Körper hinausgehen. Amina streicht mir das Haar aus der Stirn und sieht mich lange an. Manchmal denke ich, dass sie und die anderen alle meine Veränderungen genau sehen können. Ich versuche, meine Mundwinkel zu bewegen, ein Lächeln möchte ich ihr für ihre Zärtlichkeit schenken. Ein Hauch von Bewegung gelingt mir tatsächlich. Amina zeigt mit ihrer Fingerkuppe auf meinen Mund, dann berührt sie jene Stelle, an der früher meine Lachgrübchen waren. Hat sie die Andeutung meines Lächelns gesehen? Oder zumindest meinen Versuch bemerkt, ihr mit einer Regung zu danken? Wieder streicht sie mir mit der Hand über mein Haar, legt sie dann auf meine Stirn, meine Wangen, mein Kinn. Das dauert einige wunderbare Minuten. So spricht sie mit mir. Die Wärme ihrer Haut ist eine anhaltende, eine so große Überraschung, dass ich ihre Berührung am ganzen Körper widerhallen fühle, und mein linker großer Zeh vollzieht eine unerwartet deutliche Bewegung, die eigentlich nur ein winziges Zucken ist, mich aber mit Hoffnung erfüllt, auf einen Anfang ausrichtet, der längst mein Leben geworden ist.

Die Vergangenheit trocknet aus, sie ist wie verschüttete Milch, zu der nur die hungrigen Kätzchen eilen und sie mit ihren kleinen Zungen schlecken, denen niemand etwas anderes gibt, im Winter, wenn die Erde schläft und ruht und aller Kälte widersteht. Die Kälte ist der Schmerz der Erde, den sie Jahr um Jahr überlebt. Amina hat auch das Zucken meines großen Zehs bemerkt. Sie holt die anderen ins Zimmer. Die Heilige Frau legt beschwingt auf meinen Nachttisch einen weißen Stein. Sie sagt, es ist ein Stein, auf dem kein Name steht. Agni ist auch da, Agni-Inga, heute ohne Büchertasche. Sie nimmt meine rechte Hand, legt sie in ihre linke und hält sie lange fest. Das macht mich übermütig und erinnert mich an ein Buch. Ich habe es vor vielen Jahren gelesen. Es handelt von einem Menschen, der seinen Geist schweifen lässt, dem er die Gestalt vieler Personen verleiht. So ein Mensch ist unabhängig von Zeit und Raum, geht es mir durch den Kopf, während die Frauen vor meinem Bett sitzen und eine lange Zeit die Augen geschlossen halten. Als sie sie wieder aufmachen, sehen sie zu mir, und zum ersten Mal seit meinem Unfall sehe ich zurück, ich sehe sie an, sehe ihre Augen, ihr Haar, ihre Hände, ihre Münder, Ohren und Wangen. Ich sehe zum Fenster und große Helligkeit strömt ins Zimmer. Die Frauen weinen. Es ist das Glück, das wir miteinander teilen und das ihnen die Tränen in die Augen schießen lässt. Der Kirschholztisch steht noch am Fenster, die beiden Bücher sind verschwunden. Jemand hat sie mitgenommen oder ausgeliehen und wird sie hoffentlich bald wieder zurückbringen. Milena selbst kann es nicht gewesen sein. Oder ich habe sie schlafend verpasst. Ich kann immer noch nicht sprechen. Ich schließe die Augen, um die Wirklichkeit aushalten zu können, die sich mir nun so zeigt, wie ich sie in all den vergangenen Monaten empfunden habe. Die Frauen lächeln jetzt, als sei nichts Ungewöhnliches geschehen und gehen nach draußen, um den anderen darüber Kunde zu bringen. Die Vögel sollen versucht haben, in mein Zimmer zu gelangen. Amina erzählt mir das und streicht dabei über ihren runder werdenden Bauch. Sie rechnet nun fest damit, dass ich sie nicht nur sehen, sondern auch hören kann.

Andere Pfleger, neue Mitarbeiter, Menschen, die aus dem Nichts auftauchen, waschen und wenden mich am Nachmittag dieses mit mir erwachten Tages. Die weißen durchgelegenen Laken werden durch saubere, frisch duftende ausgetauscht, während ich auf einer Liege darauf warte, wieder ins leere Bett gelegt zu werden. Einer der jungen Männer hat die Tür zum Flur offen gelassen. Ich erspähe eine Dreizehn auf dem Gang. Es ist die von mir vermutete Etage. Das Fenster wird geöffnet und frische Luft kitzelt so sehr in meiner Nase, dass mit aller Wucht die Winderfahrung in mein Gedächtnis zurückkehrt, jener Wind, der nur am Wasser weht. Nichts geschieht grundlos, ganz besonders nicht das Glück. Der Urgrund geht immer mit. Wie kann ich ohne Stimme die Töne finden, die zu mir gehören? Die Jahreszeiten arbeiten mir fleißig zu. Ich möchte wissen, wann der See unten in der Welt der Menschen auftauen wird und ob jemand auf ebener Erde meiner gedenkt, jemand, der mich selbstlos liebt, obwohl ich so lange nichts mehr von mir habe hören lassen. Wenn ich meinen Geist befreie, muss ich fähig werden, mich selbst zu beherrschen. Die Liebe wird mir dabei helfen und mich vom Ich zum Du und zum Nabel führen. Ich weiß nicht, ob ich jemals so weit werde gehen können. Aber ich kann es mir vorstellen, eines Tages wieder zum Salz der Erde zu werden, zur Hintertüre des Paradieses vorzudringen und die Einzahl hinter mir zu lassen. Die Luft ist angenehm kühl. Es hat ein Gewitter gegeben. Mit großer Überzeugungskraft hat es den Himmel verdunkelt. Und wieder erhellt. Und erneut verdunkelt. Ich halte die Augen auf. Über Stunden hinweg habe ich mir die Blitze angesehen. Licht durchzuckte den Himmel. Ich liebte mit Innigkeit die Erweckung meiner Augen. Irgendwann wusste ich nicht, ob das Licht vom Himmel oder aus mir selbst kam, aus der Befähigung der letzten Monate, mich und die anderen aus der Stille heraus zu sehen. Meine Augen wollen mir noch keine Antwort darauf geben. Traurigkeit beschleicht mich, weil ich jetzt merke, dass die Rätsel, wenn man nicht in ihnen schwimmt, größer sind, als ich gedacht habe. Fast war ich schon dabei, sie mit den Händen zu greifen. Meine Hände wollen noch nicht mitmachen. Sobald ich es in meiner Vorstellung versuche, rückt das am Himmel blitzende Glück wieder in eine dunkle Ferne. Alles hat einen Henker, die Liebe und die Blitze am Himmel können aus dieser Perspektive jederzeit sterben. Die Augen allein sehen nur die Oberfläche der Dinge. Wochenlang habe ich auf diesen Moment hingelebt. Jetzt hoffe ich, dass mein innerer Bildvorrat mich nicht im Stich lässt, dass er mir und meiner unbeweisbaren Iris beisteht, die in mir entstanden ist, als ich alles verloren habe. So hoffe ich auch, dass ich mit sehenden Augen das finde, was hilft und keinen Namen hat, bevor ich es in die Welt der Worte überführe.

Ich mache stundenlang die Augen auf und zu. Was ich sehe, wenn ich mich im Zimmer umschaue, scheint sich genau in diesem Augenblick vor mir zu manifestieren. Das Ereignis ist in meinen Augen. Ist es auch für alle anderen sichtbar? Ist es in der Welt? Noch kann ich niemanden fragen. In der Ferne höre ich einen sanften Uhrenschlag, er wirkt hinein in mein Jetzt und gleicht jenem unbestechlichen aus den Kindertagen. Ich weiß, dass die Welt immerfort in die Verwandlung driftet, so, wie die Wolken ins Blau des Himmels hineingehen. Aber wir sehen nur das, was unsere Augen sehen wollen. Nichts bleibt für immer an einem einzigen Platz. Und selbst die Berge atmen. Auch der äußerlichste Ort wird zuerst im Unsichtbaren bewegt. Unsere Städte wollen uns das Gegenteil weismachen. Für mich ist Sehen immer noch Vorstellen, für die meisten von uns ist es wohl Festhalten. Ich will nichts festhalten. Ich will aufwachen, den Kern, das Tal, die Berge des Lebens sehen, in sie eingewoben sein, von ihnen getragen werden in einen neuen Tag, in den ersten Tag aller Tage.

In all den Monaten, die ich hier liege, war die Erde nicht wüst, sie hat sich gedreht und gewunden, hat vibriert vor Visionen. Auch in mir, keine Finsternis. Seit einigen Wochen höre ich wieder vollständig. Das neue Hören betreut auf eigensinnige Weise die Töne. Es ist schwer zu verwalten. Zeitgleich strömen die Obertöne und die Untertöne auf mich ein. Sie bilden ein Muster in der Luft und treten an meinen Körper heran wie Leute, die mit mir ein Gespräch führen wollen. Sie kommen von draußen. Vom Flur. Oder vom See. Von den Menschen, die hier durch das Gebäude gehen. Und von denen, die unten am See ihren Körper, ihr

Herz und ihre Sorgen vorbeitragen. Die Töne schmecken nach unterschiedlichen Dingen, manche erinnern mich an Kumin, andere sind verlockend wie Zimt und wieder andere kann ich im Geist gerade so ertasten, sie sind verstellt und fast ohne Volumen. Das ganze Zimmer ist ein Klangraum. Vom Schatten, den der Kirschholztisch bildet, geht eine Art Gewicht aus, als habe auch der Schatten einen Körper, eine Wand, die vibriert. Die Luft ist immer noch voller Ereignisse. Alles schwimmt in Tönen, die wir selbst mit unseren Gedanken und Wünschen, mit unserem Hass und mit unserer Liebe formen. Wer hat sie zu mir und hierher getragen? Es waren einige Menschen in meinem Zimmer gewesen. Die Töne sind in mir und außerhalb von mir. Sie sind in den anderen und um sie herum. Ihre Töne sprechen zu meinen Tönen und gehen ineinander über, aufeinander zu und verschmelzen dann zu neuen Formen. Sie verschwinden nie. Einmal in der Welt, bleiben sie bestehen und suchen nach Verwandtschaft. Ich muss mich noch daran gewöhnen, dass die Töne wie wir Menschen Familien bilden. Und dass die Gedanken Wörterbücher haben, dass sie, noch während ich ihnen zuschaue, in Windeseile kleine und große Abteilungen einrichten, Schatten und Licht verursachen. Die Gedanken florieren sehr, sie legen alle Erfahrungen in den Tönen ab, um eines Tages wieder auf sie zurückzugreifen, wenn verwandte Klänge sie streifen und sie so in Wallung bringen, sie anschlagen wie ein Instrument. Sagen kann ich das nicht laut und vermute, dass es in alledem eine Mitarbeit des Schweigens gibt. Das Erkennen entsteht, gerade weil ich nichts ausspreche. Meine Sonntage haben mit der Zeit blaue Konturen bekommen. Ich erarbeite mir in der Stille alle meine Farben. Die Frauen helfen mir dabei, sie sind Zeuginnen meines Todes und meines Lebens. Ich werde gepflegt und versorgt. Ohne Unterbrechung sehe ich die Kristalle in den Körpern der anderen Menschen. Auch Lichtwirbel sind da, sie tanzen, besonders an den Fingerkuppen und im Haar kann ich sie sehen. Ich nehme die Wirbel auf die gleiche Weise wahr, wie ich auch den Kirschholztisch wahrnehme. Es spielt keine Rolle mehr, ob ich dabei die Augen öffne oder schließe. Dieses Sehen ist von einer anderen Art. Doch bin ich überaus dankbar, dankbar für alle Farben und Formen, die ich jetzt mit meinen Augen erblicken kann. Die Regenbogenhaut ist aus dem Schlaf in den Tag getreten. Nun wird das Grün ihr folgen. Es wird sich nicht mehr vor mir verstecken. Und auch das Rot wird erwachen, das Gelb seine Vogelwahrheit singen, das Blau vibrieren, summen und sirren, so, wie es überall auf der Erde im Sommer vibriert, summt und sirrt. Meine Hoffnungen wissen das auch. Die Schatten nehme ich zeitgleich als Gewichte wahr, die den Raum sortieren, meinen und den der anderen Menschen. Ich spüre nun deutlich die Wahrheit meiner Ohren. Und ich weiß, dass es unten auf ebener Erde Bäume geben muss, Linden und Pappeln, noch bin ich mir nicht sicher, welche Bäume es genau sind, noch verstehe ich das Rauschen in der Luft nicht ganz und muss lernen, es langsam zu entziffern. Ich bin bereit, in die Sprache der Linde, in die Sprache der Fichte, in die Sprache der Kiefer einzutreten.

Der Mann, der sich auf meine Organe ausgerichtet hat, kommt kaum noch vorbei, und wenn er da ist, dann nur deshalb, weil die Pflicht es von ihm verlangt. Mühelos täuscht er den anderen seine vor sich selbst als Wahrheit eingespielte Gewissenhaftigkeit vor. Ich sehe an der Art, wie er sein Gesicht kontrolliert, dass ihn meine Gesundung kaltlässt. In seinen Gedanken hat er einige Kalkulationstabellen mitgebracht. Dinge und Menschen, Länder und Organe werden bei ihm zu mathematischen Kategorien. Hinter allem steht eine fordernde Zahl. Je höher sie ausfällt, desto lohnender ist es für ihn. Die übliche Gier. Merkwürdigerweise weiß er immer genau, wo ein Herz, eine Niere oder eine Leber gerade ersehnt werden. Lautstark gibt er sein Wissen bei der Visite kund. Er scheint mit dem gleichen Klangraum wie ich verbunden zu sein und sieht genauso wie ich die Kristalle im Blut der anderen Menschen. Nur macht er ein Geschäft daraus. Meine Nieren funktionieren noch nicht vollständig, deshalb kommt er zwar selten eifrig, aber noch häufig genug und zielgerichtet in mein Zimmer. Ich könnte Buch führen über seine geheimen Regungen, verzichte aber darauf, sonst würde ich ihm gleichen. Wenn sehen ändern heißt, dann muss ich gar nicht der Protokollant der veränderten Welt sein, da sie selbst die Schrift ist.

In der Zwischenzeit ist meine Akte wieder aufgetaucht, zusammen mit meinem Personalausweis und den Angaben zu meinen früheren Wohnorten. Die Hinweise auf meine Identität verdichten sich. Einer der weiß gekleideten Herren, dessen Namen ich nie erfahren habe, hält mir meinen alten Personalausweis hin. Ich sehe ein ausgeblichenes Foto von mir. Mein Name sieht mich an wie eine fremde Sprache. Was bedeutet er? Wer war dieser Mensch mit diesem Namen? Eine schwingende Tür öffnet sich. Ich sehe viele verschwommene Bilder, sie zirkulieren in einem Zeitkreis, der keinen Anfang und kein Ende kennt. Ein Bild reiht sich an das andere, wird heller, ausgeleuchteter, klarer, und die Wirkung macht es, dass ich das Ganze als Lebenslauf erkenne. Alles findet zeitgleich statt. Ich kann diese Bildwelt an jeder Stelle betreten. Und ich steige mit meinem Bewusstsein in diese flimmernde Landschaft wie in eine altbewährte Leinwand ein. Die Zeit bildet hin und wieder ein Passepartout, ordnet einen Ablauf, sortiert die Bilderfolge. Häuser. Männer mit Fes und Frauen mit Kopftüchern und langen Röcken tauchen auf, andere mit kurzen Kleidern und fröhlichen Liedern auf den Lippen sind zu sehen. Entweder ist es ein Videoclip oder das Leben eines echten Menschen. Musik. Sometimes it snows in April. Sometimes it snows in June. Im Hindergrund schwirren die Wellen eines Radiosenders. Jemand versucht, Nachrichten zu hören. Zwischendrin, verzweifelte Stimmen. Kommentatoren, die sich beeilen, die Ergebnisse eines Fußballspiels zu nennen. Dann wieder Stille. Surren. Sirren. Das Überlappen der summenden Frequenzen, so, als würde die Mittelwelle sterben und eine neue Zeitrechnung beginnen. Es ist von Bomben die Rede. Und die Flüsse treten über die Ufer, niemand kann sie aufhalten. Jemand fragt ins Leere: Was erwartest du von deinem Leben? Noch und noch Stimmen. Und dann ihr Verhallen. Mittendrin, Kinder. Schreie. Und Musik, immer noch alles aus dem Radio, so als hätte jemand vergessen, es abzustellen oder sei überrascht worden, von einem Angriff oder dem Ende dieser einen besonderen Welt. Ich sehe Berge. Ein Tal. Kirchen. Moscheen. Und eine Synagoge. Einen Friedhof in weiß, einen anderen in grau, das Klagen der Möwen über ihnen. Eine Bilderreihe, die sich wie eine Perlenkette ins Ganze fügt. Dann sehe ich mich selbst. Ich bin die Schnur, die alle Bilder zusammenhält, jener Mann, der im Ausweis sein Gesicht als meines ausgibt. Dieses Gesicht dreht sich kurz um und sieht mich aus der Vergangenheit an, sieht mich in meinem Hier. Und ich denke, mein Gott, alles fällt zusammen, auch die Statuen sterben. Die Geschichte wirft ihre Flaschen aus dem Fenster. Ich weine nicht, ich habe keine Zeit zu weinen, ich liebe mein Leben und renne, um es zu retten. Überall brennt es. Ein Schönheitswettbewerb findet statt, weil die Frauen noch nicht verstanden haben, was los ist und sich von außen denken. Ich renne und bin offenbar rennend zwei Jahrzehnte zurückversetzt. Ich renne durch die Zeit und sie hält mich fest, bindet mich an sich und ich sehe: Das Land, das ich verlasse, ist im Krieg, ich sehe, dass ich nicht mit mir selbst im Krieg bin, deswegen will ich weg und kann unmöglich bleiben. In meinem Körper ist diese Zeit wie ein Embryo eingefroren. Ich fasse ins Blut des Embryos. Und dann werden mir brennende Häuser gezeigt. Um ihr Leben rennende, schreiende andere Menschen. Wie kann ich meine Bestimmung erfüllen, wenn so viel Unglück in der Welt ist? Schluchzende Mütter, die ihre Kinder suchen. Aus der Einheit der Liebe Gestoßene. Kinderfüße im Feuer einer städtischen Straße. Dazwischen, unter den Bäumen, lächelnde Gesichter aus einer anderen Zeit. Aus einem anderen, mir schon damals fremd gewordenen Jahrhundert. Und überall eine Art Lichtrand, ein Rahmen, ein heller lodernder Rand, der die Zeit in ihre Grenzen weist. Olympisches Feuer. Die Würde dieser städtischen liebenden Menschen.

Dieser stolzen Menschen. Die Würde schöner Sportler. Ich weiß jetzt, dass ich etwas mit diesen Menschen gemeinsam habe, dass ich einst viele Verwandte hatte, so viele, dass ich sie nicht zählen konnte. Ich schaue mich im Bildland um. Ja, es sind viele dort zu sehen, die mit mir den Namen, das Land, die Zeit teilen. Immer vergesse ich irgendjemanden. So erschaffe ich mir tausend andere künstliche, eigene, unbeweisbare Welten. Schwestern habe ich auch, zwei identisch grünäugige. Ich renne und sehe, dass ich nicht nur in der Vergangenheit reise, sondern auch aus ihr herausgehe. Das Feuer. Der Staub der zusammenfallenden Häuser. Dieses Höllengrau des Betons. Ja, ich bin damals herausgerannt aus diesem Feuer und dieser Not. Habe ich meine Schwestern seit jener Flucht nicht mehr gesehen? Das Rennen muss in eine Flucht gemündet sein. In ein Fortgehen über den Atlantik. Das nächste Bild, das ich sehe, ist ein sehr großes Schiff. Die Tapisserie sagt mir nicht alles. In welchem Hafen liegt das Schiff? Wer hat es gebaut? In der Bilderfolge erhalte ich keine Antwort. Nur das plötzliche Aufleuchten der heißen Sonne Kaliforniens mischt sich ein. Hier bin ich also auf diese Weise noch einmal zur Welt gekommen. Die Weite sagt es mir. Die Farben sagen es mir. Das Land sagt es mir. Ich ahne es, schon damals war der Pass reine Fiktion für mich geworden. Komisch, dass ich mich ausgerechnet jetzt, da mir die Visite meinen Ausweis gebracht hat, so genau an den Hunger von damals erinnern kann. Ich sehe, fühle, erleide es wie am heutigen Tag. Diesen Hunger, der mich wochenlang wie einen schutzlosen Feind überfiel. Vor lauter Angst war mir immerzu schwindelig, ich hatte große Furcht, nichts zu essen zu bekommen. Die neue Sprache. Der Schmerz. Die Schiffe, die niemand baut, damit sie in einem Hafen bleiben. Die Fäden schwingen vor und zurück, ich erhalte Einblick in ein weiteres Bildfeld. Ich sehe Milenas Gesicht vor mir. Noch auf der Überfahrt. Ihr langes, schönes schwarzes Haar, das ihr fast bis zu den Hüften reicht. Wir sind jung wie Rehe. Wir freuen uns, dass wir es zusammen geschafft haben. Das Meer wird gut zu uns sein, sagt sie. Und zum ersten Mal, seit ich sie kenne, weine ich, weine, bis es Abend wird auf dem Schiff, das wir in Spanien bestiegen haben. Wie sind wir dorthin gekommen? Wahrscheinlich durch die Güte anderer. Auf der Weiterfahrt reden wir kaum ein Wort miteinander. Das Wasser glitzert und verspricht uns ein neues Leben. Wir wollen es, das neue Leben. Wir sind nicht aus Papier, wir können nichts anderes wollen. Da wir nun einmal überlebt haben, da wir jetzt leben, müssen wir weiterleben. Wir atmen so schwer und schnell wie sonst nur nach der Liebe. Sie kann einen Menschen töten, diese erschreckende Nähe von Schönheit und Hölle. Dass die Grenzbereiche sich so ähnlich sehen, ist nichts, was ich wissen will, die Wellen können aber nicht anders, als es mir zu erzählen. Dann spüren wir, dass etwas nicht stimmt. Wir sind eine Weile in den Schlaf wie in Watte eingesunken. Die Wellen. Sie brechen über uns herein, diese riesigen Wellen, sie wuchten sich wie uralte Wale über das Schiff, spritzen über das Deck, und überall sehen wir nur noch zerstörerisches Wasser. Nachdem wir stundenlang durchgerüttelt worden sind, begreifen wir, dass uns die Flucht noch nicht gelungen ist, dass das, was wir unser Leben nennen und was unser Körper ist, von Natur aus verletzlich ist, und dass sich daran niemals etwas ändern wird. Es gibt kein unverletzliches Leben. Alles Leben ist verletzlich.

Ich weiß nicht mehr, wie lange und ob wir dort geblieben sind, wo das Schiff uns hingebracht hat. Da übernimmt eine große Lücke in meinem Kopf die Handlung. Und obwohl ich jetzt gerne alles von früher wüsste, bin ich dankbar, dass ich es nicht weiß. Später, so viel zeigt sich mir, sehr viel später habe ich eine Green Card bekommen. Eine Art Zufall oder Fügung oder ritterliches Glück. Ich musste komischerweise dafür Lotterie spielen. Mein persönliches Schicksal war nicht so wichtig wie das große Spiel. Ich habe Glück gehabt, ich war einer, wie es hieß, out of a hundred. Einer der Glücklichen. Dann müssen Milena und ich bald darauf geheiratet haben. Ein Mann namens Wheeler, mit dem wir uns gleich nach der Überfahrt am Hafen angefreundet hatten, wurde nicht nur unser Trauzeuge, er war auch derjenige, der sich eine Lizenz holte und uns nach dem kalifornischen Gesetz als unser Freund verheiraten durfte. Wheeler war da wie der Atem. Milena sagt, er sei mit den Leuten aus dem Hafen befreundet gewesen. Wheeler war ein Dichter und der Hafen diente ihm als Inspiration. Er verkörperte gleichermaßen das Wasser wie das Leben auf der Erde. In seinen Büchern schrieb er die Worte anders als seine Zeit es wollte. Zum Beispiel liebte er es, Sätze laut zu sagen, die sich keiner getraute, mit der Stimme zu sprechen. Er verheiratete uns mit einem Gedicht. Noch heute, als wäre diese Poesie unmittelbarer Teil auch meines neuen Lebens geworden, kann ich mich an die ersten Zeilen erinnern, die er uns damals vortrug, bevor er uns zu Mann und Frau machte. I had come prepared to answer questions, / because it said there would be questions. / I could have danced or sung. Could have loved. / But it wanted intelligence. Wheeler hatte sich fein gemacht. Er trug schöne weite Sommerhosen, ein hellblaues Hemd, überhaupt schien er ganz aus dieser Farbe zu kommen. Und er tat die ganze Zeit das, was er am besten konnte. Er lächelte. In seinen Taschen hatte er unsere Ringe dabei, die wir übermütig an einem in Blau eingesäumten Tag in Venice Beach gekauft hatten. Damals wie heute hat Wheeler mir das geschenkt, was ich jetzt im Erwachen meine Geschichte nennen würde. Wer wäre ich ohne ihn, ohne diese Quellenliebe gewesen? Was ich jetzt, in der Weite der Welt, weiß, ist dies: Ich habe Milena finden müssen. In ihre Augen habe ich gesehen, die ich mehr geliebt habe als alles andere auf der Welt. Du hast dich an mir festgehalten, sagt sie. Mit einer solchen Deutlichkeit sagt sie es noch jetzt in meine Seele hinein, dass ich sofort wieder aus meinen Lebensfragmenten wie aus Wasser im Hier und Jetzt auftauche. Ihre Stimme lebt noch in mir. Ihre Sätze, von denen also auch die Töne herrühren müssen, die ich die ganze Zeit höre, seit meine Ohren sich wieder geöffnet haben. Hier also lebe ich und sehe mich in meinem Zimmer um, schaue nach, ob Milena da ist. Ich sehe nur ihre russischen Bücher. Sie liegen nun wieder auf dem Kirschholztisch. Niemand ist im Zimmer. Rede ich die ganze Zeit mit mir selbst? Das Zimmer ist leer, allein ich liege darin, zusammen mit meiner aufkeimenden Erinnerung. Ja, es stimmt, ich habe mich sehr an Milena festgehalten. Wie ein Ertrinkender habe ich mich an sie gekettet, sie so sehr gebraucht. Und eines Tages, da konnte sie die neue Sprache schon viel besser als ich, ist sie, das hat sie mir immer wieder gesagt, mit jenem anderen Mann ausgegangen, dem ich später in meinen Träumen begegnet bin und den ich deshalb auf der Straße erkannt habe.

Es muss kurz vor meinem Unfall gewesen sein, jener Fügung, die mich ins Wasser zurückstieß und in dieses schweigsame Zimmer zu Agni, Amina und den anderen brachte. Ich erkannte sein Gesicht sofort, weil es mich so oft in meinen Träumen geplagt hatte. Ich weiß nicht, was sich Milena von ihm ersehnt und was sie wirklich an ihm geliebt hat. Wenn ich Wheeler nicht gehabt hätte, wäre ich damals gestorben. Wheeler war großzügig. Er hat uns Petaluma gezeigt, seine Stadt, die von Goldgräbern gegründet wurde, die aus dem Süden Europas kamen, von den kleinen Inseln und Halbinseln, die ich aus meiner Kindheit so gut kannte und die mir hier, an dieser weiten blauen Küste und in diesem freundlichen Zimmer, wieder in Erinnerung kommen. In Petaluma hat Wheeler schon immer gelebt, das hat er einmal so gesagt. Ich habe es ihm geglaubt, auch wenn man nie wissen kann, was das für einen anderen Menschen bedeuten mag. In diesem ihm so vertrauten Petaluma hat er uns oft bekocht. Fast jeden Abend gingen wir gemeinsam zu seinem Lieblingsstrand, um uns den Sonnenuntergang anzusehen. Er hielt das für die größtmögliche Rebellion unserer Zeit, der Sonne zu folgen, zu sitzen und nichts zu tun – da zu sein, wo man ist, nichts zu wollen, sich nach nichts anderem zu sehnen. Unser Trauzeuge war auf den ersten Blick nicht schüchtern. Er hatte zwar ein scheues Wesen, eine schöne warme Zurückgenommenheit, sie war aber das Gegenteil jener penetranten Beanspruchung schüchterner Menschen, die so tun, als seien sie immer und auch ohne Ansprache wunschlos glücklich. Wheelers Zurückgenommenheit war anders, sie war so etwas wie Ehrfurcht vor dem Leben und der Sprache, die ihn verschwiegen machte, leise und zart. Was auch immer Wheeler mir erzählt hat, ich habe ihm alles geglaubt. Nie hatte ich das Gefühl, dass er mir eine kleine Lüge, sei es aus Not oder aus Scham, unterschieben wollte. Ich weiß, dass man im Leben niemanden belügen kann, der nicht belogen werden will. Für mich war die Wahrheit wichtig, und Treue ist eine wichtige Form von Wahrheit. Ich meine mit Treue nicht nur körperliche Treue, es ist mehr das Erkennen einer inneren Essenz, aus der ein Mensch gemacht ist, und der daraus wachsenden Hingabe und Wachheit an sein Wesen. Wheeler log nicht, das war nie seine Absicht gewesen, aber er löste wie alle freien Menschen in Milena ein ungezähmtes Feuer aus. Ihre Rastlosigkeit machte sich schnell bemerkbar. Eines Tages, als ich von einem langen Spaziergang nach Hause kam, fühlte ich, dass sich in unseren Räumen etwas davon eingenistet hatte. Es war eine unabänderliche Sehnsucht nach etwas Neuem darin, das Milena genauso wie mir fehlte. Damals war ich überzeugt davon, dass sie an allem schuld war, dass sie allein die Verantwortung für das Neue trug, das nun wie eine Forderung zwischen uns lag, weil es sie mir in Etappen wegnahm. Jetzt sehe ich, dass das Neue weder mit ihr noch mit mir und auch nichts mit Wheeler zu tun hatte. Es blieb nur sich selbst treu, es musste sich treu bleiben. Wir haben alle drei das Schicksal persönlich genommen, wir haben gedacht, dass etwas anderes möglich sein müsste und dass wir dieses andere, das aus der Zukunft in unsere Gegenwart hereinbrach, überwinden, abändern und unseren Wünschen unterwerfen könnten. Es war unmöglich, das Neue und seine inneren vulkanischen Bewegungen zu vermeiden. Das Neue wollte etwas von uns, und wir dachten, es meine nur uns. Das Neue will von jedem etwas. Was ist dieses Etwas? Ich habe gesehen, dass das Neue die Zeit abschalten kann wie einen alten Ofen. Es hat etwas gegen Staub und Sicherheiten. Das Neue hat einen so starken Willen, dass ihn nicht einmal ein Stilwörterbuch beruhigen kann. Es verabscheut querfeldein wachsende Alternativen.

Als Milena an den Abenden fortblieb, saß ich mit Wheeler auf unserer Terrasse oder ging mit ihm in Petaluma spazieren. Schwere und Trauer hatten von mir und meinem Körper Besitz ergriffen. Ich glaubte fest daran, dass es möglich war, wieder zueinander zurückzufinden, dass es schon bald so wie früher sein würde, wie auf dem Schiff und in den ersten Jahren unserer Ehe, als wir wie Menschen ohne Herkunft lebten. Es war ein Leben ohne irgendeine Sicherheit. Wir hatten keine feste Arbeit. In jedem Schritt lag die Gewissheit, dass das Leben gut ist, dass es sich lohnt, dass man weitergehen muss, hinein in eine neue Selbstverständlichkeit. Ich fragte Milena nicht aus, ich wartete nur darauf, dass sie zu mir zurückkehrte. Abend für Abend wartete ich, dass der andere verschwand, nicht mehr mit ihr ausging, sie vergaß. Und das, obwohl ich wusste, dass niemand Milena vergessen kann, der sie einmal erlebt hat, niemand kann sie ersetzen und austauschen und einfach wieder zu einer anderen Frau gehen, zu einem anderen Leben, das ganz weit entfernt war von mir und ihr, weit entfernt von unserem Licht und unseren Petaluma-Abenden. Zwei Jahre später war es vorbei mit dem Unbekannten. Das Telefon blieb still. Sie sahen sich nicht mehr, und ich war innerlich verdorben, morsch wie ein alter Baumstamm. Dann fing die Zeit an, in der ich glaubte, mich beweisen, mich als ihr Mann in Erinnerung rufen zu müssen. Meisterhaft spielte sie das Ehespiel mit mir. Wir spielten es uns beide vor. Das Spiel hatte Regeln, und wir kannten sie, befolgten sie, lebten sie, als seien sie nun unser eigentliches Leben. Ich schlief lange Zeit schlecht und irgendwann wieder besser. Nie vergaß ich, was zwischen uns vorgefallen war. Und manchmal, wenn Milena voller Lust Hummer aß oder ein Hähnchengericht in Restaurants bestellte, in die wir mit Wheeler gingen, wurde sie mir unheimlich und fremd, fremder als damals mit dem anderen, wenn sie nach Hause kam, mit zerzaustem Haar und ohne ihre Ohrringe. Mir fiel jetzt auf, wie viel Gewalt sie aufbrachte, um in das Fleisch der Tiere beißen zu können. Sie hatte diese heftige Unbeirrbarkeit, mit der sie das Rosa des Hummers mit ihren Zähnen zerteilte, als sei im Calcium ihres Gebisses schon die Anlage dafür vorhanden, sich an solchen Zersetzungen zu bewähren. Auch Wheeler fiel das auf, weil Milena besonders weiße, auffallend kräftige Zähne hatte. Ich begann, mich vor ihrer Perfektion zu fürchten. Es ging eine grausame Kälte von ihr aus. Dann fing ich an, die anderen Fleischesser zu beobachten. Ich wollte verstehen, ob es bei ihnen auch so war, ob die gleiche Entschiedenheit in ihren Zähnen steckte wie bei Milena, sich fremdes Fleisch einzuverleiben und es in den eigenen Blutkreislauf zu bringen, den eigenen Organen zuzuführen. An mir selbst konnte ich diese Beobachtungen nicht mehr vornehmen, ich aß in unserer Ehe kein Fleisch mehr. Zuerst ließ ich das rote Fleisch weg, weil ich den Gedanken an das dunkle Tierblut nicht mehr unterdrücken konnte. Sobald ich es sah, dachte ich an das Rot des Blutes. Dann aß ich eine Weile noch weißes Fleisch, aber ließ auch das weg, weil mir eines Tages aufging, dass alle Tiere Gesichter und Augen haben. Als ich mit Milena darüber reden wollte, lachte sie nur, man könne bei einem Fisch nur an den Augen erkennen, ob er frisch sei oder nicht. Ich glaube, an jenem Tag aß sie spontan beide Fischaugen ihrer Forelle auf. Der Fisch ist frisch, sagte sie. Was sie mir damit sonst noch beweisen wollte, habe ich nie erfahren. Ich fragte nicht, sie erzählte es mir nicht, und wir sprachen nie wieder darüber. Die Rätsel und die Geschenke zwischen uns hörten auf, Rätsel und Geschenke zu sein. Sie überfiel mich nachts regelrecht mit ihrer Lust, forderte mich heraus und war jetzt diejenige, die sich nach Nähe und Wärme meines Körpers sehnte. Ich ließ mich darauf ein und machte alles, was sie von mir wollte. In mechanischer Folgsamkeit erledigte ich die Nähe wie ich früher Steuerabrechnungen abgearbeitet hatte, so kalt und so schnell, als hätte ich den Anfang unserer Unschuld und die Quelle jeder Freude für alle Zeiten vergessen. Langsam fing ich an, ihr zu gleichen. Ich merkte es anfangs nicht, dass ich von Mauern umgeben war, die sie für mich entworfen hatte. Nun baute ich sie selbst auf, graue feste Mauern, mit meinen Knien tief in ihrem Vermächtnis. Sumpfige Not der Lust. Sie rettete uns nicht. Wir hielten uns aneinander fest. Liebe ist das Gegenteil davon. Wenn wir uns hätten lassen können, wäre uns eine Rettung möglich gewesen. So aber hatten wir uns nur tot gestellt. Wir spielten das Spiel der erwachsenen Liebenden, waren aber sicher vor allen Zugriffen des Lebens. Schrecklich kalt ist es, alles zu haben und auf das Gewähren der Nacht, auf den erlösenden Schlaf zu warten. Solche Erlösung ist wie ein umgekehrtes Lampenfieber, ein Auf-der-Stelle-Treten und Erstarren im polierten Marmor, während andere Menschen Wege der Anerkennung gehen.

Vor dem Fenster steht das einzige Beweisstück meiner Vergangenheit, die auch Milenas Vergangenheit ist. Der Kirschholztisch atmet. Ich kann es genau sehen. Auch er braucht diese neue Luft des Sommers, die mir hilft, meine Lungen in Bewegung zu halten. Ich denke nach, versuche, meine Erinnerung hervorzulocken, sie anzuwerfen wie einen Scheinwerfer, der mir die Welt vollständig zeigt, die einst mein Leben war. Milena hat aber nie einen Kirschholztisch besessen. Die Erinnerung streut sich selbsttätig aus. Sie braucht mich nicht, sie will meine Hilfe nicht. Ich sehe zum Kirschholztisch. Diesen Tisch kenne ich. Von Tag zu Tag beruhigt es mich mehr, diesem Holzleuchten in meinem Zimmer ausgeliefert zu sein, ohne es genau verorten zu können. Meine Stimme will mir noch nicht beim Denken helfen. Ich kann nichts erfragen, nichts in Erfahrung bringen, nur nehmen, was sich mir selbsttätig gibt. Wie lange werde ich brauchen, um meine Vollständigkeit zu erlangen? Wann werden die vier Winde von den vier Enden des Himmels in mir ankommen und mich mit dem Leben verknüpfen, das ich von Anfang an bin? Ich lasse alle geschnitzten Bilder los. Der Tisch funkt seine Anwesenheit in die Luft. Ich nehme kleine Schwingkreise wahr, Filterungen in meinem Geist, die gekoppelt sind an die Jahre des Wachstums, an die Ringe des Baumes, in denen die Jahreszeiten gespeichert sind und die Geräusche, die Laute, das Singen jener Menschen und Generationen, die ihm beim Größerwerden zugesehen haben. Auch Bäume sind mit einem Ahnengedächtnis verbunden und unten in der Erde, wo das Wasser alles segnet und kennt, wirken sie im Unsichtbaren. Die Holznachrichten strömen aus diesem großen Wasser in mein Bewusstsein hinein, ich sehe, dass der Tisch wirklich da ist, beweisbare Materie, nicht nur für mich, es gibt ihn auch für die anderen. Aber das ist nur die eine Hälfte seiner Wahrheit, die andere Hälfte bleibt unbeweisbar. Sein Geheimnis wird mich noch finden und mir seine Herkunft erzählen. Das begreife ich, da ich nicht mehr auf der Flucht vor seiner Sprache bin.

Wie Flügelwesen schweben die Buchstaben in meine singbaren Träume und sondieren die Himmelsrichtungen in meinem Kopf. Ich sehe das Wasser, das allem zugrunde liegt. Und Lampen sehe ich, die gezündet worden sind, Zahlen, die gesprochen werden müssen. Das Denken reicht nicht an sie heran. Selbsttätiges Kristall-Licht, reife Früchte, rotierende Gedächtnisse. Ich bitte euch, Wolken, öffnet mir eure inneren Farben, eure Wirksamkeit soll von nun an auch die meine sein. Ich bin bereit vorüberzugehen. In der Wunde aufzuwachen. Das Licht anzuzünden. Die Zahlen zu sein, die man mir an die Hand gegeben hat. Ich bin bereit zu springen. Die Mauern des Zimmers sind fest und eindeutig. Und meine Füße sind noch unkundig, wissen nichts von Zahlen. Wie kann ich den sich ausrollenden Rest aufhalten? Darf ich das? Kann meine Vorstellungskraft helfen? Es ist mir nicht recht, dass die Vergangenheit so selbsttätig und unkontrollierbar ausbricht, dass es sie überhaupt gibt, dass sie noch ein Mitspracherecht hat und mein neues Leben an sich zu reißen droht. Dabei lag ich Monate mitten im undeutbaren Nichts, ich hätte alles sein können, eine Dohle, ein Käfer, ein Schmetterling in meiner privaten kleinen Milchstraße, die mich unterrichtete und mit allem in Verbindung hielt. Und nicht allein die Zeit, nicht die Liebe der Menschen, nicht die Elemente der Erde kamen zu mir hin, sondern das Ganze war da, die Überschreibungen, die Wirkungen, der singende Seegang. Nicht einmal der Wärmetod unseres Planeten konnte mich schrecken. Ich fand es schön, im Nichts zu liegen und zu erwachen ohne Zeit und Not. Mich mit den inneren Augen vorzutasten. Ob ich Milena oder ob Milena mich gefunden hat? Und wo genau befinde ich mich, in welchem Land, in welcher Sprache, in welchem Jahrtausend?

Ich weiß jetzt, dass ich damals kurz nach der Sache mit den Fischaugen nach Europa gereist bin und meine Eltern besucht habe. Meine Schwestern lebten nicht mehr. Vater und Mutter erzählten mir von Shakespeare-Experten, die sich auf den umliegenden Hügeln versammelt und die Leute unten in der Stadt beschossen hatten. Ich sah auf die Berge. Und die Berge sahen unschuldig zurück. Nichts war mehr beweisbar. Nur meine Schwestern fehlten. Die Lücke sprach von ihnen. Mehr konnte ich nicht sehen, auch nicht erkennen, welche Pässe die einen, welche die anderen hatten und woher die Waffen kamen. Einige Menschen hatten keinen Schatten. Sie hatten ihn an jene verkauft, die sich zu den Guten zählten. Es hieß, der Schatten stille aus den Handelszimmern fern von ihnen lebender Kaufleute seinen Hunger und schieße weiter um sich, weil man ihn zwar veräußern, aber nicht in der Welt löschen kann. Irgendwann muss der Schatten wohl ohnmächtig vor Hunger geworden sein. Und der Krieg zwischen den Menschen war ein Krieg zwischen dem Hunger tausender Schatten. Trotz Granaten sind meine Eltern jeden Tag zu den Gräbern meiner Geschwister gegangen. Das Blut der Menschen und das Blut der Tiere. Nur in Kriegen vermischen sie sich im Erdreich, ohne dass wir einzeln jemals dafür zur Rechenschaft gezogen werden.

Meine Eltern weinten, als wir uns voneinander verabschiedeten. Diese unerträglichen Tränen. Ich machte mich auf den Weg zu einem Kongress. Nadushka, die mein Auge sofort bemerkte, war dort. Ich sah sie als Erste, sofort sah ich ihre Augen, den Hunger dieser liebenden Augen. Sie stand zwischen den anderen Kongressteilnehmern und hielt einen Apfel in der Hand. In diesem Augenblick, in dem ich mich unbeobachtet wähnte, drehte sie sich um, biss in den Apfel, kam auf mich zu, und sagte, ich weiß, wer Sie sind, ich habe alle Ihre Arbeiten gelesen. Wir lachten, und ich behauptete, ein glücklich verheirateter Mann zu sein. I am a happily married man. Ich höre mich noch heute diese Lüge aussprechen, die das ganze Unglück mit sich brachte, das später zwischen ihr und mir wie eine Krankheit ausbrach. Ich hatte Angst vor ihr. Angst vor dem, was meine Sehnsucht und das Neue mir bringen würden. Angst davor, in die Hoffnung einzutreten und geliebt zu werden. Hatte die Liebe nicht all meinen Glauben an das Gute zerstört? War es nicht die Liebe, die den Hass auf den anderen Mann in mir säte? Sodass ich ihm in Gedanken verfiel, mich nur noch auf das Warten und sein Verschwinden konzentrieren konnte. Als der Mann fortging, blieb ich mit meinem Hass allein. Der Hass ist seine eigene Gleichung. Die Liebe stand als Hoffnung vor mir, Nadushka aß ihren Apfel zu Ende, und ohne Scham hatte ich in einem Nebensatz behaupten können, a happily married man zu sein. Das Zimmer, in dem ich hier liege, hätte auch jedem anderen zugewiesen worden sein können. Nur der Kirschholztisch verweist auf eine erzählbare Geschichte, der ich langsam Glauben schenke. Ich sehe, dass alle Geschichten auf diese Art entstehen. Ob sie auch eine Lebensgeschichte ist, lässt sich an nichts festmachen. Noch immer weiß ich nicht so genau, ob ich als verheirateter oder als geschiedener Mann einen Unfall hatte. Ich weiß auch nicht, ob Milena Wheeler Bescheid gesagt hat, ob er in der Nähe dieses Gebäudes lebt, ob wir uns noch auf demselben Kontinent befinden und ob ich ihn jemals wiedersehen werde.

Mir ist seit langer Zeit kein Blut mehr abgenommen worden. Ich kann nun meine Hände und Arme bewegen. Die Schläuche von den Infusionen kann ich jetzt zur Seite schieben, wenn sie zu schwer aufliegen. Agni kommt jeden Tag mit ihrer Büchertasche vorbei, in der sie auch ihr Baguette transportiert. So wie es aussieht, hat der französische Bäcker hier alle von seinem Weizen abhängig gemacht. Der Geruch des frischen Brotes macht mich ganz ruhig und lässt mich an meine Studentenzeit in Paris zurückdenken. Ich hatte nicht viel Geld, dennoch kaufte ich das Baguette beim besten Bäcker in meinem Viertel. So lernte ich meine Nachbarn kennen, und mit einigen von ihnen freundete ich mich an. Agni unterbricht meinen Gedankengang und sagt, dass ich Übungen mit meinen Zehen und Fingerkuppen machen muss. Sie fordert mich auf, mit ihnen zu wackeln und sie in alle möglichen Richtungen zu bewegen. Das mache ich folgsam einige Wochen. Irgendwann kann ich meinen Rücken gut spüren, die Wirbelsäule, wie sie eingebaut ist in meinen zerbrechlichen Körper. Ich stütze mich ab, mit ganzer Kraft, so gut ich kann, richte ich die Wirbelsäule wie eine Leiter auf. Früher, auf dem Dorf in den Sommerferien, hatte ich die Holzleiter meiner Großmutter sehr oft aufgestellt, um ihr aus der Vorratskammer Kartoffeln herunterzuholen. So richte ich jetzt meine Wirbelsäule auf, wie die alte Leiter ziehe ich mit beiden Händen meine Beine hoch, halte meine Knie fest, und sehe auf den Holztisch. Die russischen Bücher liegen dort. Ich sehne mich nach dem Augenblick, in dem ich wieder gehen kann. Die Bücher möchte ich anfassen, an dem Papier riechen, die ersten Sätze lesen und sehen, in welcher Übersetzung sie dort liegen, in welchem Jahr sie erschienen sind. Meine Blutwerte scheinen alle zufriedenzustellen. Ich weiß nicht genau, wie gut sie sind und ob meine Genesung von Dauer, ob mein Zustand stabil ist. Ich fange an zu hoffen, dass mich niemand belügt, dass man mir die Wahrheit sagt, wenn es einmal wichtig wird. Immer mehr begreife ich die Gewalt der Lüge. Ihre Grobheit und Vernichtungskraft zwischen den Menschen. Und im Inneren eines jeden Einzelnen. Ich frage mich, ob auch nur ein Mensch all die guten Dinge lebt, an die er glaubt. Und wenn nicht, wie können wir jemals unzweideutig und würdig vor dem Leben sein. Ich sehe auch zum ersten Mal, dass die Liebe nicht nur ein Geschenk, sondern eine Aufgabe ist, zu einem Leben ohne die Lüge vorzudringen und durch das Wir einen

Ewigkeitspfad in der Zeit zu schlagen. Die Lüge ist ein Krieg zwischen den Liebenden, so, wie es die Wiederholung auch ist, ein langsam stattfindender Erstickungskrieg, den keiner gewinnen kann. Am Anfang jeder Liebe ist alles neu, unverwechselbar, jede Geste, jeder Weg, den man gemeinsam geht. Dann kündigen sich langsam die Wiederholungen an, die Gesten, die Wege, jeder glaubt nun, den anderen zu erkennen, zu wissen, wer er ist. Die Festlegungen arbeiten heimlich an einer Chronik der Langeweile. Das Sterben beginnt, wenn die Paare glauben, einander zu kennen und einander das Leben vorspielen, es nachmachen, es aus dem Blickwinkel des anderen denken. Was vorher reine Lebendigkeit war, wird Bringschuld. Nadushka war überzeugt davon, dass das wahre Wir ein Ganzes wird, irgendwann verschmolzen, ein Ort im Raum, ein Gedanke in der Zeit, dem nichts fehlt, der nichts trennt, dem solche Wiederholungen nicht unterlaufen können. Nur musste man es schaffen, jenseits der Routine zu leben, jeder, der von ihr verschluckt würde, wäre nicht mehr fähig zu verschmelzen. Man darf sich nicht durch das Denken schützen, sagte sie, das Denken selbst muss denken. Ich wusste, dass sie mir den glücklich verheirateten Mann nicht abgenommen, dass sie mir kein Wort geglaubt hatte. Aber auch sie verfiel der Angst. Ich wollte sie ausziehen, ihren Körper spüren, ihre Wärme, ihre Haut, und ich tat es in der Verschmelzung, aber auch im Gift der Beweisführung. So viele Jahre war ich nicht mehr aufrichtig geliebt worden und hatte auch selbst nicht aufrichtig geliebt. Jetzt wollte ich wissen, ob es stimmte, ob sie wirklich alles meinte, was sie sagte, ob sie jener Mensch war, der all die guten Dinge lebte, an die er glaubte. Ich sehnte mich nach dieser Wahrheit, hoffte, dass es möglich war, ihr auch im Körper treu zu bleiben, dass es also einen wahren Körper gab, ohne Spannungen und Gier, einen Körper, der die Liebe nicht verschluckte, um sich satt zu essen am Leben des anderen, einen großzügigen, wachen Körper, der um sich wusste, um den Punkt, der ihn zusammenhielt und mit all den anderen in Verbindung brachte. Ein solcher Körper war angeordnet wie ein harmonisches Gemälde, an dem alles stimmte, weil es die Wahrheit lebte und ausstrahlte und nicht deshalb, weil es sich in der Schönheit versteckte, sondern diese Schönheit war und sie zeitgleich abbildete.

Im Zimmer ist es ruhig. Amina erwartet ein Kind. Ihr Körper verändert sich sehr schnell. Ihre Schwangerschaft ist jetzt von weitem sichtbar. Snegi habe ich lange nicht mehr gesehen, seit dem Anfang des Sommers ist er nicht mehr hier gewesen. Ich beginne mir schon Gedanken zu machen und hoffe, dass alles zwischen den beiden in Ordnung ist. Amina wäscht mir lächelnd die Füße und berichtet von zwei großen Kisten, die unten im Erdgeschoss für mich deponiert wurden. Was ist in ihnen drin? Alte Habseligkeiten, unnötige Dinge von früher, nehme ich an, die ich für lebenswichtig gehalten habe. Jetzt bin ich schon so lange ohne Besitz, außer meiner anflutenden Erinnerung ist von früher nichts in diesem Zimmer gestrandet. Wo auch immer mein früherer Besitz sich befindet, nichts von ihm konnte mein Leben retten, meinen Atem erhalten, meine Lunge zur Weiterarbeit zwingen. Ich lebe aus dem Leben heraus, als Teil von ihm und nicht als Teil der Welt. Nur die vergänglichen Dinge sehe ich mit meinen Augen. Das eigene Selbst wird nicht geboren und stirbt nicht. Wie die Schneeflocken von neulich, die noch im Frühsommer vom Himmel fielen, ist das Selbst seine eigene Bewegung. Nur in der Liebe bekomme ich sie geschenkt. Die Liebe ist ein Akt der Gnade, jener Gnade, die ich von mir gestoßen, aus mir fortgeworfen habe. Ich habe die Möglichkeiten meines Willens für sehr groß gehalten. Dabei ist alles so klein in ihm, jede Wolke, jedes vom Baum abfallende Blatt kann mehr ausrichten als mein Wille. Ich weiß nicht mehr, wie es dazu kam, dass ich Nadushka verloren habe. Habe ich sie weggeschickt? Die Sonne scheint durch mein Fenster. Der Himmel ist blau. Ich höre, dass die Vögel nicht nur singen, sie besprechen sich. Ohne Bäume werden sie keine Landeplätze, keinen Lebensort haben. Habe ich mich getäuscht? Sind unten am See keine Bäume? Die Vögel brauchen die Bäume, wie die Liebe die Menschen braucht. Es kann sie ohne einander nicht geben. Wie sieht nur die Welt unten auf der Erde aus? Wo ein See ist, gibt es oft Bäume. Es muss noch Bäume geben. Eine Welt ohne Bäume wäre schrecklich. Ich möchte sie ohne Bäume nicht denken. Nadushka habe ich zum ersten Mal unter einer Linde geküsst und ihr dann meine Liebe gestanden. Und jetzt ist es lange nicht mehr Juni, die Linden haben schon geblüht. Mein Leben ist verändert worden. Früher war mein Leben mein Körper. Jetzt erweckt mich der andere Atem. Ein Singspiel. Ich schlafe auch nachts wieder, ohne ständig alle Schichtungen der Wirklichkeit zu bereisen. Mein Bewusstsein ruht sich ein wenig aus in der Nacht und sortiert alle meine Erkenntnisse. Neulich habe ich sogar wieder geträumt. In meinem ersten Traum habe ich viel erlebt. Eine Frau ist dort zu sehen. In einem langen Leinenkleid kommt sie auf mich zu. Ich denke schon daran, dass es meine schöne Nadushka ist. Die in Leinen Gekleidete hat eine Waage dabei. Das sagt mir, dass es ein anderes Wesen sein muss. Außerdem liegt ernste Strenge in der Luft. Und tatsächlich stellt die Frau sich als meine unsichtbare Mutter vor, die alles über mich weiß, aber darauf wartet, dass ich es ihr selbst erzähle. Das erfordert einiges Nachdenken bei mir, weil sie auch verlangt, dass ich alle meine Erzählungen einzeln auf die Waage legen soll, um später einen genaueren Blick auf mich selbst gewinnen zu können.

Ich denke an die Tapisserie, an ihre geheimnisvolle Vielschichtigkeit und füge mich ihrer Forderung. Da ich keine Gegenstände mit mir trage, lege ich gehorsam Wörter und Sätze von früher und von heute auf die Waage. Ich beginne, mich für die Gegenwart zu öffnen. Kurz vor dem Ende meines Traumes sehe ich viel Licht. Es kommt von einem Baum, der in der Nacht aufleuchtet. Alles in ihm und seine ganze Krone blitzt und schimmert schön ins Dunkle. Er löst seine Wurzeln aus dem Erdreich und steigt nach oben. In mir verkrampft sich das Leben. Meine Füße versuchen, sich zu rühren, sich auf dem Boden zu halten, sich mit der Erde zu verbrüdern. Ich will nicht sterben, denke ich noch. Es hilft nichts. Ich werde im Traum mit allen Wurzeln ausgerissen. Es ist ein fruchtbarer Schmerz, der durch meine Glieder fährt. Der Baum stößt sich ab, jetzt schwebt er in die Höhe. In der Luft kann er besser leben. Das Erwachen lässt auf sich warten. Jemand sagt am Morgen, der Schlaf sei nun einmal nichts und niemandem verpflichtet, auch werde er niemals patriotisch sein, wie sehr wir es auch wünschen, dass er etwas oder jemandem zu Diensten steht. In letzter Sekunde nehme ich noch wahr, dass die Krone des Baumes nicht nur den Wurzeln gleicht, sondern genau das ist, ein eigenes gespiegeltes Erdreich, an das ich mich nun klammere. An den Bäumen hängen Lappen, auf denen Botschaften für mich stehen. Ich begreife, dass diese Fetzen mein Leben sind. Und dass ich nur überdauern werde, wenn ich verstehe, warum unten und oben das Gleiche ergeben.

HERBST

Beim Aufwachen sehe ich als Erstes Snegi. Er ist wieder da und trägt etwas in mein Zimmer herein, das ich zuerst für eine riesige Waage halte. Es ist aber gar keine Waage. Er lächelt und stellt das große Holzding wie eine wichtige und von weit hergeholte Gabe an mein Bett, damit ich sie mir ansehen kann. Erst langsam erkenne ich, dass es sich um eine fein gearbeitete Holzkiste handelt. Er stellt sie ans Fenster, direkt neben den Kirschholztisch. Da sind Briefe für dich drin, sagt Snegi. Noch immer lächelt er. Ich sehe in ihm schon den zukünftigen starken Vater und Ehemann. Amina hat mir erzählt, dass sie ein Mädchen erwarten. Sie wollen sie Rosa nennen, Rosa-Maria oder Rosa-Anna. Ich finde Rosa für sich und allein schön. Das würde ich Snegi gern sagen. Irgendwann werde ich erfahren, wie sie sich entschieden haben.

Die Briefe scheinen über einen längeren Zeitraum für mich gelagert worden zu sein. Meine Finger kribbeln. Ich spiele Luftklavier mit ihnen. Kann ich noch lesen? Bisher scheinen sie hier davon ausgegangen zu sein, dass ich die Briefe nicht verstehen kann. Meine Gedanken gehen zum weißen Stein, den die Heilige Frau mir gegeben hat. Ich weiß immer noch nicht, was auf ihm steht. Aber auch er will gelesen werden. Ich will versuchen, ihn zu greifen. Sobald ich mich ganz zur Seite drehen kann, möchte ich ihn mir genau ansehen. Der Stein leuchtet weiß, ist voller

Furchen und kleiner Verästelungen, fast das Abbild meiner Fingerkuppen. Tag um Tag schaffe ich es ein bisschen besser, meinen Kopf zur Seite zu drehen und den Stein anzusehen. Ich betrachte ihn lange. Er beruhigt mich, und ich weiß, dass ich ihn eines Tages in meiner Hand halten und auf meiner Haut spüren werde. Seine Einkerbungen werden mit meinen Handlinien in Berührung treten, mit meiner Wärme sprechen und ihr von seinem Ursprung, vom weißen Leben erzählen. Ich versuche nun, meinen Kopf vollständig zur Seite zu drehen. Es dauert sehr lange, bis es mir ganz gelingt, meistens vergeht dabei der ganze Vormittag. Heute ist es mir zum ersten Mal etwas schneller geglückt, in die Vollständigkeit der Bewegung zu treten. Ich habe bemerkt, dass viel Luft zur Seite weichen muss, dass ich sie regelrecht mit meinem Körper wegdrücke, weil mir die Drehung noch nicht als etwas Natürliches gelingt. Es fühlt sich an, als würden meine Halsmuskeln zuerst mit meinen Schultern sprechen müssen, sie auffordern, endlich aus dem Schlaf zu erwachen, es meinen Zehen und Fingern gleichzutun, der Schwere zu entsagen und dem Körper sein Denken zurückzugeben. Der Stein leuchtet. Mein sprachloser Zeuge. Er kennt mich. Ich aber bin mir ein Fremder unter seinen eigensinnigen Augen. Ein Strom vibrierender Erkenntnis huscht mir bei der Betrachtung des Steines durch den ganzen Körper, der aus seinem dichten Traum zu erwachen scheint, so, wie ich früher aus meinen sattelfesten nächtlichen Bildern aufgewacht bin und lange dem Geträumten nachgesinnt habe, bis langsam, nach zwei, drei Wiederholungen, die Botschaft in meinen Erinnerungsraum trat. Das waren Träume, in denen ich Dinge erkannte, die ich nie zuvor gesehen habe. Dinge, die von einem anderen, zeitgleich verlaufenden Leben sprachen, das fest zu meinem eigenen gehörte. Die andere Seite beschriftete mich, sprach mir zu, bis ich meiner selbst gewahr wurde. Zwei sich im Unendlichen berührende Geraden, die mich brauchten, weil ich ihr Zentralgestirn war und noch bin, nun aber der andere geworden bin, der mir einst der Fremde war. Jetzt hatte sich der rote Mond der Träume vom kalten Schnee befreit, und der Schnee war mein geschmolzenes Leben. Nur das Wasser bleibt. Nur Wasser kann bestehen.

Der Wind ist heute sehr laut. Wenn ich die Wipfel der Bäume sehen könnte, ihre tanzenden Wipfel, würde ich sie erkennen? Würde ich wissen, dass es Birken sind, die in der Bewegung zu sich kommen? In der bloßen Vorstellung arbeiten sie meinem eigenen Menschenhimmel entgegen. Die Natur rangiert die überschüssige Sehnsucht aus und macht aus Wolken Bücher und Schützlinge. Hier oben im dreizehnten Stockwerk ist alles Frage und Offenbarung in einem. Ich habe keine Wahl, ich muss sie beide ineinander denken, sie als Einheit wahrnehmen, um selbst in die Einheit streben zu können. Mir ist bewusst, dass ich sonst nie in meinen Körper zurückkehren kann. Er ist nicht nur eine Hülle aus meiner Vergangenheit. Damals konnte ich alles von ihm verlangen. Ich war ein guter Schwimmer, ein Wanderer, ein Fußgänger. Jetzt bin ich das Auge, das auf diesen Körper sieht und weiß, dass nichts in der Welt den Körper gehorsam machen, dass kein Wille ihm etwas abverlangen kann und dass er stetig an der Wahrheit arbeitet, die er darstellt und lebt. Es gelingt uns allen nur eine Zeit lang, den

Körper zu disziplinieren. Aber selbst seine sichtbarste Oberfläche wird vom roten Mond angetrieben, vom roten, roten Punkt befreundet, der niemals schläft, der Schlaf und Zeit und Glück und Unglück nicht kennt. Der Punkt ist ruhig und unbeweglich. Er will nicht die Welt erobern, weil er weiß, dass das immer misslingt. Er will nichts festhalten, weil er weiß, dass er sonst alles verliert. Er weiß vom Zusehr, vom Zuviel, vom Zugroß, und will nichts steuern, um das Zuwenig, Zuklein zu vermeiden. Der Punkt will nichts haben und nichts umschiffen. Er hat sich umverteilt und sieht uns zu, wie wir Menschenherrscher und Weltherrscher werden, Baumherrscher und Tierherrscher und Meeresherrscher. Alle Herrscher haben Angst. Der Punkt weiß alles, nur kann er nichts sagen, nichts übermitteln, uns an nichts erinnern und uns zu nichts zwingen. Wir selbst haben vergessen, dass unsere im Kampf errungenen Siege Anlass für Trauerfeiern bieten. Alle Dinge verdanken dem Punkt ihr Dasein. Der zur Erkenntnis Berufene wird ihm ähnlich und muss schweigen, zum Anfang zurückkehren, der die Mutter ist, Mutter der Welt, Mutter der Gobelins und der Liebe, Mutter der Ohren und der Zellen, Mutter der Elektrizität und Venen, Mutter der Birken und der Eschen, Mutter der Baumwolle und des Feuers, Mutter der Gedichte und Mutter der Schneeflocken, Mutter der Wolken und der Ozeane, Mutter der Nacht und der Sterne, Mutter der Wärme und des Todes, Mutter der Berge und des Grases, Mutter der Tränen und der Löwen, Mutter der Dämonen und der Waffen, Mutter der Sonne und des Krieges, Mutter des Zorns und des Schutzes. Mutter des Schreckens und der Uhren, Mutter des Unglücks und der Sehnsucht, Mutter der Erde und des Himmels. Sie redet nicht. Der Punkt redet nicht. Er liegt im roten Mond versteckt und hat keine Wünsche. Auch der weiße Stein äußert kein Verlangen. Er ist mir gegeben worden und fördert in mir die Erinnerung an allerkleinste Bewegungen. Meine Nieren sind überprüft worden. Die Untersuchungsergebnisse, teilt mir Agni mit, sind sehr gut, niemand kann sie mir stehlen. Sie sind an ihrem Platz, und dort sind sie richtig. Meine Nieren, an denen ich erforscht worden bin, passen nur mir, nur jenem anderen aus meinen alten Träumen, der ich jetzt bin.

In der linken Niere spüre ich seit einiger Zeit ein heftiges Ziehen. Früher hätte ich es Schmerz genannt, jetzt kommt es mir vor wie ein Gewitter, das meinen Blick zum Himmel lenkt, meinen Blick schult, meine Iris einweist in tiefere Farben. Agni lässt mir das Zertifikat da, auf dem der Gesundungsvorgang beider Nieren festgehalten ist. Ich kann noch nicht sprechen. Dafür erfahre ich, dass ich wieder weinen kann. Mir kommen die Tränen, als Agni mir überraschend und noch vor Amina ihren Abschied ankündigt. Sie hat eine andere Aufgabe übernommen, in einer anderen Stadt, sagt sie, in einer anderen Sprache. Groß an Treue ist sie und hat auch am Tag des Abschieds ihre Büchertasche dabei. Meine Tränen weinen um sie, während sie mir die letzten Zeilen vorliest: Lerne zu leben. Im Mosaik. Nimm ein den Platz. Frieren sollst du nicht im Stein erzählter Geschichten. Dein Platz ist die Bewegung, die dich sieht. Nun ist sie fort. Es ist ein Abschied für immer. Dafür kommt jetzt Amina öfter. Und Snegi, der aufgeregter als sie ist, bringt fast jedes Mal neue Helfer mit, die mich auf die Trage legen, die Bettwäsche wechseln und meinen Körper waschen. Amina massiert meine Füße und Arme, meine Waden und meine Brust. Die Heilige Frau kommt kaum noch vorbei. Nach dem Abschied von Agni frage ich mich, ob ich sie überhaupt jemals wiedersehen werde. Amina wird bald Mutter. Ihr runder Bauch ist unüberfühlbar und teilt die Luft im Zimmer in eine andere Frequenz ein. Sie hat ständig wohlriechende Cremeschnitten in der Hand, die sie am Fenster genüsslich verputzt. Manchmal umarmt Snegi sie, während sie auf die Erde hinuntersehen. Es ist ein heißer Herbst, geradezu hochsommerliche Temperaturen. Die Vögel fliegen fast ins Zimmer hinein, immer in der Hoffnung, etwas von Aminas Cremeschnitten abzukriegen. Sie sieht nichts mehr vor lauter Hunger. Das Fenster ist nun geöffnet, auch nachts, damit ich viel frische Luft im Zimmer habe. Und das ist schön, so bin ich den Sternen näher. Der dunkle Nachthimmel ist unermesslich. Ich kann ihn gut beobachten, wohne ja fast in ihm, wie Snegi es neulich sagte. Er hat mir ein großes weiches Kissen unter den Kopf gelegt. Ich kann gut in die Weite der Nacht hinaussehen. Ich fürchte mich nicht vor ihr. Draußen ist es still, keine einzige Menschenstimme ist zu hören. Die Bilder vom großen Gewitter haben sich so in mich eingebrannt, dass ich glaube, Blitze in meinen eigenen Gefäßen zu spüren. Ich sehe das Gewitter nicht, aber meine linke Seite spricht mit ihm und fühlt sich heiß an. Die rechte folgt ihr nach. In meiner Wirbelsäule saugt sich eine Luftspirale hinauf, und eine ganze Weile zucken daraufhin meine Füße, meine Hände und zuletzt mein Kopf, so, als würden Luftmassen, die sich eigens dafür formiert haben, an ihnen rütteln, dunkle starke Hände, die mich aus meiner Starre befreien. Der Schmerz, der dabei entsteht, ist kaum auszuhalten. Ich kann ohne Stimme niemanden rufen. Es ist Nacht, sie prüft mich, sie zerrt an mir. Auch im Gebäude, das mich beherbergt, ist niemand zu hören. Bin ich hier ganz allein? Ist außer mir überhaupt noch jemand in diesem Haus untergebracht? Ich kann nicht gehen, kann nicht nachsehen – und was würde es an meiner Nacht, an diesen dunklen starken Händen ändern, wenn ich wüsste, dass hier noch andere Menschen leben? Worauf kann ich noch warten? Kann ich nicht sofort lieben? Wen? Alle. Und alles. Das Wasser unserer Träume. Die Quelle der Farben. Das Leben. Ich weiß, dass nichts besser und notwendiger ist als die Liebe. Wen soll ich hier nur lieben, wie, wenn niemand da ist, den ich ansehen, anstaunen kann? Was würde ich jetzt für einen einzigen Menschen geben, der mich besucht, der mir das Glück seiner Gegenwart, seines Lächelns, seiner Augen schenkt.

Mein Herz klopft mit einer solchen Lautstärke, dass ich Angst bekomme, es könnte über sich hinausklopfen. Sich zu Ende klopfen. Mir nie wieder gehören können. Weil es jetzt zu laut und zu schnell und zu hastig arbeitet. Dabei muss kein Herz irgendetwas nachholen, überholen, heranholen. Alles ist ihm gegeben. Nur das Maß muss es selbst finden. Dieser wilde Tanz meines Herzens hält mich die ganze Nacht wach. Und die Nacht, die mein Leben ist, ruht sich endlich in den frühen Morgenstunden etwas aus. Ich bin froh, dass mir niemand Medikamente gegeben hat. So weiß ich, dass mein Körper alleine arbeitet, dass er reisen kann, dass er dem Schmerz und dem Gewitter gleichermaßen gewachsen ist. Und auch die Visite ist am nächsten

Vormittag sehr zufrieden mit mir. Die Geräte haben alles aufgezeichnet, und ich darf Besuch empfangen.

Amina trägt nun ganz weite Kleider. Ich erfühle gar keine Einzelperson mehr in der Luft. Ihre Rundheit macht aus ihr eine kleine Erde, in der ein neuer Mensch wächst. Snegi und die Pfleger bringen mir die Holzkiste an mein Bett. Ich übe jeden Tag, und bald gelingt es mir, den Stein von meinem Nachttisch zu berühren und ihn in meiner Hand zu halten. Die Heilige Frau taucht in diesem Augenblick beflissen in der Tür auf. Es folgen ihr zwei weitere Gestalten. Eine davon ist Milena, in ihrem Arm ein kleiner Junge. Es ist nicht mein Sohn. Das spüre ich sofort. Jetzt verstehe ich ihr Geheimnis, das, was sie mir und meinem Namen unterschieben wollte. Milena sagt mir, dass sie neu geheiratet habe, dass das ihr Kind sei und sie bald gemeinsam das Land verlassen werden. Sie hat Wheeler von meinem Zustand erzählt. Er ist benachrichtigt, sagt sie, ich denke, er wird bald kommen und dich besuchen. Wann nur hat sie den Jungen zur Welt gebracht? Sie will mir nichts zu ihm sagen, schon gar nicht den genauen Zeitpunkt nennen, mich nicht rechnen lassen, damit ich nicht alles begreife, nicht dahinterkomme, wie es wirklich war, damals, als wir miteinander lebten. Ich fühle eindeutig, dass der Junge so alt ist wie meine Liebe zu Nadushka. So sinnlos also war meine Rückkehr zu Milena. Ich kann es nicht beweisen. Niemand kann einem anderen Menschen irgendetwas beweisen. Nur sehen kann jeder, dass alles ersetzbar ist, wenn die Menschen beginnen, sich zu belügen. Beweise sind nur Beweise einer einzigen kleinen Wahrheit. Es gibt hundert Wahrheiten und tausend Unterwahrheiten. Und wenn es diese unendlich ins Weite ausfächernden Wahrheiten gibt, dann gibt es nur die Verselbstständigungen der Wahrheit. Ich ahne, wie es für mich, für mich ganz allein ist. Es ist wie in meinem Traum, ein Vortasten im großen Gebäude, ein Hinein- und Hinabgehen, ein Hinaufreisen in meinem Wendetraum. Unten in der Erde ist es dunkel und kühl. Die Wirkungen der Feuchtigkeit machen mich staunen. Der Baum hat dort unten einen Thron. Er zeigt ihn nicht gerne. Oben in der Krone ist es hell und unendlich still und die Blätter bestehen aus immerfort nachwachsenden Zahlen. Die Augen machen sich auf die Reise. Sieht man von oben hinab, erkennt man, dass auch die Steine nicht schlafen. Wheeler liebt die großen Mammutbäume. Dort trifft er sich mit einem blauen Vogel. Es ist ein Diademhäher. Die Farbe ist eine Sprache. Und der Vogel weist ihm durch seinen Gesang den Weg von Baum zu Baum. So weiß er, welche Bäume Brüder sind und welche bald gefällt werden müssen. Falls Wheeler jemals hierherkommt und mich wirklich besucht, werde ich ihn nach dem blauen Vogel fragen. Wheeler ist mein Freund. Und gerade er muss mir alles erzählen, mich teilhaben lassen an dem, was noch bis vor kurzem die andere Seite meiner eigenen Lebensgeschichte war. Wenn ihn der Baum nicht in einen Vogel verwandelt hat und er noch ein Mensch ist, wie ich wieder ein Mensch bin, dann wird er ganz sicher herkommen und mich abholen.

Milena küsst mich auf die Stirn und lässt mir die russischen Bücher da. Du hast sie immer sehr geliebt, sagt sie, ich will sie dir nicht wegnehmen. Weißt du noch, fragt sie, wie wir diesen Schluss geliebt haben? »In der ersten

Zeit ihres Glücks, in manchen Augenblicken, waren beide versucht, diese sieben Jahre für sieben Tage zu halten. Er dachte sogar manchmal noch daran, dass dieses neue Leben ihm nicht umsonst zufallen würde, dass er es noch teuer erkaufen, mit einer künftigen großen Tat werde bezahlen müssen… Aber hier beginnt eine neue Geschichte, die Geschichte der allmählichen Erneuerung eines Menschen…« Sie klappt das Buch zu. In meinem Inneren weiß ich, wie der Text weitergeht, weiß, dass der allmähliche Übergang aus einer Welt in die andere das ist, was ich selbst in diesem Gebäude erlebe. Es ist die Entdeckung einer neuen, bisher ungekannten Wirklichkeit. Und ich hätte nie von ihr erfahren, wenn Milena mich nicht zuerst geliebt und dann verraten hätte. Sie liest mir noch den allerletzten Satz vor. Und jetzt begreife ich erst, dass es ihre Ausgaben sind, mit denen sie Russisch gelernt hat, Bücher der Hoffnung, Bücher der Liebe, aus der Zeit unserer ersten Küsse. Die Zeit des Friedens und der Murmeln. Die Zeit meiner allerersten Liebe. Milena verabschiedet sich mit dem Kind an ihrer Brust. Sie verschwindet wie eine Erscheinung, eine Luftspiegelung meiner Seele, die, obzwar sie so viele Jahre Teil meines Lebens war, mit nichts mehr zu beweisen ist. Die Schwelle verschluckt sie. Sie geht so selbstverständlich fort, wie sie damals in mein Sein getreten ist, mit ihren Lachgrübchen, mit dem Wunder ihrer grünen Augen, die später so kalt geworden sind, dass ich an ihnen fast erfroren wäre. Jetzt, ihr letzter Blick zeigt es mir, ist alles so wie am Anfang. Das bedrängt mich im Inneren sehr. Ich kann es kaum aushalten, dass die Zeit mir keine Atempause gibt, dass sie alles verdichtet und mir auch den Anfang zeigt. Milenas Gesicht ist es, an dem ich fast verzweifle. Ich sehe in ihm ihren innersten Kern, sehe ihre Wärme, ihre Liebe, ihr leuchtendes ewiges Augengrün, wie es mir anfangs begegnete. Ich begreife, dass das Gute niemals vergeht, dass das Schöne immer in seiner eigenen Wirklichkeit lebt, dass wir es sind, die den Anfang vergessen. Und dass wir das Ende brauchen, um ihn wieder sehen zu können. Wenn ich jemals wieder alles von meinem Leben erinnern kann, dann werde ich das schriftlich tun, und ich werde jeden Anfang in Gedanken durchgehen, alle Menschen meines Lebens durch die Erinnerung schleusen, sie alle wie durch eine Herzlupe ansehen und sie wieder mit jenem Punkt in Verbindung bringen, der die Liebe für uns war, aus der alles entstand, was wir unsere Geschichte nannten. Manchmal stelle ich mir vor, dass alle Menschen, die wir treffen, uns zugewiesen sind, tüchtige Arbeiter, die an unserem Leben mitbauen. Der Abschied scheint alles zu verderben, dieser Handwerker unserer allerersten Erinnerungsstunde. Durch den ewigen Punkt erkenne ich gerade im Abschied alle Geschöpfe, auch den Esel, an den ich mich nun so gerne erinnere, jenen treuen Gefährten aus meiner Kindheit, der die Sprachen aller Menschen kannte. Er sah uns allen direkt in die Augen, meinen Schwestern, meinen Eltern und meinen Großeltern, allen aus fremden Ländern angereisten Verwandten und auch unzähligen Ahnen. Der Esel schien sie bis auf den Grund alle zu kennen. Sein weiches Fell ließ alle Herzen schmelzen. Mit seinem nur scheinbar traurigen Blick brachte er uns alle dazu, einander wenigstens im Sommer für nichts böse zu sein. Wir sahen seinen wissenden Blick und wussten, dass es sich nicht lohnte, an den kleinen Rechthabereien einen Streit zu entzünden. Einmal setzte eine Cousine sich mit ihrem Kind auf den gesattelten Esel. Irgendjemand zog das Tier. Wir wechselten einmal alle Positionen und merkten, dass wir auf diese Weise zeitgleich alle Personen waren. Wir spielten Flucht nach Ägypten, ohne zu wissen, dass wir alle einmal Flüchtlinge sein würden. Der Esel nahm seine Aufgabe ernst, die Leute sagten, er hätte uns noch Stunden weitergeführt, wenn wir ihn nicht zur Umkehr gedrängt hätten. Der Esel ist jetzt hier bei mir. Fast kann ich wieder seinen warmen Kopf fühlen, den er mir immer wie einem treuen Freund hinhielt, voller Vertrauen, dass ich ihm nichts antun würde. Die Liebe und die Erinnerung brechen in einem Menschenleben nur das, was zerbrechlich ist, und der Esel gehört nicht dazu. Die Tiere sind immer meine Gefährten gewesen. Jetzt, da sie meiner Welt so fern sind, kann ich in Sehnsucht ihrer gedenken. Seitdem mir der Esel wieder eingefallen ist, fliegen mir überraschende andere Details zu, auch Namen, die ich erkenne, ohne sie in eine Chronologie einbetten zu können. Arjeta ist ein solcher Name. Die einzelnen Buchstaben erzählen es mir sofort – sie war meine erste Liebe. Und mit ihr tauchen die ersten Murmeln vor meinem inneren Auge auf, die ich ihr hinter unserer Synagoge schenkte. Ja, auch eine Synagoge gehörte zu unserem Leben. Ich liebte die Murmeln und wollte das, was ich liebte, in den Händen eines anderen Menschen wissen. Ich gab alles so gerne weg, weil ich es im Moment des Gebens überhaupt erst als vorhanden erlebte. Manchmal waren wir bei Arjetas Großmutter am Meer, in einem kleinen Dorf auf dem Land. Katzen, Hühner und Hunde stromerten uns um die Füße. Arjetas Großmutter hatte einen Kirschholztisch, der genau so aussieht wie der, der jetzt in meinem Heilungszimmer steht. Ich mache die Augen zu, öffne sie wieder, der Esel verspricht mir etwas, das ich damals schon zusammen mit Arjeta zu lernen begonnen habe. Er versichert mir, dass ich es einmal können werde: Nur das, was man schenken kann, das besitzt man für immer. Jemanden so zu beschenken, das möchte ich können, das ist der Grund für mein neues Leben. Alle Wirklichkeit, alles Bleibende ist von dieser Machart. Wir müssen anderen Menschen das schenken, was wir uns für uns selbst wünschen. Nur so wird es Teil unseres Lebens. Und bleibt es. Gerade dann, wenn wir es nicht berühren können, kommt es mit Größe und Würde in unser Sein, trägt und liebt uns, so, wie mein Esel uns alle geliebt und getragen hat. Durch die Sommermonate hinweg lebten wir von morgens bis abends von seiner Güte. Er trug uns alle auf seinem Rücken und roch wie frisch gemähtes Heu am frühen Abend. Arjeta liebte ihn fast noch mehr als meine Murmeln. Ich habe sie später nie mehr fragen können, ob sie sie noch bei sich trägt. Und ich weiß nicht, was aus ihr geworden ist, wohin der Krieg sie gebracht hat. Ich habe nur einmal gehört, sie sei nach Paris gegangen und habe dort Philosophie studiert. Der Kirschholztisch ist schön, warm seine Farbe, warm die Zeit, die er in seinen Baumkreisen gespeichert hat. Wo hat Milena ihn aufgetrieben? Ich habe ihr nie etwas von Arjeta erzählt. Amina und Snegi müssen es wissen, wer mir den Tisch wirklich gebracht hat. Solange sie noch da sind, wird es mir hoffentlich gelingen, zu meinen Worten zurückzufinden. Seit Tagen weiß ich aber schon, dass die beiden mich verlassen werden. Irgendwie muss es mir vorher gelingen, die Kiste mit der Post zu öffnen. Jetzt, da der Esel und der weiße Stein bei mir sind, wird es mir glücken müssen, wenigstens mit dem Lesen anzufangen. Ich übe. Ich lebe. Das ist die Übung, die mich in der Hoffnung hält und im Lesen unterrichtet.

Zuerst ist alles ungeheuer schwer. Jede Bewegung, die ich mache, um mich aus dem Bett zu rollen, bereitet mir in allen meinen Gliedern und Knochen lang gedehnte, ziehende Schmerzen. Gleißende Hitze sirrt durch meine Gelenke. Ich betrachte die Holzkiste, denke an den Esel, der alles tragen musste, ohne eine einzige Klage. Ich denke an die Heilige Frau, den weißen Stein und die Wärme von Agni, Amina, Snegi und den anderen. Ich bin entschlossen, mich aus dem Bett zu rollen. Und mich fallen zu lassen, falls es mir nicht gelingt, mich in einer Bewegung aufzusetzen und am Bettrand sitzen zu bleiben. Snegi hat die Holzkiste wieder an mein Bett gestellt. Ich bin ihm dankbar. Es dauert lange. Zwei Stunden oder drei. Dann sitze ich endlich. Stütze mich mit meinen Händen am Bett ab und weine. Weil ich glücklich bin, dass mein Körper mich noch kennt. Dass er da ist und mir hilft zu leben. Ich bin kein Schläfer mehr. Kein namenloser Mensch. Ich sitze am Rand meines Bettes, ein Gast, ein von der Erinnerung Besonnter, mit geborgter Lunge und mit Augen auf Zeit. Meine Dankbarkeit ist fast eine Verwundung. So sehr freue ich mich, dass ich es geschafft habe, mich aufzusetzen.

Seit Monaten berühre ich zum ersten Mal mit meinen Füßen diesen Zimmerboden. Ein sanfter Mut hat mich erfasst. Ich fürchte den Tod nicht mehr, ich kann nun lesen. In der Holzkiste sind unzählige Briefe, alle an mich adressiert, in Handschriften, die ich so gut kenne, mit Buchstaben, die mich lieben, Buchstaben, die mir die ganze Zeit zugearbeitet haben. Wheeler hat mir fast jeden Tag geschrieben. Nadushka nur ein einziges Mal. Ich sehe die Handschrift meiner Mutter, die Handschrift meines Vaters. Milenas Briefe sind auch da, ich lege sie zur Seite und möchte sie nicht mehr lesen. Einige Briefe sind eigentlich nur Zeichnungen und in Farben getauchte Kinderhände, die jemand mit dem Namen Ezra unterschrieben hat, in Erwachsenenschrift, für ein Kind, das mich zu kennen scheint. Ich habe Durst, einen so starken Durst wie nie zuvor. Niemand kommt ins Zimmer, um mir zu helfen. Nirgendwo Wasser. Ich hänge noch am Tropf und muss aufpassen, dass ich mich nicht verletze oder zu starke Bewegungen mache und stürze. Ein Schwindel erfasst mich, der nicht nur in meinem Körper, sondern auch in meinen Gedanken und in meiner Bilderwelt ist. Sogar der Esel scheint zu schwanken. Ich versuche ihn zu beruhigen, bis ich merke, dass das nicht geht und der Schwindel allumfassend ist. Ich schließe die Augen und warte ab. Mein Faden, der Erzähler und Atem in einem ist, wird vernäht und verbindet mich. Vom Nabel her denkt der Faden sich jetzt in einer Einheit mit mir, ich bin hier, ich bin am Leben. Die Ungeheuerlichkeit dieser Rückkehr, die eine Geburt ist, lässt mich wieder mit den Tränen ringen, die ich mir so sehr ersehnt und bei Agnis Abschied kurz erlebt habe. Es ist so weit. Ich kann wieder weinen, ich bin wirklich ein Mensch. Noch ist meine Ganzwerdung nicht vollzogen. Wo sind die anderen Menschen, die zu mir gehören? Muss ich sie suchen gehen, wenn ich hier entlassen werde? Oder werden sie mich finden, sich auf den Weg zu mir machen, da ich wieder da bin, ein unverkennbarer Teil unserer gemeinsamen Welt. Wo bin ich überhaupt? Die Adresse, die meine Freunde und Familie benutzt haben, ist von der Verwaltung geschwärzt worden. Es ist unmöglich, etwas anderes als meinen alten Namen zu erkennen. Ich sortiere die Kuverts nach dem Datum des Poststempels. Dann öffne ich behutsam den ersten Brief und lese Wheelers Zeilen.

Lieber Freund,

Du ruhst nun jenseits der Zeit oder in ihrem Inneren. Bald wirst Du mir alles erzählen. Ich denke an Dich. Du weißt ja, dass alles sich ändert, weil die gleichbleibenden Dinge nicht verschwinden. Erst wenn der Erzähler selbst gezählt wird, zeigt sich seine ureigene Zahl. Und selbst der Schlaf ist nichts als die Flut jenes unsichtbaren Weltmeers, und das Erwachen das Eintreten der Ebbe. Wie können die Menschen ohne dieses Wissen überhaupt leben? Sie können es. Und müssen doch erwachen. Wir stellen uns alles vor. Wir gehen los. Wir müssen irgendwo anfangen. Der Anfang werden, der wir sind. Du weißt es. Nichts ist poetischer als Erinnerung und Ahndung oder Vorstellung der Zukunft. Die Vorstellungen der Vorzeit ziehn uns zum Sterben, zum Verfliegen an. Die Vorstellungen der Zukunft treiben uns zum Beleben, zum Verkürzen, zur assimilierenden Wirksamkeit. Daher ist alle Erinnerung wehmüthig, alle Ahndung freudig. Jene mäßigt die allzu große Lebhaftigkeit, diese erhebt ein zu schwaches Leben. Die gewöhnliche Gegenwart verknüpft Vergangenheit und Zukunft durch Beschränkung. Es entsteht Kontiguität, durch Erstarrung Krystallisazion. Es giebt aber eine geistige Gegenwart, die beyde durch Auflösung identifizirt, und diese Mischung ist das Element, die

Atmosphäre des Dichters. Schlechthin ruhig erscheint, was in Rücksicht der Außenwelt schlechthin unbeweglich ist. So mannichfach es sich auch verändern mag, so bleibt es doch in Beziehung auf die Außenwelt immer in Ruhe. Dieser Satz bezieht sich auf alle Selbstmodifikazionen. Daher erscheint das Schöne so ruhig. Alles Schöne ist ein selbsterleuchtetes, vollendetes Individuum. Jede Menschengestalt belebt einen individuellen Keim im Betrachtenden. Dadurch wird diese Anschauung unendlich, sie ist mit dem Gefühl einer unerschöpflichen Kraft verbunden, und darum so absolut belebend. Indem wir uns selbst betrachten, beleben wir uns.

Ich weiß, dass Du dadurch wach werden wirst. Und wir zwei Freunde werden einmal in einer inneren Zeit gelebt haben, die all das erzählt hat. Bis zum baldigen Wiedersehen gedenke ich deiner wie Du wahrlich bist.

Dein Wheeler

Wheeler war der Erste, der mir geschrieben hat. Früher schon hatte er immer gesagt: Lasst die Libellen ziehen; unschuldige Fremdlinge sind es. Dabei wusste er wie alle anderen auch, dass ich nicht ansprechbar war und weder essen noch gehen, weder reden noch antworten konnte. Immer noch kann ich nicht sprechen und lese Wheelers Worte wie Sendbotschaften aus einer sicheren, vernähten Welt der Beständigkeit. Ich weiß, dass diese Naht dünn ist, dass niemand von uns sie selbst erhalten kann, weil die Dinge nicht so beschaffen sind und nicht wir die Naht zusammenhalten, sondern die Naht uns zusammenhält. Meine Freude ist in alledem übergroß, übermenschlich hätte ich beinahe gesagt, und das möchte ich auch sagen. Das Übermenschliche ist eine Beichte von Wert, die Welt nur eine Brücke über einem bodenlosen Grund, der sich unser Leben nennt. Eine Reise ohne Anfang und Ende. Und eines Tages werde ich Wheeler wieder umarmen können, mit ihm wieder gehen können, ein Stück an seinem Strand, auf einer Straße in seinem, in unserem Petaluma. Ich weiß, dass er Kenntnis hat vom menschlichen Leiden, er hat schon immer gewusst, wo das Gute aufhört und wo das Böse beginnt und wie sie sich überschneiden. Er hat daraus einen Beruf gemacht und im Hafen von Petaluma Jahreszeit um Jahreszeit in aller Stille seine Bücher geschrieben. Stundenlang sitze ich durstig vor der Holzkiste und lese alle seine Worte, begreife, dass mein Trauzeuge, mein kalifornischer Freund erster Stunde, nie etwas für das Mittelmaß übrighatte. Seine Milde hielt ihn vom Kampf und von der Verlorenheit ab und führte ihn direkt in das Herz des Schweigens. Das Leben und die Schrift hatten ihn mir zugewiesen. Würde er wirklich bei mir bleiben, wie er es in seinem Brief andeutet? Mich hier finden? Ich beginne zu hoffen und will ihn unbedingt wiedersehen. Dann erst werde ich erfahren, ob Schriftsteller treue Menschen sind, oder nur Reisende, die der Landschaft die Treue halten, die sie gerade durchschreiten.

Die anderen Briefe bewahre ich mir für später auf. Das Lesen hat mich überwältigt. Der Herbst ist schön, wie es sonst nur die Sommer sind. Die Sonne scheint mit unabänderlicher Kraft. Alles ist erhellt vom Licht großer Beständigkeit. Sie ist wie für mich gemacht. Meine Hoffnung braucht Verbündete. Die Briefe, Wheelers Buchstaben, sind meine Verbündeten. Ich lege mich wieder zurück in mein Bett. Trotz des Durstes schlafe ich bald ein, tief und fest, ein der Wüste entkommender Mensch.

Mitten in der Nacht wache ich auf, Sternschnuppen fallen vom Himmel. Ich höre nun auch draußen Wasser, leichte Wellen, die am Ufer ankommen. Ein großer Sturm ist vorbeigezogen und hat meine Gegenwart ermächtigt. Was aus der Vergangenheit geboren ist, das ist Vergangenheit. Was aber aus dem Jetzt geboren ist, das ist immer im Jetzt. Wundere dich nicht, jeder von uns muss neu geboren und in die innere Zeit eingeweiht werden. Die Wellen der Zeit sind nur Wellen. Das Wasser aber ist das Ganze. Was ist eine Welle ohne Wasser? Die Welle allein hat es nie gegeben. In meinem Zimmer rauscht es. Wo kommt dieses kräftige Rauschen her? Von außen oder von innen? Hinter mir ist ein Lichtschalter. Ich mache Licht und sehe mir Ezras Zeichnungen an, unter denen die Handschrift von Nadeshda zu sehen ist. Ich habe einen Sohn, der mich mit ihren Worten auffordert, ihn zu besuchen. Hat sie es für ihn oder für sich getan? Jedenfalls lässt sie ihn Tage und Uhrzeiten vorschlagen. Er verlangt, dass ich pünktlich bin, sagt, dass er seit langem auf mich wartet. Ich habe ihm schon Enttäuschungen wie Wunder zugefügt, ohne überhaupt von seinen Wünschen gewusst zu haben. Ich bin sein Vater, und er kennt mich nicht. Er ist mein Sohn, und ich kenne ihn nicht. Nadushka hat mir nie erzählt, dass wir ein Kind haben, dass auch ich ein Kind habe, ein Vater bin, der Vater ihres Kindes. Als ich sie verlassen habe, ist sie nie wieder auf mich zugekommen. Ihr Brief hier ist voller guter Wünsche. Du sollst erwachen, damit du Ezra sehen, damit du deinen Sohn erleben kannst. Er hat deine Füße. Deinen Mund. Wach auf, er will dich mit ganzer Seele lieben. Ich lese ihre Sätze wie früher, mit der Erschütterung eines noch schlafmüden Menschen, der sich an ihre Sprache schmiegen will und dem das nicht gelingen kann, wenn er sich nicht dazu aufrafft, endlich wach zu werden. Ich bin jetzt wach. Es ist mitten in der Nacht. Dunkelheit, wohin ich auch sehe. Werde ich Nadushka jemals wieder berühren, wenigstens einmal noch umarmen können? An einen Besuch scheint sie nicht einmal zu denken. Habe ich ihr so sehr wehgetan, dass sie mir in diesem Leben nicht mehr verzeihen kann? Ihre Adresse hat sie auf die Umschläge geschrieben. Sie versteckt sich also nicht vor mir. Nur Milena kann ihr von mir erzählt haben. Wenn ich das Sprechen erlerne, werde ich Snegi oder jemanden von der Visite fragen, wie es genau gewesen ist. Irgendwo muss ihr Name aufgetaucht sein, in einem alten Adressbuch, oder er war abgespeichert in meinem Telefon. Wie auch immer die Leute aus dem Gebäude Milena gefunden haben, sie hat Mittel und Wege gekannt, um Nadushka und den Kirschholztisch und auch meine Jugendliebe Arjeta ausfindig zu machen und meine Eltern zu informieren. Sie hat mir die Brücke gebaut, die ich gebraucht habe. Gerade jene, die uns am meisten wehtun, bauen uns die beständigsten Brücken zum Neuen. Ich lebe jetzt auf eine Zukunft hin, in der ich neu und alt bin, beschriftet und unbeschriftet in einem. Das Buch des Lebens und das Wort, das schon lange in ihm geschrieben steht, fällt in mich hinein, sanft und leise, wie ein Windhauch, der im Sommer die Vorhänge bewegt: Was auch geschehen ist, war schon vorher da, und was geschehen soll, ist schon geschehen. Ich warte, dass ein Punkt in der Zeit mein Menschsein beweisbar macht und einer jener Nahen aus meiner Vergangenheit hier auftaucht. Aber niemand kommt vorbei. Weder Wheeler noch Nadushka, weder Ezra noch meine Eltern kommen mich besuchen. Auch die Visite zeigt sich nicht mehr jeden Tag. Ich kann es mir nur damit erklären, dass sie von mir irgendetwas erwarten, es mir nicht direkt sagen wollen, weil mein Benehmen und meine Entwicklung schon ein Teil der Prüfung sind, der sie mich unterziehen. Ich denke, dass ich etwas bestehen muss und dass sie mich genau in Augenschein nehmen. Aber ich bin bereit. Denn ich bin zurückgekehrt. Ich werde den Flur durchschreiten und sehen, in wessen Haus ich mich hier bewege.

Jeden Tag übe ich jetzt das Gehen und halte mich dabei an der Wand fest. Ich nehme mehrere Male am Tag den weißen Stein in die Hand. Und erst heute habe ich bemerkt, dass auf ihm ein Name steht. Urplötzlich weiß ich, dass der Name ein Geheimnis ist und ich ihn niemals laut aussprechen darf. Mir kommt sogar der Gedanke, dass ihn niemand außer mir erkennen kann. Die Briefe in der Kiste habe ich alle gelesen. Die neuen Pfleger sind sehr freundlich, aber sie reden nicht mit mir. Ich versuche, damit zurechtzukommen und innerlich keinen Widerstand gegen sie aufzubauen. Agni und die Heilige Frau fehlen mir. Sie sind nun beide weg. Sie sind nicht einfach nur verschwunden, sie mussten gehen, um anderen Menschen beizustehen. Ihr Fortgehen tut mir weh. Dieser Schmerz ist mir neu. Snegi und Amina sind noch da, aber sehr selten. Ich bin mir im Klaren darüber, dass auch sie bald schon nicht mehr in mein Zimmer kommen werden. Die Geburt ihres Kindes rückt näher. Sie werden alle Kraft für den neuen kleinen Menschen brauchen. Wir hatten den Winter, das Frühjahr, den Sommer und fast den ganzen Herbst zusammen. Und sie haben mir geholfen, in das Leben wie in eine Jahreszeit einzutreten.

Ich stehe am Fenster und sehe endlich hinaus. Meine Beine sind in guter Übung und tragen mich nun mehrmals täglich hierher. Manchmal sitze ich glücksübermannt am Kirschholztisch und denke an Arjeta, meine erste große Liebe, an die Murmeln, die ich ihr hinter der alten Synagoge geschenkt habe. Ich bin mir in der Zwischenzeit sicher, dass der Tisch Arjetas Großmutter gehört hat. Diesen Tisch und seine Maserung kenne ich. Bei genauer Betrachtung kann ich auch die Kreise wiedererkennen, die wir mit dem Messer nachritzten. Baumarterien. Wir fühlten das abgespeicherte Leben in ihnen. Die Zeichnungen des Wetters, das Wachstum der Ringe sprachen zu unseren Händen und einmal, da legten wir auch unsere Ohren auf das Holz, um zu hören, ob es noch singt, ob es eine Sprache hat, ein geheimes Donnern und Beben. Arjeta war davon überzeugt, dass unsere Worte und Gedanken mit dem Holz sprechen und dass sie uns nachts alles über den einstigen Baum erzählen. Sie hatte immer die Bäume beobachtet und behauptet, dass sie eine eigene Sprache haben. Ich hingegen habe nur sie beobachtet, lange und ausdauernd, als hinge mein Leben davon ab, mir alle Einzelheiten ihrer Erscheinung zu merken. Dann habe auch ich irgendwann begonnen, mir ein Beispiel an ihr zu nehmen und auf ihre Art, mit ihrer Ausdauer die Bäume zu betrachten. Jetzt kehrt das damals Gesehene in Teilen zu mir zurück, bewährt sich ganz ohne mein Zutun in der Luft dieses Zimmers. Es holt sich selbsttätig hervor und wird zu meinen neuen Gedanken, setzt andere Stränge frei, andere Tiefenschichten der Erinnerung.

So tauchen jetzt jeden Tag andere Menschen in meinem Innenleben auf. Die Zeit wird messbar. Ich werde verknüpft und erlange das Recht auf eine Vergangenheit, auf einen Ausgangspunkt, und auf diese Weise kann ich die anderen Menschen jetzt mitdenken. Wie sonst wäre ich selbst von außen betrachtet beweisbar? Die Leuchtspuren, die Worte, die Blicke, die ein anderer in uns hinterlässt, wachsen über uns hinaus. Die Herzsaat bleibt. In unserer Lunge, in unseren Fingerkuppen. Und wir reichen sie durch die Luft weiter an andere, auch an uns unbekannte neue Menschen, die wir niemals sehen. Essenzen und Beglückungen. Unaufhaltbar streben sie auf ihre Verwandlung zu. Wir sind einander Mittler auf Durchreise. Lichter, die niemals ausgehen, so, wie die Pferde und Esel der Kindheit noch immer im Wind durch die Weite der Felder laufen, wenn wir an sie denken. Meinen Sohn habe ich nie gesehen. Ich könnte ihm von den Pferden erzählen, vom wachen Auge des Esels, vom Safran und vom Feuer, in dem Salz ist, vom Feuer, das in uns allen lebt und von Farben erzählt, die wir noch nicht kennen. Unbeirrbare Besonnenheit. Die Wahrheit der Schwalben. Die Unverrückbarkeit der Felsen. Die Liebe des Sonnengesangs. Ezra kann ich nichts darüber sagen. Er ist nicht da. Ich hatte die Zeit der Zeit und habe sie nicht genutzt. Nichts passiert zweimal. Kein Geschenk wird einem zweifach gereicht. Es wird mit anderem ersetzt. Seine Kindheit wird ohne meine Stimme, ohne meine Hände, ohne meinen Beistand in seine Jugend, in seine Reife und in sein Alter übergehen. Ich bin eine Lücke in seinem Dasein. Und kann hier nicht weg aus diesem Gebäude, von dem ich umgeben bin wie von einem zweiten Körper, das ich mir, je länger ich hier lebe, immer öfter als eine Fackel vorstelle.

Ich kann vom Kirschholztisch nicht direkt nach unten sehen. Deshalb benutze ich ihn als Brücke, halte mich an seinem Rand fest, bis ich die Fensterbank zu fassen bekomme. Ja, dort unten ist ein großes Gewässer. Ich glaube, es ist der Lake Michigan, jedenfalls taucht schon seit geraumer Zeit dieser Name in meinem Kopf auf, vermischt mit Bildern von Milena, ihren Kleidern und Röcken. Auch Nadushka taucht auf, in ihrem schönen schwarzen Kleid mit gelben und weißen runden Monden. Dann immer wieder das Geräusch des Windes. Der Wind und die Namen der Frauen. Mein alter blauer Saab, in dem ich quer durch die Stadt fuhr, aber nicht zu dem Treffen mit Nadushka fahren wollte, dann doch losfuhr, nur um wieder umzukehren. An jenem schicksalhaften Tag war sie aus Europa gekommen. Auf Einladung ihrer Freunde, sagte sie. Ich erinnere jetzt ihre Stimme und die Aufregung in ihr. Sie wollte mir etwas Wichtiges erzählen. Wie alle Menschen, die lügen, hatte ich Angst, erwischt und überführt zu werden. So viel wusste ich von der Kraft der Geheimnisse, sie lassen nicht zu, dass wir unsere Träume vergessen. Ich war dabei, mit Milena in eine andere Wohnung zu ziehen, weil ich keinen Mut hatte, ihr und mir das, was wir unsere Ehe nannten, ein für alle Mal auszureden. Alles war schon gepackt. Die Kisten standen im Flur. In welcher Stadt der Flur war, das weiß ich nicht mehr. Alles vermischt sich in mir, die Zeit, die Städte, die Sprachen. Übrig bleibt nur ein Gefühl von Nacht, von Angst, die nie Musik wird. Ein Treffen muss Nadushka mehr als nur wichtig gewesen sein. War es wegen Ezra?

Vielleicht wollte sie mir schon an jenem Tag erzählen, dass sie schwanger war. Als sie merkte, dass ich nicht kommen und sie mich nicht sehen würde, fing sie am Telefon an zu sprechen, ich drängte sie, schneller zu reden, sagte, dass ich keine Zeit habe. Nadushka legte auf. Mein Körper sackte in sich zusammen. Endlich, dachte ich, würde die Lüge aus ihm verschwinden und mich erlösen. Die Anspannung, die sich in ihm gesammelt hatte, blieb. Ein neuer, noch schlimmerer Druck entstand in meinen Knochen. Ich weinte wie ein Kind, weil ich schon damals wusste, dass ich Nadushka für immer verloren hatte. Und nicht nur das, ich hatte vor allem mich selbst verloren, war mir und meinem Kern ein für alle Mal nach dem Abschied von ihr ein Fremder geworden. Wie ferngesteuert setzte ich mich in mein blaues Auto, und die Nacht über Amerikas Himmel wurde Zeugin meines großen Sterbens. Ich spürte die feste Umklammerung der Lüge, ihre dunkle Kraft, die schwarze Gabe, die sich in meinem Herzen einnistete. Wie eine lebensbedrohliche Krankheit hielt sie an mir fest. Die Liebe war nicht mehr mein Schatz, die schwarze Gabe nahm mich an die Hand und wollte mir alles zeigen, was sie kannte und worin ich noch nicht von ihr unterwiesen worden war. Ich schluckte die Lüge hinunter, schluckte die wahren Worte hinunter, zwang mich lügend zu lächeln. In der Wohnung angekommen, sah ich Milena in die Augen und wusste, dass sie es wusste. Wir waren beide hier, weil wir uns für ein sicheres Leben entschieden hatten. Das sichere Leben war unser letzter gemeinsamer Gang. Es war unser Weg in den endgültigen Stillstand. Wir bezogen die neue Wohnung, ohne viel zu reden. Milenas Arbeit hatte uns aus Kalifornien weggehen lassen. Als sie das erste Mal ins Büro fuhr und wir alles eingerichtet hatten, fingen meine Schwindelanfälle an. Manchmal fiel ich mitten in der Stadt in Ohnmacht. Ich wurde untersucht, und die Ärzte fanden nichts. Alles sei in Ordnung, sagten sie, das Blutbild ergab nichts, keine Erklärung, keine Beweise. Meine Hausärztin wurde ungehalten mit mir. Und wenn ich ein ums andere Mal bei ihr auftauchte, spürte ich, dass sie mich für einen Simulanten hielt, und ging nicht mehr zu ihr hin. Kurz vor meinem vierzigsten Geburtstag rief mich Wheeler an, und ich stieg ins Auto, um zu ihm nach Kalifornien zu fahren. Ich hatte ausgerechnet, dass ich dreißig Stunden unterwegs sein würde. Dreitausendvierhundertzwanzig Kilometer, die mich nicht schreckten. Petaluma, Sonoma County. Goldgräberstadt, Goldgräberstimmung. Einmal mehr würden wir bei David's Coffee sitzen und danach einen Spaziergang an Wheelers Strand machen. Ich bin nicht weit gekommen. Warum ich am Lake Michigan war, kann ich nicht mehr sagen. Der See muss mein Ausgangspunkt gewesen sein. Ich sehe nun auf die Hochhäuser der Stadt. Chicago. Der Ort, an den ich mit Milena umgezogen sein muss. Eines der Hochhäuser ist so hoch, dass es mir nicht gelingt, die Stockwerke durchzuzählen. In meinen Gliedern blitzt es, als würde jemand Stecknadeln in sie hineinstechen. Ich spüre, dass auch meine Stimmbänder von diesem Schmerz ergriffen werden. Jemand zieht an ihnen. Wehrlos und stumm muss ich mir zureden, dass auch das vorbeigehen wird.

Ich schlucke hastiger als die Wochen zuvor. Da ich meine Finger, Hände, Arme und meinen ganzen Oberkörper gut bewegen kann, besteht Snegi darauf, dass ich mich während des Essens aufsetze und meine Mahlzeiten selbstständig zu mir nehme. Er sitzt am Kirschholztisch und liest hoch konzentriert in den russischen Büchern. Bis zum Tee am Nachmittag bleibt er bei mir. Wir sitzen zusammen am Fenster, und er zeigt mir die Stellen in den Büchern, die ihm besonders gut gefallen: »Wovor fürchten sich die Menschen am meisten? Vor einem neuen Schritt. Vor einem eigenen Wort. Davor fürchten sie sich am meisten.« Diesen Absatz hatte jemand unterstrichen. War es Snegi? Oder, noch vor ihm, Milena? Oder ich selbst vor langer, langer Zeit, bevor der Unfall mich in die innere Gegenwart warf, in die immerwährende Stunde, die mir helfen will, mich endlich selbst zu fühlen.

Es regnet den ganzen Tag. Nach Snegis Fortgehen bleibe ich noch lange am Fenster stehen. Niemand schickt mir neue Briefe. Etwas ist stehen geblieben, auch in der Zeit ist es leise geworden. Es gibt den Wechsel von Frühling, Sommer, Herbst und Winter nicht mehr. Amina hat sich von mir für immer verabschiedet, sie wird das Kind im eisig kalten Dezember zur Welt bringen und muss jetzt schon ruhen. Sie hat mir zum Abschied eine kleine Zeichnung geschenkt – eine selbst gebackene Cremeschnitte. Ich lächelte sie an, sie nahm meine Hand und küsste mir die Fingerkuppen. Dann ging sie fort. Seitdem ist die Tür zur dreizehnten Etage offen. Ganz selten geht jemand vorbei. Wenn sich mir jemand nähert, höre ich seine Schritte schon von weitem. Es ist dennoch immer eine große Überraschung, wenn ich die Gestalt eines Menschen erblicke. Ich bitte Snegi, die alten Briefe aus der Holzkiste zu entsorgen. Die Adressen von Wheeler, Ezra und Nadushka habe ich mir abgeschrieben. Wenn ich eines Tages unten in der Stadt spazieren gehen kann, werde ich ein Papiergeschäft aufsuchen und ihnen bedachtsam antworten. Ich habe gelernt, dass Worte töten können. Wie das Wasser von seiner Quelle in die Welt fließt, werde ich der Wahrheit der Sprache folgen. Ich gehe meinem Durst nach und erlange die Wahrheit, indem ich Wahrheit werde, Stück für Stück, Schritt für Schritt, Komma für Komma, Wort für Wort. Es ist viel einfacher als ich gedacht habe. Niemand von uns kann den Weg verfehlen. Ich hoffe, dass ich auf diese Weise die alten Plageträume überwinden werde. Wenn sich zwischen mich und die Wahrheit nicht einmal ein Blatt Löschpapier legen lässt, dann bin ich bereit, wieder ins Leben zu treten.

In meinen Plageträumen geschahen beunruhigende Dinge. Dort gab es einen Störenfried, einen Dritten im Bunde meines Glücks. Er tauchte immer dann auf, wenn ich mich auf der guten Seite des Lebens zu befinden glaubte. Ich wurde stets von ihm erwischt, wenn das Glück mich übermannte, und wenn ich glaubte, nun sei alles vollbracht, gesichert, fertiggestellt, wie damals, als ich Milena geheiratet habe. Im ersten Traum nach unserer Hochzeit tauchte unser gemeinsamer Studienfreund auf, der lag in unserem Bett und hielt große Reden. Ich wollte mit meiner Frau schlafen, ihr mein Herz öffnen, sie küssen, ihr meine Liebe, mein Glück beschreiben. Der andere schien nichts von unserem Anrecht auf Intimität zu wissen. Er sah zur Zimmerdecke und erzählte von seiner Sehnsucht nach Wärme und gelebter Wahrheit in Freundschaften. Einen Augenblick lang muss ich kurz eingenickt sein, und als ich wieder wach wurde, sah ich ihn meine Frau umarmen. Sie überprüfte überhaupt nicht, wer ihr nun von uns beiden nahe war und wer sie mit Zärtlichkeiten überschüttete. Milena schmiegte sich an ihn, und ich sah ihnen zu, ein Ausgegrenzter, verloren im eigenen Ehebett, verheiratet mit einer Frau, die nicht einmal zwei Wärmen, zwei verschiedene Zärtlichkeiten und Körper auseinanderhalten konnte. Ratlos wachte ich auf und sah in Milenas grüne Augen. Ich schämte mich für die nächtlichen Bilder, die ich am liebsten ungeschehen gemacht hätte. Die Plageträume nahmen derart überhand, dass ich mich selbst zu verachten begann. Ich sah dem jeweils neu aufgetauchten Störenfried ohnmächtig und aller Kraft beraubt zu, bis er mein Terrain übernahm, ohne sich im Geringsten um mich zu kümmern. Ich selbst kam nie auf den Gedanken, dass ich mich sichtbar machen musste, dass ich da war, wo ich war und dass dieser Platz mir gehörte. Feige schlich ich um den Störenfried herum, versuchte, mich wenigstens so weit Milena in Erinnerung zu rufen, dass sie mir mal einen Kuss gab und mich zumindest nicht vergaß. Mit der Zeit steigerte sich meine Hilflosigkeit so sehr, dass ich nur noch ein Bettler meiner selbst war, ein Bittsteller, der Kompromisse machte und der sich mit jedem weiteren Traum mehr und mehr der Lächerlichkeit preisgab. Nach diesen Nächten ging ich gleich in den frühen Morgenstunden zum See und lief, bis ich nicht mehr konnte. Mein Körper war erschöpft, so war ich auf der sicheren Seite, die nächsten Tage von den Plagegeistern in Ruhe gelassen zu werden. Manchmal klappte mein Sporttraining so gut, dass ich wochenlang, ja monatelang nicht mehr die bösen Träume hatte. Dann tauchten sie mit noch größerer Dringlichkeit auf und die Demütigungen nahmen kein Ende. Nie fragte ich mich, warum ich in diesen Träumen das dritte Rad am Wagen blieb, warum ich nicht fortging, mich nicht verabschiedete, die anderen zur Rede stellte. Die Wahrheit ist, ich kam nie auf den Gedanken, dass mir etwas zusteht. Nur einmal machte ich einen halbherzigen Versuch und wurde ausgelacht. Diese Beschämung brachte mich gleichsam von allein in die Lage des Einverstandenen, der nie zur Sprache kommt. Aus Angst, alles zu verlieren? Was ist das eigene Leben wert, wenn man glaubt, das Anrecht auf Treue zu haben, aber selbst in der Lüge lebt? Es war nicht zu ändern. Ich blieb in meinen Träumen der Dritte, der noch glaubte, alles gehöre ihm so, wie er es sich wünschte. Ich fing an, mir gute Erklärungen auszudenken, sagte mir, der Eindringling sei ein Freund, ich müsse lernen, gut zu sein, mit Menschen zusammenzuleben, alles mit ihnen zu teilen, was mir gehörte, selbstloser werden. Ich hatte viele Ideen. Zu meinen Plagegeistern nahm ich eine Beziehung auf, hörte mir ihre Lebens- und Leidensgeschichten an, fing an, das Ganze durch ihre Augen zu sehen. Meine Frau sagte nie irgendetwas, sie nahm nur das Gute in Anspruch und tat unbeteiligt und fremd. Ich vergaß meine ersten Gefühle und Eingebungen, hielt sie für falsche Fährten. Die unheimliche Empfindung, in diesen Träumen zersetzt zu werden, drängte ich erfolgreich ab und kümmerte mich nun nicht mehr um mich, sondern ausschließlich um meine Mitmenschen. So verhalf ich der Lüge, gut und schnell und auf die einfachste Weise, Fuß in mir zu fassen. Erst jetzt frage ich mich, was damals mit meiner wahren Stimme passiert ist, was überhaupt mit menschlichen Stimmen geschieht, die sich in den Dienst wohltäterischer Ereignisse stellen, die nicht zu ihnen selbst, sondern zu den Stimmen der anderen gehören. Ich weiß nicht mehr, wie ich es geschafft habe, in meinen Plageträumen das Reden zu unterlassen. Ich ließ mich abdrängen. Der andere nahm nun das Zentrum ein und machte mich endgültig zum Clochard in meinem eigenen Leben. Nun fragte ich ihn auch stets um Erlaubnis, wenn ich den Eindruck hatte, Grenzen zu überschreiten. Darf ich das Licht ausmachen? Darf ich das Gesicht meiner Milena betrachten? Darf ich sie noch meine Frau nennen? Darf ich wach werden und am See laufen? Darf ich genau hinsehen, wenn er Milena umarmt? Oder muss ich in die Dunkelheit des Zimmers starren, wenn der andere anfängt, sie zu lieben und ihr Dinge zu versprechen, die sie niemals annehmen dürfte, da sie ja mit mir verheiratet ist?

Der Störenfried sprach in dieser ganzen Zeit nicht ein Wort mit mir. Ich fing an, sein Schweigen, seine Bewegungen, seine Geräusche zu denken und sah zu, wie er sich mehr und mehr meinen Platz, meine Ehe und am Ende auch meine Wohnung aneignete. Was konnte ich tun? Wie war der Knoten nur zu lösen, der mich von meinem natürlichen Anrecht wie für alle Zeiten abzutrennen schien? Ich flüchtete mich in Sehnsüchte, dachte mir Dinge aus, die ich laut und deutlich aussprechen, ihm das nächste Mal ins Gesicht sagen würde. Jedes Mal, wenn ich gedemütigt wurde, war ich dann unvermögend. Außer Gefecht gesetzt, sah ich mir die Übergriffe des Fremden aus nächster Nähe an, als sei ich gar nicht mehr da. Alles, was ich tat, stand nun im Zeichen der Schuld, und der andere machte, obzwar er nie mit mir sprach, absolut deutlich, dass ich nicht Ansprüche auf mein, sondern auf sein Terrain stellte. Und nichts in der Welt erzählte noch, dass ich einst an seiner Stelle gelebt hatte und meiner gewiss war. Jeder Versuch, mein früheres Leben zu beweisen, scheiterte, vor allem auch deshalb, weil Milena überhaupt keine Anstalten machte, mich anzusehen und Zeugin für das zu sein, was einst unser Leben geheißen hatte. Ich versuchte eines Tages, in einen dieser stimmlosen Träume zu flüchten, auszuwandern, in ein anderes Dasein, wo ich Milena alles erklären und sie von meiner Echtheit überzeugen würde. Einmal stand ich schon vor der Tür, da sprach Milena mich an und bat mich, zu ihr ins Bett zurückzukommen. Ich war so dankbar, dass sie mit mir sprach und legte mich, gewärmt von ihren Worten, wieder an ihre Seite. Kaum war ich bei ihr, zwängte der andere sich wieder zwischen uns und ließ keinen Zweifel darüber aufkommen, dass ich ihn und nicht er mich störte. Die Flucht gelang mir nicht. Eine solche Flucht, das weiß ich heute, kann nicht gelingen. Wie gelangt aber ein Mensch in sein wahres Leben? Und ein solches musste ganz anders aussehen als die Wohngemeinschaft mit dem Eindringling, der mich, ohne ein Wort laut auszusprechen, in kürzester Zeit regelrecht eliminiert hatte. In Wirklichkeit, das weiß ich erst hier und jetzt, habe ich nie entschieden genug einen Versuch unternommen, etwas Echtes und Aufrichtiges und Wahrhaftiges laut auszusprechen. Es fehlte mir an Standfestigkeit. Auch habe ich es nie gewagt, darauf zu vertrauen, dass ich eine eigene Stimme habe, dass sie mich leiten, mich die Wahrheit sprechen lassen würde, bis mein Körper und mein Leben auch vor mir selbst überzeugend geworden wären. Diese Zeugenschaft kann niemand für uns übernehmen. Der andere war nur aus diesem Grunde da. Er sollte mir zeigen, was geschieht, wenn ich mich nicht zusammenrufen, wenn ich gar nichts sagen kann, um meinen Frieden wiederzufinden. Es war mir dabei immer das Ärgernis vor Augen, dass der andere wortlos alles errungen hatte. In schwindelerregender Geschwindigkeit hatte er mein Leben an sich gerissen und schien dabei ganz mit sich im Reinen zu sein. Und ich, ich hatte es nicht einmal vollbracht, Nein zu sagen, zu verstehen, dass ein Wort ein ganzer Satz sein kann. So blieb der Frieden für mich ein fremdes Land. Aber was ist Frieden? Wie kann ihn ein Mensch überhaupt jemals in dieser lauten Welt finden, die alles tut, um uns auf eine falsche Fährte zu bringen, so, wie der Plagegeist in meinen Träumen mich derart lange bearbeitet hatte, bis er in der letzten nächtlichen Begegnung vor meinem Unfall meinen Namen als den seinen ausgab.

An seiner Gleichgültigkeit für mein Schicksal merkte ich, dass er es ernst meinte und mir niemals freiwillig meinen Namen zurückgeben würde. Er ließ sich Visitenkarten und edle Kuverts drucken und schickte Milena lange Briefe. Er hatte gleich am Anfang begonnen, meine Handschrift zu imitieren. Am Tag nach dieser schrecklichen Nacht aller schrecklichen Nächte setzte ich mich in meinen Wagen und dachte an Nadushka, an ihre hoffnungsvollen Augen, an ihren schönen, schmalen Körper, der mir einst vertraute und sich wärmend um mich schlang. Ich weiß, dass ich damals noch gedacht habe, wie sinnlos doch alles in meinem Leben geworden war und dass mir noch nicht einmal mehr mein eigener Schatten gehörte. Nadushka war weit weg, in der Alten Welt. Sie trank wahrscheinlich guten Kaffee oder saß in irgendeinem schönen Kino, sah sich Retrospektiven und

Filme mit Anna Magnani an, irgendeinen Film von Pasolini und Fellini und die Städte voller Frauen, und dachte darüber nach, ob es ein inneres und ein äußeres Unendliches gab, und wenn ja, ob sie unabhängig voneinander waren. Wenn ich an mich denke, denke ich an etwas Unendliches. Diesen Satz von Pasolini hatte sie einmal lachend vorgetragen, zwischen Pasta und Tiramisu. Sie hatte sich einen eigenen Namen gegeben. Ich wusste einiges über sie, aber es war unmöglich, sie auf Begrenzungen festzulegen. Ich glaube, dass Nadushka gewusst hat, auf welche Art die Revolte schwächt. Und ich war so weit vom Aufbegehren entfernt, dass ich nicht einmal ahnte, was sie mit Revolte meinte, wenn die Rede auf unser Leben kam. Mir fielen auf Anhieb nur Aufstände aus der Geschichte ein, Spartacus und sein Kampf gegen Rom, sein Satz über das Leben, das man nicht für Schauspielerei einsetzen dürfte, sondern für die Freiheit. Ist denn der Kampf gegen Unterdrückung je einem einzelnen Menschen für immer gelungen? Zeigte nicht auch Spartacus, dass sein Kampf nur in seiner Zeit gekämpft werden konnte? Noch immer gibt es Unfreiheit. Was wir bekämpfen, bestärken wir in seiner Existenz. Trotzdem müssen wir kämpfen. Aber Jahrtausende vergehen, bis unsere Zellen irgendeine Veränderung akzeptieren. Wie also hätte ich den Traumdieb je zur Seite schaffen oder zum Abgang überreden können? Es gab nie diese Möglichkeit, weil ich nichts über die Freiheit gewusst habe, die der Anfang in sich trägt. Wie war es nur dazu gekommen, dass ich dem Plagegeist so vollständig Glauben schenkte? Ich erlag seiner Welt. Dabei war er in meine eingedrungen.

Heute, als Snegi mir das Essen brachte, ist mir klar geworden, dass die Lüge nur zu Lügnern stößt, die Diebe nur zum Gestohlenen sich durchschlagen können. Die Magneten ziehen sie an sich. Was wir selbst erschaffen, kann keine Revolte niederkämpfen, keine Waffe töten. Es geht in uns mit, so wie die Lüge in mir mitgegangen, in mir madengleich mitgewachsen ist. Niemand hat mir erzählt, wie ich vom Unfallort hierher und auf die dreizehnte Etage gekommen bin. Niemand weiß, wie man in eine dreizehnte Etage kommt, die sonst alle meiden. Dieser erste Herbst ist schön. Ich lerne die gute Einsamkeit kennen. Sie ist jetzt das, was ich früher das Alleinsein genannt habe und was verbunden war mit Not und Verlassenheit. Ich könnte über alles weinen, was ich verloren habe. Aber ich bin zum ersten Mal dankbar für alles, was ich nicht mehr mein Leben nennen muss. Eine Traumwelt ohne den Störenfried ist Honig für meine bilderreiche Seele. Ich spüre das Gewicht der Zukunft, die nur darauf wartet, in meine Zeit zu gleiten, sich mit meinen Tagen, Wochen und Monaten zu vermischen. Ich mache meine Tür zu, ich will nicht den Eindruck erwecken, als würde ich hier nichts tun, als könnte ich nichts anderes tun, als auf die Erlösung von diesem Zimmer zu warten. Ich warte nicht, aber ich komme aus der Hoffnung, und das ist etwas ganz anderes. Eine neue Stimme, der Anfang des Anfangs, kann anders nicht in die Welt hineinsprechen. Heute habe ich starke Halsschmerzen. Die Visite lässt sich wegen so etwas auf keinen Fall hierher bitten. Snegi krächze ich einiges entgegen. Es sind meine ersten Versuche, Worte laut auszusprechen und vollständige Sätze zu formulieren. Ich höre sehr schnell, dass das, was ich sage, weit entfernt ist von Sprache. Snegi kann nichts davon verstehen. Er bekommt sogar einen Schreck, zählt bei aller Treue schon die Tage, bis er endlich aus diesem weitläufigen Gebäude verschwinden und mich meinem Schicksal überführen kann. Er wird mich aber nicht im Stich lassen und bis zum Schluss hierbleiben, mir helfen, weiterzuleben. Die Pfleger, die bisher meine Laken gewechselt haben, sind nicht mehr verpflichtet, ihren Aufgaben nachzukommen. Snegi bringt mir die frische Wäsche und, da ich nun gut bei Kräften bin, wechseln wir alles gemeinsam aus. Heute hat er mir zur Belohnung die herrlichen Cremeschnitten von unten mitgebracht. Nach der Arbeit essen wir sie und trinken am Kirschholztisch Tee. Ich beiße nur allerwinzigste Stücke von der Cremeschnitte ab und lasse sie sanft in meinem Mund schmelzen. Dabei verdrehe ich glücklich die Augen und bringe Snegi mit meinen Grimassen zum Lachen. Ich gebe ihm zu verstehen, dass ich jetzt schon von diesen kleinen Wundern abhängig bin. Wir machen das jetzt jeden Tag. Es ist nur schade, dass ich Snegi nicht fragen kann, wo genau er die Cremeschnitten kauft. Für den Fall, dass ich in dieser Stadt nach meiner Entlassung bleibe, möchte ich die Adresse des Bäckers wissen.

Jetzt kann ich mich schon selbst duschen. Jeden Tag lerne ich etwas Neues, und alles, was ich tue, geht mir gut von der Hand. Snegi telefoniert an den Nachmittagen mit seiner Amina. Er sieht auf den See hinaus, auf die Hochhäuser, die in den Himmel reichen. Sie lachen und scherzen miteinander, und sie gibt ihm Dinge durch, die er nach Feierabend besorgen muss. Amina hat viele Wünsche und einige Gelüste. Dann ist es so weit. Mitten in unsere Cremeschnittenstunde klingelt einmal das Telefon so laut, dass es nur eines heißen kann – das Kind kommt zur Welt. Snegi weiß es auch. Wenn er es schafft, so wach zu bleiben, wird nie ein Störenfried ihn erpressen können, wie der meine mich erpresst hat. Er umarmt mich, er ist euphorisch, umarmt mich einmal mehr, von ganzem Herzen. Und dann verschwindet er. Auf dem Teller liegt seine Cremeschnitte, unberührt, nicht so wie die meine. Ich weiß, dass das der Abschied ist, dass ich Snegi nie wiedersehen werde. Erst ertappe ich mich dabei, dass ich mich nun genauso leer fühle wie in den Plageträumen, in denen Milena sich erst an mich, dann gleich an den anderen schmiegte, und ich es bald darauf dem Fremden erlaubte, in meinen Kern einzudringen, sein Verbündeter bei meiner eigenen Auslöschung zu werden. Das Gefühl der bleiernen Entmachtung ist stark. Ich erliege ihm. Bleibe am Tisch stundenlang sitzen. Sehe die beiden Cremeschnitten an. Starre hinaus, es ist alles noch da, der See, die Hochhäuser, die Vögel, die den Himmel durchkreuzen wie kleine Freiheitsgeschosse. Dann taucht in mir die Frage auf, wo die Vögel in unseren Städten ihre Nester bauen, wo an diesen kalten verglasten Wolkenkratzern ein Vogel je Rast machen kann, wenn sein Leben davon abhängt.

Ich mache das Fenster auf. Es gelingt mir immer besser, einen Gedanken zu haben und ihn zeitgleich mit meinem Körper auszuführen. Der Wind ist frisch und kühlt meine heißen Wangen. Es ist angenehm, sich so aus dem Fenster und in die Welt zu lehnen. Ich sehe, dass es natürlich überall kleine Schlupflöcher gibt, in die die Vögel sogar hineinfliegen, eine Weile darin verschwinden und zwitschernd wieder herausfliegen. Mir wird schlagartig bewusst, dass ich nur die Kleidung besitze, die ich an meinem Leib trage. Ob ich so nach unten gehen kann? Ich nehme den weißen Stein, die Adresse von Wheeler, Ezra und Nadushka mit. Das Fenster schließe ich, obwohl mir die Vorstellung gefällt, dass die Vögel sich nach meinem Fortgehen das Zimmer aneignen und für ihre Konferenz benutzen könnten. Die Cremeschnitten esse ich beide im Stehen etwas zu hastig auf. Mein Aufbruch und die bevorstehende Reise aus dem dreizehnten Stockwerk zur ebenen Erde sind aufregend, und der Zucker spornt mich an, nichts aufzuschieben. Wenn ich meinen Esel bei mir hätte, könnte ich Kraft aus seiner Gefährtenschaft gewinnen. Er spricht sich mir aus der Erinnerung zu, so, als könnte ich mich nun immer auf ihn verlassen. Und das kann ich, er geht mit mir aus diesem Zimmer heraus, das mich ein ganzes Jahr lang beherbergt hat. Auf dem Flur ist es so still wie all die Monate zuvor. Nirgendwo ein Mensch. Auch keine Pflanzen. Oder Gegenstände. Überall ist Glas. Verspiegelt. Alles voller Spiegelungen. Ich gehe und weiß nicht, wohin ich gehe, laufe einfach los. Dann sehe ich etwas, das ich für einen Aufzug halte. Es sind keine Verweise auf die Stockwerke erkennbar. Ich kann an nichts sehen, wie man diesen Aufzug betätigt. So fasse ich alles an und ertaste kleine Abstufungen im Material, knopfartige Einhöhlungen, die ich für einen Fingerkuppentester halte. Es schaltet sich nichts frei. Wieder überkommt mich das Gefühl der nahenden Ohnmacht, wie jener Kraftverlust in den Träumen mit meinem Widersacher. Bitte komm, Aufzug, bitte komm, höre ich mich selbst zu meiner eigenen Überraschung mit lauter Stimme sagen. Und tatsächlich hat es eine Wirkung, der Aufzug ist sofort da. Meine Stimme und meine Gedanken sprechen wieder miteinander. Ich sehe dankbar zu meinem Esel, der sich geschickt hin- und herwendet, bis auch er ganz in den Aufzug passt. Unten auf der Straße ist alles neu und überwältigend. Ich spüre den Wind in meiner Nase, in meinen Ohren, in meinen Augen. Er begrüßt mich, zieht an mir, lockt mich zum See hinunter. Ich gehe ein paar Schritte, drehe mich zum großen Gebäude um, ein prachtvolles Hochhaus, vor dem ein Mann steht und wartet. Ich kenne diesen Mann, ich kenne seine Art, mit den Händen in den Taschen dazustehen, so leise wie ein Vogel, der sich dem Himmel hinhält, weil er weiß, dass die Erde und er darin stehen. Ich gehe erst langsam auf ihn zu, ich will mich ihm in aller Stille nähern. Wenn es jemand ist, der auf mich wartet, dann ist es ein Freund, mit dem mein neues Leben beginnt, die Einweihung in die Jahre, die mir noch bleiben. Er macht sich mir zum Geschenk. Er will nichts. Er hat keine Forderungen. Keine Bedingungen. Keine Fragen. Ich weiß nicht, ob er auch Esel mag. Das werde ich noch herausfinden. Einem Freund kann ich Fragen stellen, ich kann ihn bitten, mir ehrlich zu antworten.

Jetzt bereue ich es, dass ich eben noch die beiden Cremeschnitten so hastig aufgegessen habe. Nun kann ich sie nicht mehr teilen. Das wird mir nie wieder passieren. Ich möchte Cremeschnitten von nun an nur aus diesem einen Grund überhaupt kaufen – um sie zusammen mit einem anderen Menschen zu genießen. Noch immer gehe ich auf den wartenden Mann zu. Er dreht sich langsam um, weil er weiß, dass ich da bin. Hören konnte er mich nicht. Der Wind ist dafür viel zu laut. Ich spüre, dass mein Herz drängender wird, es klopft in wildester Freude. Auf ebener Erde gehe ich, und ein Mensch denkt an mich, steht vor mir, lächelt mich an, so, wie ich lächeln würde, wenn ich an seiner Stelle stünde. Es ist mein Wheeler. Er umarmt mich. Er hat mich nicht vergessen. Ein paar Straßen weiter hat er sein großes Auto geparkt. Gegen den Esel hat er gar nichts. Wir müssen erst einen Anhänger für unser Tier besorgen. Wheeler bringt mich in ein Café voller Menschen, bestellt mir ein Getränk, geht los, und nur kurze Zeit später bringt er den Anhänger und hat auch Gras dabei, das wir auf dem Boden ausstreuen. Die Stimmen vieler Männer und Frauen überschlagen sich in meinen Ohren wie früher die laute Musik in Discotheken. Jede Stimme ist ein Ereignis. Ich sitze glücklich neben Wheeler, und weil er mein Freund ist, lächle ich ihn ohne Unterbrechung an. Er gibt mir meinen Ausweis und meine Social-Security-Card, etwas anderes brauche ich nicht, weil ich offenbar längst Amerikaner bin. Wir fahren nach Kalifornien, Petaluma – Sonoma County. Dreitausendvierhundert Kilometer liegen vor uns. Die Unermesslichkeit des Himmels senkt sich blau über unsere Körper. Die Erde kommt mir so unwirklich vor wie ein außerplanetarisches Flugobjekt. Ich drehe mich noch einmal zum See um, suche mit meinem Blick nach dem Gebäude, in dem ich ein ganzes Jahr lang das Erwachen übte. Ich sehe es nicht mehr. Unzählige Hochhäuser huschen an uns vorbei, eine Straßenschlucht löst die andere ab, und Wheeler singt etwas, das sich nach einem alten Revolutionslied anhört. Ich bin müde und schlafe neben ihm ein, ein sanftes Rütteln weckt mich später auf. Wheeler fährt und sieht in den Rückspiegel. Die Sonne verfolgt uns. Mein Körper vertraut ihm. Freunde wie er kommen in dein Leben, damit auch du dich niemals betrügst. Du nimmst den Platz ein, der dir gehört. Du weißt, dass dieser Platz nicht zerstört werden kann, weil du selbst dieser Platz bist, der Ort, in den die Liebe mündet. Keine Nacht kann dich je vernichten, wenn du es nicht selbst tust. Du bist jetzt wach und am Leben. Du bist dein eigenes Haus für das neue Jahrtausend. Du wirst die Zeit nicht überdauern, wenn du die Cremeschnitten allein verspeist. Komm mit, die gute Zukunft wartet. Was früher die Kindheit war, ist heute und für alle Tage die Freundschaft. Sie ist das große Versprechen. Das gelebte Lächeln. Die so oft verhöhnte, unsterbliche Liebe. Und jetzt muss ich diese unzerstörbare Kraft in mein Leben tragen und sehen, welche Menschen noch zu mir gehören. Ich weiß jetzt, dass man sich in der Schönheit genauso wie in der Hässlichkeit verstecken kann. Wohin aber noch flüchten, wenn das Angesicht anderer im Geist aller beherbergt ist? Geformt im Dunkeln, ausgesetzt der gewaltigen Zahl, die uns prüft, erforscht und zusammensetzt: Erfahre mein Herz, was Honig ist und was die Sonnenuhren anders zählen. Wohin wir uns auch wenden, an jedem Ende ist ein anderes, wertvolles Du. Jeder Mensch ist eine kleine kosmische Kollision, ein Stern für sich, aber auch ein Stern für alle anderen. Jedenfalls hat Wheeler das alles in seinem Buch so geschrieben. Ich habe es hier einfach nur ungeprüft und voller Vertrauen wiedergegeben.

Dieses Buch ist auch als E-Book erhältlich.

MIX
Papier aus verantwortungsvollen Quellen
FSC® C014496

Verlagsgruppe Random House FSC® N001967

1. Auflage

Neumarkter Str. 28, 81673 München
Umschlaggestaltung: buxdesign | München
unter Verwendung eines Motivs von Ruth Botzenhardt
Satz: Uhl + Massopust GmbH, Aalen
Druck und Einband: GGP Media GmbH, Pößneck

Printed in Germany
ISBN 978-3-630-87396-1

www.luchterhand-literaturverlag.de
www.facebook.com/luchterhandverlag
www.twitter.com/luchterhandlit

Die Autorin dankt dem Internationalen Literaturhaus Passa Porta für die Unterstützung ihrer Arbeit und den inspirierenden Aufenthalt als Stadtschreiberin in Brüssel am Alten Getreidemarkt. Ebenso dankt sie Indra Wussow & der Syltfoundation für die kostbaren stillen Arbeitstage in Rantum auf der Insel Sylt.